Super livre très humoriste
Bonne lecture
!!

JE
SUIS
TON
SOLEIL

JE SUIS TON SOLEIL

MARIE PAVLENKO

JE SUIS TON SOLEIL

FLAMMARION JEUNESSE

© Flammarion, 2017
87, quai Panhard-et-Levassor
75647 Paris Cedex 13
ISBN : 978-2-0813-9662-3

« S'il n'y avait pas quelqu'un qui aime,
le soleil s'éteindrait. »

Victor Hugo in *Les Misérables.*

À mes parents,
et à ma sœur, qui a inventé l'expression
« faire bidonville ».

L'enveloppe est blanche. Le timbre, rouge.

Une lettre anodine, à part l'écriture nerveuse et serrée que je connais si bien.

Celle de Victor.

Je pose l'enveloppe sur mon lit.

Je n'ose plus la toucher, encore moins l'ouvrir. Pour l'instant, à l'intérieur, il y a l'infini : l'abandon, la solitude, le chagrin, la tristesse, le ridicule, des torrents de larmes, l'espoir, l'avenir, des guirlandes de fous rires, les petits oiseaux qui chantent, la vie en beau.

Si je fais comme si l'enveloppe n'était pas là, tout reste possible.

Je me lève, ramasse une petite culotte qui traîne, charge mon téléphone qui affiche 98 % de batterie. Observe Isidore qui bave sur mon parquet. Décale ma lampe de chevet de deux centimètres, lance ma culotte au hasard. Isidore lève une oreille quand elle retombe par terre.

Je soupire.

Je prends la lettre.

Je veux savoir.

CHAPITRE UN

CAR DÉBORAH DOIT BIEN FAIRE SA RENTRÉE

Un bruit désagréable me vrille les oreilles, une sorte de cri d'aspirateur enragé, comme quand l'engin avale une chaussette oubliée sous le lit et se met à monter dans les aigus. J'essaie de ne pas y penser, je me concentre plutôt sur le décor divin. Vous ai-je dit que le décor était *di-vin* ? Je m'explique : je suis allongée sur une plage de sable blanc, sous un cocotier dont les feuilles ciselées se balancent dans la brise. Le ciel est radieux, comme mon sourire. Sans me vanter, ce n'est pas mon genre, je suis assez sublime dans mon bikini rose qui moule ma plastique irréprochable. Je sirote un de ces cocktails où une petite ombrelle en papier multicolore est collée au sucre glace, et j'écoute un type bronzé gratter une guitare. Il a une voix éthérée et me dévore des yeux. La salive lui coule de la commissure des lèvres. Mickaël ? Antoine ? Denis ? Impossible de me souvenir de son prénom mais une chose est sûre : il me veut.

J'ai l'habitude.

Ils me veulent tous.

L'aspirateur dérangé de la soupape imite le niveau sonore de la Castafiore et le bruit strident finit par ronger le paysage. Je voudrais le retenir mais il se désagrège : le sable blanc se dissout, le type bronzé et sa guitare partent en lambeaux. Mon bikini s'efface.

J'ouvre un œil.

Je suis dans mon lit à une place, celui que mes parents m'ont offert pour mes cinq ans. Je tâte mes fesses et constate que ma plastique irréprochable s'est fait la malle, elle aussi. À la place, il y a le royaume de dame Cellulite, implantée sur le territoire depuis des générations, décidée à ne pas lâcher un centimètre. Ma mère, ma grand-mère, mon arrière-grand-mère y ont eu droit. À bien regarder les albums de famille, la cellulite coule dans nos veines.

Je tends le bras et éteins mon réveil, ce salaud qui m'a sortie de ce rêve si… si… pff, il n'y a pas de mots.

« Ils me veulent tous. »

Au secours.

Ça se saurait.

Je souffle de dépit et mon haleine revient hanter mes narines, alors à la place, je soupire *en pensée,* et je parie. Le principe est simple : d'ici quelques secondes, j'enclencherai le bouton « radio » et si la chanson est de… voyons, si la chanson est de Number 30, voilà, Number 30, n'importe laquelle (ne soyons pas trop exigeant, le pari doit rester réaliste), je passerai une sublime année de terminale. Attention, roulements de tambour, Number 30, Number 30, Number 30…

« … par le CAC 40 qui a perdu 0,3 point hier. Avant de laisser la parole à Yohann, je vous rappelle cette catastrophe ferroviaire en Grande-Bretagne. On dénombre mille cinq cent quarante-six morts mais les autori… ».

Off.

Off, off, off !

J'avale un litre d'eau, il paraît que c'est bon pour le teint. J'avais pris soin de préparer mes affaires hier : sweat, jupe et ballerines, mais bien sûr, l'univers en a décidé autrement.

Il pleut.

Paris est gris.

Avant de sortir, je fais un crochet par la cuisine et lance un : « Bye ! » à ma mère, penchée sur son café. Elle est si décoiffée qu'on dirait qu'elle le fait exprès. Ses paupières sont gonflées de sommeil.

— Bonjour, bon courage !

— Salut, salut !

Vite, renifler l'air du dehors.

Je ne sais pas ce qui se passe, mais notre appartement incarne la glauquitude suprême. Ma mère n'a jamais été très loquace, mais ces derniers temps, elle erre comme un spectre coincé dans les limbes pendant que mon père s'épuise au bureau. Je ne peux plus les supporter.

Avant de claquer la porte, je vérifie mon reflet dans le miroir ancien suspendu dans l'entrée, et remarque un post-it. Dessus, un numéro de téléphone écrit au feutre rouge.

Je décampe.

Sous son beau parapluie fuchsia avec des oreilles d'ours, Éloïse attend devant le Clapier. Personne ne se souvient d'où est sorti ce surnom, « le Clapier », mais tout le monde sait pourquoi : notre lycée affiche des classes si surpeuplées que l'on se croirait dans un élevage de lapins en batterie. La cuniculture, ça s'appelle.

Tout un programme.

Bref, Éloïse est devant le Clapier.

☀ *Qui est Éloïse ?* ☀

Ma meilleure copine, la sœur dont j'ai toujours rêvé, une fille géniale. Bien sûr, madame Soulier, notre prof de SVT, ne partage pas mon avis. Elle a écrit sur son bulletin qu'Éloïse est « l'élève la plus nulle que j'ai jamais connue de toute ma carrière de professeur de SVT. Un bocal à la place du cerveau. Elle mériterait d'être disséquée. » Je m'en fous. J'aime son côté fêlé.

☀

Encapuchonnée pour me protéger de la pluie torrentielle, je slalome entre les flaques et soupire de soulagement. Éloïse sourit et frétille des mirettes sous son kilo de mascara. Je connais cette tête : c'est celle de la victoire. On est dans la même classe.

— On n'est pas dans la même classe ! siffle-t-elle lorsque j'arrive à sa hauteur.

— Tu es sûre ?

— Je suis en TL2. Tu es en TL4.

— Tu rayonnes donc de déception ?

— Mais non mais attends, tu ne vas pas me croire : je suis dans la classe d'Erwann !

— Air One ? Un nouveau désodorisant ?

— Erwann, le frère de Greg, tu sais le beau gosse parti étudier la philo à la Sorbonne !

— Tu plaisantes ? Erwann a un brocoli sous les cheveux ! Sur sa planète, Victor Hugo est joueur de foot et Descartes a inventé la belote. En TL4, il y a qui ?

— Euh… je ne me suis pas trop attardée, se défend Éloïse qui admire nos petits camarades par-dessus mon épaule. Ah si, ça me revient : Jamal ! Tu sais, le mec avec ses incisives taille XXL, celui qui élève des mygales ?

— Magnifique. Autre chose ?

— Ne fais pas cette tête. Vous êtes trente-neuf. Il y en aura bien un ou deux de potables. Qu'est-ce que tu as aux pieds ?

J'exhibe mes bottes en caoutchouc vert pomme, celles avec des yeux en 3D sur les orteils, seules chaussures mettables par ce temps. Mes Converse sont mortes. J'ai enterré mes boots en août. Et mes sneakers en faux serpent ont rendu l'âme. Mais j'ai l'habitude et c'est donc stoïque que je supporte le sourire à peine sarcastique d'Éloïse, cette garce toujours impeccable et bénie des dieux. La preuve : elle est jolie, elle est drôle. Elle est dans la meilleure classe.

Moi, je vais passer l'année avec Mygale-man.

Il a bien fallu y aller et traîner mes bottes-grenouilles jusqu'à la salle 234. J'ai beau lorgner les environs, rien de transcendant à l'horizon. Un ramassis de tresses, deux appareils dentaires, des touffes hirsutes, une casquette rouge. No sex-appeal. No petit nouveau tombé du ciel, genre v'là l'homme de ma vie. Du moyen, du con-con, du fadasse à foison.

Je vais finir vieille fille. Sur ma tombe, on lira : « Ci-gît Déborah, la fille qui aimait les grenouilles. Las, aucune n'eut la décence de se transformer en prince charmant. »

Jamal est dans un coin, le nez sur son téléphone portable, un bonnet couleur bouse enfoncé jusqu'aux sourcils. Ses dents gigantesques dépassent de sa bouche fermée. Il me répugne.

On ferait un couple parfait. Mygale-man et Batracien-girl.

Je me cale contre un chauffage du couloir et sors mon téléphone, histoire de faire un truc. J'essaie de ne pas prêter attention à la grappe de filles conduite par Tania qui roucoulent en se montrant mes bottes. Mygale-man et Tania, le ticket d'or. J'ai réussi à l'éviter jusqu'à présent mais la parenthèse enchantée est terminée. Je vais devoir les supporter, elle et sa queue-de-cheval lissée au fer tous les matins. Pendant un an. Tania est une sorte d'Éloïse, en plus brillante et moins sympa. Très bonne élève, belle, soignée. Organise des soirées dans son 200 m^2 avec la crème du Clapier. Fait tourner la tête aux garçons. Ne porterait jamais de bottes-grenouilles. Même dans ses cauchemars les plus gores.

Je me sens seule. Pire, je me mets à penser à mes parents. Mon père est de moins en moins là depuis sa promotion au journal. Rédacteur en chef. Ça sonnait bien. À croire qu'il a décidé d'épouser son boulot, sauf que la mariée avait la lèpre et personne n'était au courant. Il paraît qu'une vague de licenciements se prépare. Du coup, quand on a la chance de le croiser, mon père est fatigué, soucieux, absent. Ma mère, elle, est tantôt apathique, tantôt survoltée. Ces moments-là sont ma hantise. C'est comme si un panneau fluo « Occupe-toi de ta fille » apparaissait soudain au-dessus de ma tête et boum ! Elle se met à me bombarder de questions auxquelles je n'ai pas envie de répondre (« C'est quoi le groupe à la mode chez les jeunes ? »), ou déballe des inepties qu'elle ferait mieux de partager avec ses copines – dommage, elle n'en a pas – (« Je t'ai dit que ma collègue Frida est partie vivre avec un Allemand de vingt-quatre ans ? », ou devant la glace en train de tirer sur sa peau : « Tu crois que ça se verrait, une injection dans les pommettes ? »). Je lui explique qu'elle n'en a pas besoin, parce que c'est ce qu'elle veut entendre. Ça me fait de la peine, bien sûr, mais je ne vois pas comment l'aider. À quarante-cinq ans, elle a encore la moitié de sa vie devant elle. Et puis, ma mère est comme une planète en queue de système solaire : lointaine. Je l'aime mais je n'ai aucune idée de ce qu'elle a *vraiment* dans le crâne.

Pourvu que j'aie mon bac fissa pour quitter ce nid de dépressifs. Je pourrais peut-être louer un petit deux-pièces avec Éloïse...

Une brune, la cinquantaine, cintrée dans un tailleur, arrive à pas d'écureuil. Les élèves s'agglutinent à sa suite, traînant des pieds. Je manque de me faire crever l'œil par une andouille de deux mètres de haut qui range son portable dans sa poche intérieure mais je finis par m'asseoir, cramponnée à ma table comme une naufragée. Bientôt, un calme relatif se fait et je jette un coup d'œil à la ronde.

L'espoir fait vivre.

Avec un poil de chance, un type en retard va débarquer et souffler les lampes du plafond rien qu'avec la puissance de son aura.

— Salut !

Je sors de ma méditation chamallow et lève la tête pour observer mon interlocuteur. Un inconnu vient de s'asseoir à ma droite. Un inconnu que je ne connais pas, je veux dire.

Je me métamorphose en caméra de surveillance. Je suis Hal dans *2001, l'Odyssée de l'espace,* avec des cils en plus parce que son œil noir et vide fait quand même flipper. Le nouveau est châtain, les cheveux raides, les yeux noisette, et en parlant de cils, les siens pourraient faire concurrence à ceux de Betty Boop, à se demander s'il n'utilise pas un recourbe-cils le matin. Un foulard bleu marine est enroulé autour de son cou. Et une barbe naissante grignote ses joues.

Il m'observe. Il a dit « salut ! » et attend probablement que je lui réponde.

Il rêve.

— Bonjour, je suis madame Chemineau, votre professeur principal ! lâche la brune.

Elle grimpe sur l'estrade, pose son cartable sur le bureau, se retourne et parcourt les rangs en caressant les lunettes qui pendent sur son décolleté flétri.

— Mon domaine, c'est la philosophie.

Je regarde l'heure.

Plus que 54 minutes.

CHAPITRE DEUX

QUE DIABLE DÉBORAH ALLAIT-ELLE FAIRE DANS CETTE GALÈRE ?

Je ne me souviens plus du magma d'Éloïse, un flot de paroles imitant le Vésuve un jour d'éruption. Seule certitude : le mot Erwann y est revenu 31 fois.

J'ai compté.

Je voudrais me téléporter sur une planète lointaine. Il y aurait des arbres, des fleurs géantes bourrées de petits oiseaux bleus et des sortes de girafes avec des cous tout mous. Pas d'Erwann.

Ça me ferait des vacances.

Parce qu'elle n'est pas si vilaine, Éloïse finit par redescendre de son nuage à la guimauve et cesse de répéter le prénom magique.

— Par le spaghetti d'or, tu n'as pas l'air dans ton assiette, Débo ! C'est ta classe ?

— Non...

Quand on était au collège, avec Éloïse, on a décidé de faire comme dans les livres de fantasy que j'adore, et de créer des expressions pour marquer notre surprise, voire notre sidération. On en inventait vingt par jour, trois sont restées : « Par l'édredon putride de tata Paulette » (Paulette est feu la grande-tante de mon père chez qui on allait dormir, parfois, le week-end, et qui vivait dans une maison moisie en Normandie. Littéralement moisie. Il y avait des champignons aux murs, dans la cuvette des toilettes, dans la salle de bains, dans le réfrigérateur, *partout*. La baraque était tellement suintante que le matin, on se réveillait humides, comme les draps, le lit, la table de nuit. Ses édredons sentaient la charogne). La deuxième est : « Par la tortue jaunâtre de Mme Spercuck » (l'ancienne voisine d'Éloïse possédait un vivarium digne d'un zoo, qui occupait la moitié de son salon. Il était truffé de rochers en plastique, de plantes plus ou moins vertes, et habité par une seule et minuscule tortue fripée dont j'ai oublié le nom. Mme Spercuck la prenait dans sa main tout aussi fripée et lui parlait des heures. Elle lui fredonnait des chansons de Michel Sardou. L'autre mâchouillait sa salade en silence). Et la dernière mais pas la moindre : « Par le spaghetti d'or ! ». Celle-là, je ne me souviens pas d'où elle est sortie, mais je me rappelle la première fois que je l'ai utilisée à la maison. J'étais en cinquième, en train de goûter, et ma mère a bondi :

— C'est quoi, cette expression ?

— Un truc inventé avec Éloïse, j'ai dit, en croquant un morceau de pain pas frais.

— Je te défends de l'utiliser !

Je l'ai scrutée bouche ouverte.

Ma mère a grommelé un truc et a fait mine de quitter la cuisine, alors j'ai insisté.

— Si tu veux m'interdire d'utiliser un mot, tu dois me dire pourquoi ! Il n'appartient pas à la catégorie des gros, à ce que je sache !

Elle a fait demi-tour, lèvres pincées, et a pris une inspiration sèche.

— C'est trop phallique.

— Trop… phallique ? j'ai répété comme si ça allait m'aider à comprendre.

— Oui. Pourquoi pas le zgeg d'or, dans ce cas ? Ou la bite de platine ?

— La bite de pl… Peux-tu me dire ce qu'il y a de phallique dans un spaghetti ?

— Tout !

— Mais on n'a jamais dit qu'il était cru ! me suis-je justifiée, atterrée.

J'ai eu beau la sommer de m'énumérer la liste exhaustive des points communs entre une verge et un spaghetti (cuit ou cru), elle n'a rien voulu savoir. Je l'ai poursuivie avec un carnet et un stylo jusque dans les toilettes pour lui faire un schéma, mais rien n'a fonctionné. Je n'ai plus invoqué le spaghetti d'or chez nous. Mais au collège, on ne se privait pas. C'est sans doute la réaction de ma mère qui l'a fait perdurer.

Bien sûr, maintenant qu'on est au lycée, Éloïse n'emploie jamais nos expressions en public. Ça me convient.

Elle passe son bras de danseuse autour de mes épaules. Mon bras à moi serait plus proche de celui de l'orang-outan.

— C'est mon béguin pour Erwann qui te saoule ?

— À peine.

— Bon, promis, j'essaie de me calmer.

Elle s'arrête au milieu du trottoir, ferme les yeux, lève les mains en l'air.

— Je plonge dans un lagon glacé et bleu comme les yeux d'Er… Je reprends : je plonge, la température de mon corps baisse, celle de mon cerveau surchauffé aussi. Inspire, expire. Voilà, ça va mieux.

Éloïse rouvre ses paupières tapissées de fard scintillant.

— Autre chose ?

Un troupeau de pigeons perchés sur un banc s'envole et je prie pour que l'un d'eux ne s'oublie pas sur mon épaule. Ce genre d'incident est inscrit en lettres de feu sur mon karma. Si on réunit trois cents personnes choisies au hasard, qu'on les parque dans un enclos et qu'on balance un pigeon dessus, c'est sur moi qu'il se soulagera. J'appelle ça le *théorème de la scoumoune*. Il fonctionne à tous les coups.

J'observe donc, au bord de l'apoplexie, la nuée roucoulante qui s'égaille. Heureusement, après quelques secondes de panique, les monstrueux volatiles choisissent la direction opposée.

Je suis saine et sauve.

Je me ressaisis.

— Ma mère est bizarre en ce moment, je veux dire, encore plus que d'habitude.

Éloïse soulève un de ses adorables sourcils.

— Tu te fais du souci pour ta mère ?!

— Laisse tomber. J'ai mal dormi.

Il ne pleut plus et le ciel bleu crève les cumulus, qui se disloquent gentiment. Mes bottes pèsent encore plus lourd que ce matin. Éloïse m'embrasse avant de se ruer sur son digicode.

— Appelle-moi si tu continues à trouver ta mère bizarre, d'accord ? Ou si tu as envie que je te parle d'Erwann.

— Bien sûr...

J'ai des fourmis dans les jambes, je ne sais pas pourquoi. Et puis je comprends : impossible de rentrer. Je suis à deux rues et *je ne peux pas*. Il est tard, ma mère sera probablement là, avec sa déprime en bandoulière. Parce que c'est la vérité : elle ne va pas bien. J'en viens à prier qu'elle reprenne ses voyages mystérieux. Ça fait plusieurs années qu'elle n'est pas partie mais quand j'étais en primaire et au collège, elle s'envolait seule, au printemps. Elle emportait un sac à dos, disparaissait trois semaines durant, parfois un mois, et m'envoyait une carte postale avec un mot (« Ici, les cactus touchent le ciel ! Bisous, maman ») et un dessin. Ma mère dessinait dans un style très personnel. J'attendais sa carte comme un point d'eau au milieu du désert. Elle me manquait et j'étais blessée par son silence. Comme si je n'existais plus pour elle. Elle se forçait à faire bonne figure avec sa petite carte mais en réalité, elle était capable de m'oublier, de me rayer de sa vie. Je gardais mes réflexions pour moi. Je restais en tête-à-tête avec mon père, on se nourrissait de coquillettes au beurre, il se laissait battre au Master

Mind, j'avais le droit de regarder des films. Mais je supportais mal ces absences.

Lorsqu'elle rentrait, on allait l'attendre à l'aéroport. On arrivait toujours en avance, on buvait un chocolat chaud et je sautillais partout, terrorisée à l'idée qu'elle ait raté l'avion, à l'idée que je pourrais scruter le flot de voyageurs sans la voir. Je l'apercevais enfin et me jetais sur elle. Ma mère était radieuse : on aurait dit qu'elle avait cueilli un petit soleil et l'avait avalé. Elle brillait de l'intérieur. Et puis, peu à peu, elle recommençait à se faner.

J'ai arrêté de lui demander pourquoi elle partait. J'en avais marre des : « Tu comprendras quand tu seras grande » et sa variante : « Je te raconterai un jour. Un autre jour. »

J'en ai pris mon parti.

Aujourd'hui, c'est moi qui ai besoin d'air.

Je décide de faire un détour. J'admire des dessous en dentelle hors de prix dans lesquels je ne rentrerai jamais, me résous à entrer dans une boulangerie pour acheter du pain car en ce moment, ma mère zappe deux fois sur trois. Je compte aussi le nombre de voitures arrêtées au feu rouge (« S'il y en a neuf, je vais passer une super année de terminale ! » Il y en a onze…) et vaincue, finis par pousser la porte cochère de mon immeuble.

Je n'ai même pas de devoirs à faire pour oublier.

Vivement demain matin et le Clapier.

Non. Vivement ce soir quand je serai dans mon lit. D'ailleurs, je vais y aller direct. Je souris en grimpant mes cinq étages sans ascenseur, et je réalise que je me fourre le doigt dans l'œil jusqu'à l'hippocampe, ce machin à nom de poisson-cheval caché au fond du cerveau : avant de m'affaler sous ma couette en écoutant de la musique triste à arracher des larmes à un parpaing, je vais devoir passer par la case « promenade d'Isidore ».

☀ *Who the fuck is Isidore ?* ☀

Un labrador obèse récupéré sur le trottoir, il y a deux mois, sans collier, ni tatouage, ni puce électronique. Ma mère, que je soupçonne d'avoir un esprit qui fonctionne à l'azote, l'a fait monter chez nous, et l'a gardé. Évidemment, il ne sait pas qu'il a été rebaptisé Isidore, et ne répond jamais quand on l'appelle. Il perd ses poils par plaques, on dirait qu'il a la gale, mais le vétérinaire dit que c'est le stress, raison pour laquelle il a rongé presque toutes mes chaussures (bottes-grenouilles, vous vous souvenez ?). Il est hideux. Je déteste le promener, d'autant que je dois attendre que môssieur daigne déféquer avant de rentrer. C'est le chien de l'angoisse. Un mélange improbable de Droopy en fin de vie, Beethoven (le chien, pas le compositeur) atteint de psoriasis, et Milou passé entre les mains d'une esthéticienne sous acide.

☀

Isidore est ma corvée personnelle. Ma mère me supplie de le balader chaque fois qu'elle rentre exténuée du boulot. C'est-à-dire tous les soirs.

Je préférerais boire des limaces passées au mixeur.

Je dois me préparer psychologiquement à affronter *L'Épreuve du sac en plastique*. La dernière fois que j'ai négligé de ramasser le petit cadeau de ce cher Isidore, une vieille peau d'au moins soixante-quinze ans, des jambières roses sur son legging moulant, m'a hurlé dessus en me serinant le couplet « Y a plus de France, ma bonne dame, la jeunesse n'est plus ce qu'elle était, bla bla bla. » J'aurais pu partir en lui jetant un regard débordant de mépris mais un gros type suant m'a obligée à ramasser. Il a fallu que je prenne trois mouchoirs en papier dans ma poche pour récupérer le petit cadeau tout chaud. Pendant ce temps-là, Isidore bavait sur les genoux de l'affreuse vieille qui l'appelait « gros-toutou-qui-a-une-vilaine-vilaine-maîtresse-mal-élevée ».

Je franchis les dernières marches, pousse la porte, et découvre l'apocalypse.

Isidore mâchonne consciencieusement mes ballerines, réduites à un tas informe de cuir et de bave mêlés.

Théorème de la scoumoune.

L'année commence si bien.

Il s'appelle Victor.

Depuis mon soufflet, il s'assoit à l'autre bout de la classe. Je crois qu'il fait copain-copain avec

Mygale-man. Il y a deux jours, alors que j'allais dévaliser une boutique de vernis à ongles bio avec Élo, je les ai surpris dans un café. Ils s'empiffraient de burgers. Ça avait l'air délicieux, jusqu'à ce que, dans la bouche de Mygale-man, le morceau de steak haché qui dépassait me paraisse soudain l'exacte réplique de la langue d'un mec qui aurait une angine aphteuse depuis trois ans.

On a philo depuis deux semaines, mais madame Chemineau a décidé qu'on aurait un devoir sur table pour « tester notre capacité de réflexion face à un problème épineux ».

Le jour J est arrivé, et j'observe ma feuille lignée sur laquelle est écrit en lettres bien trop noires à mon goût : « Peut-on tout pardonner ? »

Là-bas, de l'autre côté de la classe, Victor et Mygale-man sont affalés sur leur brouillon et leur crayon s'affole.

Qu'est-ce que je vais bien pouvoir raconter ?

Deux heures plus tard, j'ai envie de me noyer dans une bassine. Je n'ose imaginer la tête de madame Chemineau devant le pâté que je viens de lui rendre. Un pâté d'une page. Recto, c'est-à-dire.

Je ne sais pas ce qui m'arrive, mes neurones ont ripé. Ils ont décidé de s'octroyer des vacances en plein début d'année, sans prévenir. Sympa les gars, merci pour le coup de main. Je suis inapte à associer deux idées qui contiennent une relative. Alors, le *pardon*…

Élo a fini plus tôt, elle a quitté le Clapier en sautillant comme un petit chevreau des montagnes. Erwann devait l'appeler le soir même. Je traîne mes bottes-grenouilles sur le trottoir. Suis-je capable de pardonner à ma mère ? Elle aurait quand même pu me filer un billet pour que j'achète une paire de chaussures.

Elle était censée garnir mon compte en banque tous les 5 du mois, mais le dernier 5 où elle l'a fait, c'était il y a un an. Depuis, je réclame de l'argent quand j'en ai besoin. Quelques euros par-ci pour acheter mes sandwichs, quelques euros par-là pour un vernis couleur cerise. Les chaussures, c'est plus difficile. Je sais qu'elle ne le fait pas exprès, ce n'est pas de la radinerie. Simplement, elle oublie toujours de tirer du liquide. Et je suis « encore trop jeune pour avoir ma propre carte bancaire ». La seule trop jeune du lycée.

Du côté de mon père, la problématique est plus triviale : il ne comprend pas le besoin de chaussures. Il est si branché que les siennes ont dû connaître la Première Guerre mondiale.

La perspective de ressortir avec Isidore me tirebouchonne l'estomac. Tiens, voilà. Lui, je ne lui pardonne pas. Sa démarche d'arriéré de la gente canine, sa queue déplumée, son haleine de putois mort. *Impardonnable.*

Une fois de plus, je décide de ne pas rentrer bille en tête. J'oblique au hasard des rues. J'admire les immeubles, les balcons aux arabesques lustrées, j'imagine les gens, dans leurs appartements. Il y en a tellement, parqués les uns à côté des autres, persuadés que leur petite vie compte plus que celle du voisin. Mon ventre gargouille. Je continue à me balader, attirée par les fenêtres éclairées comme les moustiques fonçant vers les lumières bleues, celles qui font *krrrzzz* quand elles les carbonisent. Je lorgne, invente, et commente *in petto* la déco visible. Ici, une tapisserie couvrant un mur entier (« et cette explosion de caca d'oie serait symbolique de la dégénérescence intellectuelle de nos sociétés occidentales… »), là, le luminaire du salon (signé tata Claude, 99 ans, artiste en papier mâché). Quel genre de vie a-t-on pour faire disparaître son immense mur sous des dégoulinures kaki ? Mon ventre hurle à nouveau.

Je cherche du regard une boulangerie, scanne les alentours.

Et pile net.

Mon cœur se décroche de ma cage thoracique, éclate en morceaux en heurtant l'asphalte.

Je pourrais me frotter les yeux mais inutile : devant moi, il n'y a que la vérité. Je sautille sur place, incapable de réagir, la respiration bloquée, puis je fais brusquement demi-tour et finis par courir, aussi légère qu'un hippopotame dans mes bottes en caoutchouc.

Ma vue se brouille.

Je cours au hasard, l'atroce image collée aux rétines.

Il ne m'a pas vue.

« Il », c'est mon père.

Mon père débordé qui glande au café.

Mon père qui embrasse une femme à pleine bouche.

Une femme qui n'est pas ma mère.

CHAPITRE TROIS

DÉBORAH VEUT MOURIR, BERCÉE PAR LA VAGUE DE LA MER TEMPÉTUEUSE

Lorsque je me résous enfin à pousser notre porte cochère, il est vingt heures passées. J'essuie pour la cent troisième fois mes paumes sur mon jean mais elles s'obstinent à rester moites. J'ai une fontaine à eau greffée sous l'épiderme.

Et maintenant ?

Je m'engouffre dans l'escalier, ma vitesse d'ascension diminuant à chaque marche, parce que chaque marche gravie me rapproche de ma mère.

Qui était cette femme ? Une brune avec une sublime chevelure bouclée qui lui descendait jusqu'aux omoplates... À part ça ?

Je m'étouffe et ce n'est pas l'altitude. Les cinq étages, d'habitude, je les avale. Cette fois, ils me restent en travers de la gorge.

Je-ne-veux-pas-voir-ma-mère.

— Salut, mamou ! Tu as passé une bonne journée ? → **Faux-cul.**

— Maman, aujourd'hui, j'ai surpris papa la langue roulée dans la bouche d'une autre femme. → **Trop direct.**

— Mamou, si tu veux bien, faisons un exercice de visualisation. Imagine que tu attrapes un de tes amis en train de tromper sa femme, tu la préviendrais, que son mari lui taille des cornes de trois mètres de haut, façon élan du Grand Nord canadien ? → **Misérable, avilissant et hypocrite.**

— Mamou chérie, j'ai une mauvaise nouvelle à t'annoncer. → **Fossoyeur de couple.**

Les jeux sont faits, rien ne va plus et surtout pas moi.

Parvenue au quatrième étage, je m'adosse contre la rambarde. J'écoute le silence de la cage d'escalier, un silence de façade égratigné par les mille bruits domestiques qui l'entourent. Mon portable sonne.

« Mamou » s'affiche.

Je décroche, les poumons au bord des lèvres.

— Suis là… je t'échange mon sac contre Isidore !

Notre porte grince et j'entends le halètement stupide du clochard de service. Je franchis les derniers mètres, pose un baiser sur la joue usée de ma mère, lui tends mon sac, et repars en sens inverse.

— J'ai fait des pâtes, sois là dans dix minutes !

— OK !

J'essuie les larmes qui se remettent à couler sur mon menton.

Le chien claudique et lève vers moi sa truffe décolorée.

— J'ai changé d'avis. Je te pardonne, Isidore.

Lorsque je rentre pour de bon, je prétexte une tonne de devoirs pour emporter mes fusillis froides dans ma chambre. Je fais un détour par le salon.

— C'est quoi ce numéro affiché dans l'entrée ?

Des crissements de ciseaux me répondent.

— Il est où, papa ?

Ma mère hausse les épaules.

— Il peaufine la nouvelle maquette de son numéro zéro. Grosse pression. Il rentrera sans doute dans la nuit. Ou demain.

Ben, tiens.

Je suis tellement obnubilée par la vision d'horreur de cette embrassade mouillée que j'occulte le reste. Avant de disparaître, pourtant, je prends brusquement conscience de l'anomalie ambiante. Ma mère a pris une douche. J'examine ses cernes, ses doigts fébriles. Ses cheveux courts raplapla. Mais ce n'est pas ce qui me gêne le plus. Elle est surtout en pyjama, assise par terre en tailleur au milieu du salon, et des dizaines de magazines sont éparpillés autour d'elle. Des tas. Des monceaux, des gisements. La pièce est dévastée, c'est la fête au papier dans un rayon de 20 m^2 : lamelles, chutes, amoncellements froissés empilés sous la table basse, sur le canapé, sous le radiateur, sur et sous la commode. Ma mère n'est pas stressée du ménage, surtout ces derniers temps, mais je ne l'ai encore jamais vue mettre notre appartement dans un fatras pareil. Sur son bureau, à côté de la fenêtre, des tours de magazines jouent à qui ira le plus haut. Son ordinateur, d'ordinaire allumé, est noir et muet.

Isidore s'est allongé de tout son long contre le radiateur, écrabouillant la paperasse. Il reprend sa respiration et quand je m'approche, sa queue dégarnie bat la mesure et fait voleter des chutes partout.

Mon assiette à la main, j'esquisse un pas vers ma mère. Elle découpe une tortue avec une nouvelle paire d'énormes ciseaux rouges dont l'emballage gît à côté d'elle.

— Euh… tu fais quoi ?

Elle tire un bout de langue rose en s'appliquant et ne quitte pas son ouvrage du regard.

— Je découpe.

— Ah. D'accord.

Aplatissant sous mes bottes-grenouilles les rebuts de son étrange activité, je me sauve. Comme la grosse lâche que je suis.

Ma nuit est une longue suite de cauchemars multiformes et sans trêve. Parmi la kyrielle de séquences obscures, de trognes énamourées, de baisers monstrueux, de cris, de disputes, et d'insultes éructées au néant, un rêve se détache et tourne en boucle comme un projecteur enrayé.

Une araignée venimeuse est entrée chez nous. Elle s'est infiltrée sous le zinc du toit, s'aplatissant jusqu'au grotesque, et se dissimule, tapie dans l'obscurité. Mes parents la traquent. Ma mère, pour une fois, est très active. J'ai si peur de la bestiole que ma colonne vertébrale semble hérissée de piquants à l'intérieur de moi-même. Finalement, ma mère triomphante exhibe une de ses chaussures. Sous la semelle intérieure, recroquevillée et terrible, l'araignée est morte, asphyxiée par l'odeur des pieds maternels.

Je me réveille à six heures. Impossible de me rendormir.

Qui est cette connasse de brune ?

Le lendemain, à la pause de midi, je retrouve Élo devant le Clapier. Elle lève son pouce en découvrant mes bottes. Il faut dire qu'il fait vingt-six degrés. Pas un nuage dans le ciel. Je m'en fous.

Je suis au bord de lui avouer mon drame familial mais elle ne m'en laisse pas le temps. Elle embraie aussitôt (quelle surprise) sur Erwann. Sans paraître remarquer ma tête de cadavre, elle m'entraîne dans un bar pour déguster une soupe censée donner bonne mine. Elle a élaboré une armada de tactiques d'approche qui portent enfin leurs fruits : Erwann l'invite à son anniversaire dans trois semaines.

Au moment où elle m'annonce la nouvelle, je sors un mouchoir (depuis l'épisode Isidore, j'en ai toujours trois paquets sur moi), et essuie la salive qui lui coule de la bouche.

N'empêche, je l'admire. Éloïse est le pitbull de la love-story. Quand elle a une victime en ligne de mire, inutile de se mettre en travers de son chemin. Son cerveau turbine à faire pâlir un prix Nobel et ce, dans le but unique d'alpaguer sa cible. Sans parler des pauvresses qui oseraient se placer sur les rangs. Je l'ai déjà vue écraser une boule puante sur le duffle-coat d'une potentielle rivale : le truc était bon à jeter.

Elle est si détendue des chakras, Éloïse, à s'épancher sur la tenue qu'elle portera à ce fameux anniversaire, « féminine sans être aguicheuse, élégante sans être coincée… » que j'omets de lui rappeler notre pacte. Le film que j'attends depuis six mois, un anime japonais distribué dans trois salles, sort pile la même semaine. On avait réservé notre samedi soir. Le mien est entouré en orange dans mon agenda. Mon petit doigt n'est pas bavard mais il me susurre qu'entre Erwann et un anime japonais en VO sous-titré à base de katanas et de yokaïs, Éloïse ne va pas tergiverser des masses. Remarquez, je pourrais aller voir mon film toute seule. Je pourrais. Je suis grande et je sais m'acheter un ticket.

Mais bon.

Résultat, après les cours, notamment une heure d'anglais où j'ai cru avoir une foulure de la langue à force de la coller à mes incisives, je fais un crochet par chez Carrie, ma libraire.

☀ *Wer ist Carrie ?* ☀

Carrie est une sorte de mini-liane, fine et musclée, pourvue d'une tignasse aussi exubérante que la forêt d'Amazonie un soir de pluie. J'ai souvent fait ce rêve étrange et pénétrant que si je lançais une balle de golf dedans, je ne la retrouverais plus. Jamais. Je suis sûre qu'elle doit y cacher une bonne dizaine de brosses à cheveux. Le bureau des objets trouvés ferait fortune en la peignant. Mais son opulence capillaire n'est pas son principal atout : elle a surtout hyper bon goût. Je la connais depuis que j'ai six ans, l'année où une pneumopathie m'a clouée deux mois au lit. Carrie m'a sauvé la vie en conseillant de super livres à mes parents. Depuis, je passe plusieurs fois par mois dans sa librairie.

— Déborah ! Laisse-moi deviner, mon chaton : tu n'as rien prévu ce week-end et tu voudrais noyer ton chagrin ? me lance-t-elle, à peine caustique.

— Je te déteste.

— Prends un chocolat.

Elle me tend une boîte dans laquelle s'empilent de minuscules livres au praliné et à la pâte d'amande.

— Un de mes clients est chocolatier. Voici sa dernière trouvaille. Je lui ai prédit femmes, fortune et jet privé.

J'en croque trois, et les dents noircies de bonheur cacaoté, lui demande un pavé.

— Je n'ai pas beaucoup de devoirs et je veux tenir le week-end entier.

— Tu as une mine affreuse.

— Ah, enfin quelqu'un qui le remarque.

Je me détourne, fais semblant de lire des titres.

— Quand tu auras envie de parler, tu sais que je suis là. Dumas ?

— C'est fait.

— Monte-Cristo, mousquetaires et collier de la reine ?

— Affirmatif.

Carrie se faufile entre les tables, laisse courir ses doigts fins sur la tranche des livres de poche. J'observe sa démarche souple, ses hanches qui ondulent.

Elle m'a inculqué comment me sentir bien grâce aux livres. En les dévorant, mais pas seulement : « Prenons l'exemple d'un rendez-vous, m'avait-elle expliqué de son habituelle nonchalance, un jour où je passais la voir sans but précis. À ton âge, la majorité des jeunes gens se sentent mal à l'aise dans leur corps qui pousse dans tous les sens. Il les embarrasse, ce corps, et les tiens cherchent à se donner une contenance. Or, que font-ils, quand leur rendez-vous est en retard ? » J'avais haussé les épaules. « Ils farfouillent dans leur téléphone ou s'allument une cigarette ! » Elle avait ri, tête en arrière, gorge offerte, puis m'avait observée, sérieuse : « Une idiotie. Le portable, ça fait étriqué du cerveau, incapable de profiter de la vraie vie. Quant à l'autre option... j'ai essayé : haleine déplorable et bronches enduites de goudron. Sans parler du bonus teint crayeux. Alors qu'il y a les livres ! Quoi de plus sexy qu'un bouquin ? Tu poireautes au resto et l'heureux élu est en retard ? Pas de téléphone, un livre. Tu attends à la sortie du métro ? Un livre. Mystérieuse, lointaine, cultivée… Avec une touche de rouge à lèvres, rien de plus sensuel. » Autour d'une tasse de thé, je l'avais écoutée, amusée. Mais ses arguments avaient fait mouche.

Depuis, je ne sors *jamais* sans un livre dans ma poche.

Carrie se tourne vers moi.

— Ta vie nocturne fait mal aux yeux, jeune folle.

— Merci, je me sens si valorisée par ton humour.

— Humour rime avec amour. Du Hugo ?

— Le type, là, le ver de terre amoureux d'une étoile…

— Ruy Blas ?

— En personne.

— Et ?

— Victor Hugo, quoi. La classe.

— Mon babouin en sucre, lâche Carrie en se retournant, fouettant l'air de sa toison volante, j'ai ce qu'il te faut !

Elle pose dans ma main une brique.

Les Misérables.

Quand je l'aurai terminé, Éloïse aura sûrement oublié Erwann et je pourrai reprendre ma vie d'avant. Vu l'épaisseur du tome 1, j'aurai aussi ma ménopause.

— Je te conseille de faire un détour par le super-marché et de te munir d'une imposante boîte de

mouchoirs. Et puis, il va te falloir une grosse poche...
ajoute Carrie.

Je ressors avec deux briques (l'intégrale) et cours
me réapprovisionner en mouchoirs. Je n'ai pas encore
commencé le livre mais je pleure déjà.

Il est 21 h 30, je suis dans mon lit avec une bouillotte.
Ma mère découpe encore des magazines dans le salon et
remplit des pochettes en papier. Pendant le dîner, je l'ai
observée. Cette manière horripilante qu'elle a de tenir
sa fourchette par l'extrémité, sa langue qui sort de sa
bouche quand elle ingurgite sa nourriture. J'ai eu envie
de lui hurler dessus : « Fais un effort ! Redresse-toi ! La
brune se tient droite, elle ! » À la place, je lui ai demandé
cinquante euros pour m'acheter des chaussures. Elle m'a
répondu « demain ».

Un jour, mon père a aimé cette femme. Au point
de mélanger ses gènes aux siens pour donner naissance à un être qu'ils ont toujours clamé avoir désiré.
Malheureusement, aucun autre n'a suivi. Mes parents
traînent ce fantôme dans leur histoire. Mais bon, des
tas de gens n'ont qu'un enfant. Aujourd'hui, mon père
en aime une autre. Ou en désire une autre.

Je vais vomir.

J'ouvre le livre. Le monde.

« *En 1815, M. Charles-François-Bienvenu Myriel
était évêque de Digne. C'était un vieillard d'environ
soixante-quinze ans ; il occupait le siège de Digne depuis
1806.* »

Au petit matin, les découpages de ma mère se sont volatilisés. Mon père est rentré : sa tasse de café trône au fond de l'évier. Je ne l'ai pas croisé. Il est la seule personne de notre foyer à ne pas savoir que nous possédons un lave-vaisselle.

Madame Chemineau me dévisage comme si elle découvrait un mulot galeux au fond de son sac à main. Je surprends le bruissement de mes chers camarades commentant ma note fraîchement annoncée.

7/20.

Une des pires de la classe.

La pire, en fait.

— Si vous vous reprenez et que vous travaillez, mademoiselle Dantès, ça ira mieux.

Tania a eu 18. Ses petites copines ont tricoté un chapelet de notes au-dessus de 14. Victor a eu 16. Mygale-man 17.

Je suis bonne élève d'habitude. Je dois avoir changé de dimension, ou bien des aliens m'ont aspiré la cervelle avec une paille plantée dans l'oreille.

7/20.

J'ai trop chaud, mon pull me colle à la peau, je l'enlève et croise le regard de Victor qui sourit. Il passe sa main dans ses cheveux avec une œillade appuyée et j'ai une deuxième bouffée de chaleur.

Ménopause.

Je regarde ailleurs, dans la vitre, et m'aperçois que mes cheveux électriques me dessinent une roue autour de la tête. Je les aplatis vite fait, les doigts tremblants. Quelques ricanements me parviennent.

Madame Chemineau a terminé sa distribution funeste, elle monte sur son estrade. J'essaie de faire parvenir ses paroles à mon cerveau mais une digue en acier trempé retient mes neurones en otage.

À moins qu'ils soient morts.

Par le spaghetti d'or, je ne vais pas rater mon bac, quand même ?! Me retrouver coincée un an de plus ici ! Comment sortir de la nasse ? Je suis infoutue de me concentrer, j'avance dans un univers de gelée grisâtre. Ce n'est pas Élo et son obsession pour Erwann qui va m'aider.

Quand je sors en courant du Clapier, je suis certaine d'avoir atteint le climax de ma journée, ce point culminant chéri des scénaristes où le héros est tellement malmené, l'action, à son comble, qu'il ne peut rien lui arriver de pire.

C'est faux.

Mon climax personnel est pour ce soir, *théorème de la scoumoune* puissance 10.

CHAPITRE QUATRE

DÉBORAH N'A SOUS LES PIEDS QUE DE LA FUITE ET DE L'ÉCROULEMENT

Je grimpe deux par deux les marches de notre escalier sans fin. Sur le chemin du Clapier, j'ai pris une grande décision. Je vais avouer la vérité à ma mère. Savoir mon père dans les bras d'une grue à moumoute bouclée alors qu'elle le croit au travail m'est insupportable.

Quand je pousse la porte, pourtant, je me fige. J'entre à pas de loup, mais aucun doute : mes parents sont côte à côte dans le canapé, penchés sur un magazine. Leurs têtes s'effleurent.

— Ah ! Déborah ! Viens voir ! s'enthousiasme mon père lorsqu'il m'aperçoit.

Ma mère sourit malgré ses cernes.

— Ton père nous a ramené en exclusivité son numéro zéro.

— Il n'est pas là, Isidore ?

Ils ne voudraient pas que je me déhanche déguisée en Vahiné, non plus ?

Mon père tapote le canapé. Je m'approche de mauvaise grâce. Je laisse tomber mon sac par terre mais je le lui lancerais bien en plein dans sa figure satisfaite de lui-même. Avec des briques en plomb à la place des cahiers.

De derrière le divan émerge le souffle lourd d'Isidore. Je pose une demi-fesse sur le velours et fais mine d'étudier la maquette du magazine.

— C'est super, tu peux être fier. Je vais promener le chien.

Sans attendre de commentaire, je m'éclipse. À peine ai-je touché la laisse que ce gros plein de soupe déplumé d'Isidore se radine.

— Tu es sûre que ça se passe bien au lycée ? j'entends marmonner mon père.

Je ferme la porte derrière moi.

— Mais ouais, super bien, je m'éclate, je suis soutenue, je cartonne et je me sens aimée comme pas deux…

Pour fêter la nouvelle, Isidore écrabouille ma botte grenouille de tout son poids conséquent.

— Famille de tarés ! Je vous hais !

On remonte un boulevard et hop, je bifurque pour emmener Isidore dans le square de la mamie au legging brillant *Il-y-a-plus-de-France-ma-bonne-dame*, surnommée par mes soins Lady Legging. J'aimerais faire autrement mais je n'ai pas le choix ; Isidore ne daigne se délester qu'en présence d'une bonne dose de verdure.

Truffe à terre, il renifle les buissons, tourne en rond, ses griffes ripant sur le gravier, trottine comme si son manège était d'une importance cruciale pour l'avenir de l'humanité, et finit par baisser son arrière-train devant un banc heureusement inoccupé. Je me détourne pour lui laisser son intimité et le voici, le grand, le magistral, l'incontrôlable THÉORÈME DE LA SCOUMOUNE, car c'est là que j'entends :

— Salut Déborah !

Je me retourne avec tellement de lenteur qu'on se croirait dans un arrêt sur image.

Devant moi, les mains dans les poches, en train d'examiner l'étron abominable qui sort *en direct* d'Isidore, il y a Mygale-man. Je dois avoir avalé un kilo de poivre à l'insu de mon plein gré tant je suis écarlate.

— C'est ton chien ?

— Non, enfin si, je…

— Ah ! Jeune fille ! glapit une voix surgie de derrière Mygale-man. Le destin m'a une fois de plus mise sur votre chemin, j'attends donc de vous une conduite exemplaire !

Je ferme les yeux sans y croire. Le théorème a dépassé toutes mes espérances, il est comme une bactérie qui se développe au contact de l'oxygène : Lady Legging est là aussi. Emmitouflée dans un ciré couleur cerise assorti à son rouge à lèvres, elle s'avance à grands pas, pupilles dilatées. Isidore, lui, continue tranquillement à s'alléger, très concentré sur la partie basse de son anatomie.

— Bonjour madame, risque Mygale-man, déboussolé par la véhémence de l'énergumène.

— Vous êtes son petit ami ? Elle a emmené du renfort pour laisser son chien déféquer à loisir dans notre beau square ! Vous devriez avoir honte, jeune homme !

Si une hache apparaissait dans ma main à cet instant, une hache aiguisée et maniable, je la planterais dans sa vieille gorge de rombière qui se mêle de ce qui ne la regarde pas avec un plaisir non feint. Las, je ne vis pas dans un jeu vidéo mais dans la triste réalité. À la place, je serre la laisse d'Isidore, la honte faisant jaillir des larmes dans mes yeux.

Cependant, Mygale-man n'a pas dit son dernier mot.

— Je ne sais pas de quoi vous parlez, mais une chose est sûre : oui, je suis son petit ami. Quand ce magnifique chien aura terminé sa besogne, nous nous mettrons nus, elle et moi, nous nous roulerons par terre et nous ferons l'amour comme des bêtes en nous barbouillant de caca.

Lady Legging est statufiée, la mâchoire inférieure au niveau de son sternum, et ça me fait mal de l'admettre mais je crois que je lui ressemble comme une sœur jumelle.

— Jeune homme… commence-t-elle après s'être ressaisie, mais Isidore se redresse enfin.

— Viens, amour, me susurre Mygale-man en m'attrapant par le coude, cette conversation m'a ouvert l'appétit, pas toi ?

Changée en automate, je le suis, propulsée par Isidore tirant sur sa laisse. Après avoir parcouru une vingtaine de mètres, je m'arrête à l'abri d'un massif de cyprès. Je souffle, les joues encore rouges d'émotion. Mygale-man est hilare, ses yeux noirs pétillent comme deux baquets de Perrier sous son bonnet marron.

— J'espère que ce n'était pas une amie à toi, glousse-t-il.

Je ne peux m'empêcher de sourire.

— « Nous nous roulerons par terre et nous ferons l'amour comme des bêtes en nous barbouillant de caca » ? je récite. T'es pas bien ?!

Mais je viens d'écouter les mots surréalistes qu'il a osé déclamer à Lady Legging, et malgré ce qu'ils impliquaient (lui + moi = nus&sexe), je me mets à rire sans pouvoir m'arrêter, pliée en deux au milieu du square à moitié désert. Mygale-man m'examine et m'imite de bon cœur.

— C'était juste parfait ! je crache, repartant de plus belle. Plus jamais elle n'osera ! *Ja-mais !*

Une corneille s'envole, dérangée par mon rire gras. À côté de nous, Isidore remue sa queue en forme de plumeau scrofuleux à l'unisson de mes grognements.

Quand je suis calmée, j'essuie mes yeux et raconte à Mygale-man ma première rencontre avec la harpie.

— Ceci dit, je la comprends. C'est dégueulasse de laisser les cadeaux de ton chien dans un square.

— Mouais, je sais… j'avais pris un sac en plastique, cette fois, mais je n'aime pas trop faire ça en public.

— Pourquoi ? C'est tout à ton honneur !

Il ne plaisante pas.

— Allez viens, je vais te montrer comment un homme, un vrai, gère une situation pareille.

C'est la première fois que je lui adresse la parole. Je ne sais pas comment il se débrouille mais j'ai l'impression d'être avec Éloïse. Il me paraît même un peu moins moche.

— Alors, comment il s'appelle, ton chien ?

— Isidore, et ce n'est pas vraiment mon chien.

— Isidore, comme Isidore Ducasse ? s'agite Mygale-man, qu'il faudrait que j'arrête d'appeler Mygale-man sous peine de gaffer très vite.

— Je... aucune idée, ma mère a choisi. Comme on l'a recueilli voilà deux mois, il ne percute pas. Il a le QI d'un savon.

— Isidore Ducasse, comte de Lautréamont ! *Les Chants de Maldoror* ! Vu la dégaine miteuse de ton chien, il ne l'aurait pas renié !

Jamal me récite des bouts d'un texte qui n'est pas un poème et qui parle de mort, de putréfaction, de trous et de sexe. Je vérifie que personne ne traîne à portée d'oreilles. Il m'arrête d'un geste brusque derrière un platane et risque un coup d'œil au-delà du tronc. Il est beaucoup plus grand que moi, presque deux têtes. Il sent le parfum, un parfum cher et raffiné qui ne lui correspond pas.

— La sorcière est partie. Allons ramasser les méfaits d'Isidore avant que la nuit tombe !

Je me glisse dans son sillage, et arrivée sur place, brandis mon sac en plastique. Jamal le prend, s'agenouille, et d'un geste adroit, fait disparaître la nuisance.

— Je suis le Houdini de la matière fécale, sourit-il en balançant le sac dans une poubelle. Mais c'est préférable : des bébés apprennent à marcher ici. Tu imagines s'ils se cassent la figure et se mettent à lécher leurs doigts ?

— Tu as raison, la prochaine fois, je ramasse.

— Brave petite ! Je pars dans l'autre sens, dit-il en pointant son pouce derrière lui. À demain, Déborah !

— Salut !

Quand j'arrive chez moi, je me sens bien. Ça ne m'est pas arrivé depuis longtemps. J'ai beau sonner, la porte reste close. Une chance que mes clefs ne quittent pas ma poche.

L'appartement est vide.

Sur la table de la cuisine, je trouve un mot de ma mère :

Ma Débo,

ton père et moi avons besoin de discuter, nous sommes partis dîner au restaurant.

Il y a des tomates, du gruyère et des œufs pour te faire une petite omelette.

Ne te couche pas trop tard,

Mamou

J'ai mal au ventre.

Mon père va-t-il lui avouer la vérité ?

Je verse des croquettes à Isidore, des céréales dans du lait de soja pour moi. J'ai la concentration d'une musaraigne. À ce rythme-là, j'aurai terminé mes devoirs à trois heures du matin. Isidore doit sentir que quelque chose cloche parce qu'il vient gratter à ma porte. Je le laisse patienter vingt bonnes minutes mais comme il persiste, je me lève en soupirant.

— Qu'est-ce que tu veux ?

Il me regarde en remuant son pinceau pelé. Dans ses yeux, je suis Jésus.

— Bon, entre mais ne fous pas tes poils dégueulasses partout !

J'envoie des SMS à Éloïse, elle ne répond pas.

J'éteins à minuit. Mes parents ne sont pas rentrés. Si ça se trouve, ils sont directement allés chez un avocat pour signer les papiers du divorce.

À deux heures du matin, je les entends. Ils pouffent, se cognent et rient trop fort.

Ils ont clairement abusé de l'alcool.

Je grogne et glisse ma tête sous mon oreiller en espérant ne pas rêver une fois de plus de l'immonde araignée.

Le lendemain, devant le Clapier, Jamal me fait un petit signe de la main. Je suis avec Éloïse, qui est allée au cinéma avec sa cousine hier soir, raison de son silence de mufle. Je lui réponds du bout des doigts mais Éloïse remarque mon geste et se retourne.

— Tu as salué qui, là ? Mygale-man ?

Je hausse les épaules et entre dans le Clapier. Mygale-man, Erwann, tout ça, c'est de la gnognote. Mon père n'a rien dit à ma mère.

Dans l'évier, il y avait sa tasse, ce matin.

Je ne comprends plus rien.

CHAPITRE CINQ

OÙ DÉBORAH DÉCOUVRE L'ENTRAIDE, CONCEPT JUSQU'ALORS BANNI DE SON VOCABULAIRE

Bientôt les vacances de la Toussaint. J'ai avancé *Les Misérables*. Jean Valjean a piqué l'argenterie mais le curé a dit qu'il la lui avait donnée. Il a changé sa vie.

Du coup, Jean Valjean attendri par Fantine a décidé de changer la vie de Cosette.

Qui changera la mienne ?

Je file au Clapier sous la pluie. Je rejoins Éloïse en bas de chez elle et m'abrite sous son parapluie.

— On prend le bus ?

— Non, je préfère marcher si ça te va.

— Par le spaghetti d'or, tu ne devineras jamais ce qui m'est arrivé hier !

— Tu as embrassé Erwann.

— Comment tu le sais ?

Éloïse me dévisage. Sous son parapluie fuchsia, nous avons le teint rosissime. On dirait deux petites truies sur le chemin de la ferme. Deux mignons truillons des bois, dont une en bottes-grenouilles.

— J'ai installé un mouchard sur ton téléphone.

Elle recule sa tête pour mieux m'envisager, et en fait de truie, je trouve plutôt qu'elle ressemble à un dindon.

— Mais non, morue, c'est juste que je te connais par cœur !

Elle se détend et lâche un caquètement de volatile réjoui.

— J'ai embrassé Erwann pendant trois heures et douze minutes... jubile-t-elle.

Je lève un pouce appréciateur.

— Il a un goût de fraise et d'alcool. Mâle, viril, mais pas trop. Il ne s'était pas rasé alors j'avais le menton tout rouge.

On avance sous une pluie torrentielle. Je suis ravie de mes bottes-grenouilles. Je n'objecte pas qu'Erwann possède un duvet de caneton en guise de barbe.

— Je suis sûre que tu t'es fait un masque hydratant en rentrant, je commente.

— Tu me connais trop. Tu sais ce qu'Erwann m'a dit ?

Elle blablate comme ces vieilles dans les asiles, cheveux gras, collants troués, qui racontent leurs frasques de jeunesse aux rideaux délavés. Je l'aime, Éloïse, mais mon cerveau n'est pas taillé pour ce genre de conversations habituellement, alors là... La description détaillée de la langue d'Erwann, « douce mais entreprenante » (en même temps, elle s'attendait à quoi ? Poilue avec des ventouses ?) me plonge dans un abîme de perplexité. J'ai embrassé un garçon en colo, j'ai trouvé ça immonde. Oui, je sais, je suis en terminale. Eh bien, j'ai toute la vie pour prêter ma langue. En attendant, je la garde au chaud dans *ma* bouche.

— Ses parents ne seront pas là, samedi, pour son anniversaire. Il m'a proposé de rester dormir !

J'aimerais l'écouter mais je ne peux pas. Mon œil est irrémédiablement attiré par une silhouette difforme arrivant dans notre direction. Il en émane une familiarité dérangeante. Je ne la quitte pas des yeux. Éloïse est tout schuss sur son échange de salive avec Erwann et ses projets de grossesse non désirée.

— Tu te rends compte ? Ça veut dire que... que... bafouille-t-elle, des licornes roses giclant de ses prunelles.

Je décroche, absorbée par la vision d'horreur en approche.

Il n'oserait pas.

La silhouette biscornue s'avance et mon sang quitte mon corps. Mon père, abrité sous un immense parapluie bleu ciel, enlace la connasse de brune, et marche avec nonchalance vers moi. Devant *mon lycée* !

Je m'arrête. Éloïse est bien obligée de m'imiter et se récrie, indignée :

— Mais qu'est-ce que tu as, enco...

Elle suit mon regard et darde des yeux exorbités sur les arrivants.

Il le fait exprès, de me jeter son bonheur cocufiant à la figure ? À 8 h 15 du matin ! Ou il est tellement en orbite autour de sa petite personne qu'il a oublié que je vais dans ce lycée ?! Voire que J'EXISTE ?!

Je voudrais m'enfuir mais mes neurones court-circuitent. Je distingue les traits de la brune, désormais.

Elle doit avoir l'âge de ma mère mais elle est moins marquée, la peau mate, un long nez fin et un grand sourire confiant. Ses cheveux bouclés encadrent son visage resplendissant. Mon père la dévore des yeux. Aucune chance qu'il me remarque.

Éloïse reprend ses esprits la première. Elle m'attrape par la manche, braque son parapluie sur le côté pour nous soustraire à l'éventuel regard paternel, m'oblige à traverser l'avenue sans attendre d'avoir atteint le passage piéton, et me propulse à l'intérieur du lycée.

La pluie et les larmes se mêlent sur mes joues.

J'esquisse cinq pas, me laisse glisser contre le mur, ignorant les avis et annonces placardés partout ; je dégringole par terre dans l'indifférence générale.

— Merde ! Débo ?!

Éloïse s'accroupit à côté de moi.

Des pieds défilent, des mollets, des bas de pantalons. Mes camarades franchissent le hall comme tous les matins. Le train-train. RAS.

Ils ne connaissent pas leur chance.

— Débo ? appelle Éloïse. Débo, tu étais au courant ? Parle-moi, s'il te plaît, tu veux que je t'emmène à l'infirmerie ?

Une voix masculine résonne derrière elle.

— Il y a un problème ?

Je connais cette voix.

— T'occupe, c'est bon ! rembarre Éloïse.

Mais Jamal s'incruste dans mon champ de vision. Il s'accroupit au milieu du hall, lui aussi. Ses grandes incisives sont comme des antennes qui lui sortent de la bouche. Je colle mes genoux contre ma poitrine.

— Déborah… Tu veux aller en cours ?

Je fais non et brais de plus belle. Le monde est flou. Soudain, je suis certaine que c'est la raison pour laquelle on pleure : s'extraire du monde qui nous fait souffrir. Les larmes brouillent les visages, les gens, elles protègent des méchants et de la réalité.

— Qu'est-ce qui se passe ? Elle a oublié de réviser l'histoire ?

Je me résous à faire face à mes interlocuteurs et découvre Victor embusqué derrière Jamal. On crée un bouchon dans le hall et ça ronchonne sévère.

— Oh la la, la drama-queen !

Ah, Tania la bienveillante est arrivée…

— C'est ça qui te met dans cet état ? demande Jamal sans se départir de son calme. Tu avais oublié le DST d'histoire ?

Je cache mon visage dans mes mains.

— Vous êtes débiles ou quoi ? les agresse Éloïse. Elle vient de surprendre son père en train de rouler une pelle à une nana !

Silence éloquent.

— Et j'ai oublié de réviser l'histoire… j'avoue alors que la sonnerie retentit.

Et la dernière fois, comme je fais preuve d'une troublante incapacité à réfléchir, j'ai eu 9/20 et si ça continue,

JE SUIS TON SOLEIL

je vais rater le bac, je vais rater le bac, je vais rater le bac et je serai coincée ici POUR TOUJOURS !

— Sortons.

Jamal m'attrape par les aisselles et me flanque debout. Mes jambes ressemblent à du yaourt alors je m'appuie au mur pour tenir, et bien sûr, je me plante une punaise dans la main.

Théorème de la scoumoune.

— On s'occupe d'elle ! lance Jamal à Éloïse pendant que je souffle sur ma paume endolorie.

Avant qu'Élo ait pu répliquer, Erwann surgit, fait une glissade à l'intérieur du hall, l'attrape par la taille, et l'entraîne dans la cour du Clapier.

— Qu'est-ce qu'ils te veulent, ces crétins ? lui demande-t-il.

Éloïse se dégage d'un coup sec.

— Débo, ça va aller ?

Je hoche la tête.

Encadrée par Jamal et Victor, je quitte le Clapier, à contre courant de la marée.

Sous la pluie, j'offre ma figure au ciel et me laisse tremper. Ça fait un bien fou. Jamal et Victor ne mouftent pas. Ils attendent que j'aie terminé.

— Ça s'est passé maintenant ? interroge Victor, sérieux.

J'acquiesce.

— Ils sont partis par où ?

Je pointe l'endroit, cherche un parapluie bleu ciel mais il s'est envolé.

— Très bien, allons dans la direction opposée. Au Café des amis. C'est tout indiqué, tranche Victor, sans une once d'humour.

— Vous allez rater la philo… j'objecte, la bouche pâteuse.

Tout en moi ressemble à une fin de vie, de ma coupe de cheveux jusqu'à ma voix de cochon d'Inde neurasthénique. Je me donne envie de m'euthanasier.

— On s'en fout de sécher la philo, on est trop super balèzes, recadre Victor.

Ni clin d'œil ni ébauche de sourire. Pourtant, je sais qu'il plaisante. Première découverte : Victor est un admirable pince-sans-rire.

— Du coup, ça nous laisse deux heures pour te briefer sur l'histoire, renchérit Jamal.

Mes bottes-grenouilles font flic-floc.

Dans le café, il fait bon. On s'attable. Je dégouline. Le serveur prend notre commande et je n'ai pas un centime sur moi.

— Café ou chocolat chaud ? me demande Jamal.

Comme j'hésite, il décide.

— Les deux.

Dès que le serveur a le dos tourné, il frotte ses immenses mains. Elles ressemblent à ses araignées… enfin, j'imagine.

— Par quoi on commence ? attaque Victor qui suspend son blouson à sa chaise.

Son immuable foulard bleu marine est enroulé autour de son cou. Est-ce qu'il dort avec ?

— Comment ça ? je grelotte.

— Ton père ou le DST d'histoire ?

Je lui lance une œillade d'assassin à tronçonneuse.

— L'interro de ce matin portera sur la mémoire de la Seconde Guerre mondiale, rétorque Victor. La Shoah, tout ça...

Ses cils sont incroyables. Longs, bruns, brillants.

— Ça te dit quelque chose ? insiste Victor et je n'arrive pas à savoir s'il se moque.

— Vaguement.

— Tu viens en cours, non ?

Oui, mais quand je m'assieds, je me demande si je dois dire la vérité à ma mère ou pas. Quand je révise et qu'elle fait couiner ses ciseaux, je me demande si c'est à moi de coincer mon père entre deux portes pour le sommer d'arrêter de mentir et d'avoir le beau rôle ou pas. De temps en temps, au milieu du magma des cogitations, je refais surface comme un épaulard venant chercher de l'oxygène, j'entends deux ou trois mots. Je les gribouille, m'y agrippe. Mais au bout du compte, je m'enfonce de nouveau dans mon bourbier collant. Si je le lui explique, Victor me prendra pour une folle.

Le serveur fait glisser sur la table trois cafés et deux chocolats chauds. J'en prends un.

— Au moins, on sait ce qu'elle boit : chocolat, commente Jamal. C'est à cause de son chien, ajoute-t-il d'un ton de conspirateur.

Victor se penche au-dessus de la table.

— Isidore, il s'appelle.

— Comme le comte ? réagit Victor du tac au tac.

— Vous êtes faits pour vous entendre… je marmonne.

— Il organise des happenings dans les squares.

Je lui flanque un coup de coude mais il a réussi à m'arracher un sourire. Le chocolat est brûlant, je le touille. Lèche la petite cuillère. J'écarte la tasse d'un revers de main et laisse tomber mon front sur la table.

— L'autre jour, mon père et ma mère étaient tout suintants d'attentions l'un pour l'autre, à se faire des mamours, et ce matin mon père se balade avec sa maîtresse. Devant mon lycée ! Quelle plaie les parents, mais quelle plaie…

Ni Victor ni Jamal ne répondent.

Je relève la tête, abasourdie.

— Non ?

Victor jette un rapide coup d'œil à Jamal et grignote l'intérieur de sa joue. Allons bon, qu'est-ce que j'ai encore dit ?

— Les miens sont morts il y a deux ans, m'éclaire Jamal d'une voix calme. Il ne se passe un jour sans que j'espère qu'ils soient encore avec moi pour me faire chier.

Le théorème de la scoumoune a encore frappé. Non, attendez. Le théorème de la boulette. Je varie les plaisirs. C'est fou le nombre de trous que j'ai envie de creuser dans le sol pour m'y planquer, en ce moment. Une frénésie perforatrice.

— Pardon…

Je bois une gorgée de chocolat. Il est immonde, coupé à l'eau, mais ça fait du bien.

— Tu vis avec qui ?

— J'habite chez ma tante.

Victor pousse vers Jamal une autre tasse de café. Dans son énorme main, elle a des allures de vaisselle Barbie.

— Elle est toujours en voyage, ajoute-t-il.

— Donc, techniquement, Jamal habite seul… dit Victor.

Je croise son regard et me penche en avant.

— Tu as un œil légèrement plus foncé que l'autre, je note à voix haute.

Mais qu'est-ce qui me prend ?!

Victor éclate de rire.

— C'est parce que je suis bionique.

Il fronce les sourcils, yeux perdus dans le lointain.

— À l'instant où nous parlons, madame Chemineau divague sur la notion de pardon… Tu vas pardonner ton père ? enchaîne-t-il tout à trac.

— C'est vrai que tu as des mygales ? je préfère demander à Jamal.

— J'en ai trois ! Riri, Fifi et Loulou.

Je baisse une paupière afin d'exprimer mon scepticisme légendaire.

— Toi, fan d'Isidore Ducasse ? Je ne te crois pas.

— Tu as raison : Cassiopée, Gertrude et Joséphina ! s'exclame-t-il si bien que le barman nous scanne derrière son comptoir pour voir si nous ne faisons pas de bêtises. Devinez laquelle je préfère ?

— Gertrude ! je hurle pendant que Victor crie : « Joséphina ! »

— C'est Débo qui gagne ! Joséphina, Victor ! Ça fait nom d'actrice porno !

— Pas du tout ! se récrie Victor. C'est superbe. Si un jour j'ai une fille, je l'appellerai Joséphina.

— Ne dis pas n'importe quoi, je le coupe. Joséphina, c'est hautain, socialement marqué. Avec Gertrude, tu vois tout de suite la fille sympa, honnête, qui t'écoute avec gentillesse et ne la ramène pas, du genre à venir toquer à ta porte pour t'apporter une tarte aux pommes à vingt-deux heures les jours de chagrin, je brode avant de me souvenir qu'on cause d'araignées grosses comme des omelettes.

— Je t'ai dit qu'elle était top ! s'extasie Jamal, triomphant.

Jamal et Victor parlent de moi quand je ne suis pas là ? *Pire, ils disent que je suis top ?!* Aurais-je changé de dimension ?

— Bon, on y va ? m'adoube Victor. Sors une feuille. En prenant des notes, tu vas mieux imprimer. La Seconde Guerre mondiale…

CHAPITRE SIX

DÉBORAH SE DEMANDE SI CES AMANTS-LÀ, QUI ONT VU DEUX FOIS LEURS CŒURS S'EMBRASER, C'EST PAS DU PIPEAU

-Tu crois que ta mère ch'en doute?

Éloïse a la bouche pleine. Ce midi, on reste ensemble, crise oblige. Nous avons raflé un sandwich à la boulangerie avant de nous asseoir à l'ombre d'un pin parasol, dans un square. Pas celui d'Isidore. Un autre, avec des guirlandes de mioches qui piaillent, s'écrasent la face la première dans le sable, et se tabassent à coups de pelle en plastique. La vraie vie.

— Rappelle-moi de ne jamais procréer... je lui réponds.

Mais comme je l'ai dit, Éloïse a un gène en commun avec le pitbull et reprend en refrain :

— C'est pour ça que tu t'inquiètes pour elle? Tu savais? Et elle? Elle est au courant?

— Il faut que je me trouve un petit boulot. Je ne peux plus vivre à ton crochet.

Tous les midis ou presque, Éloïse m'offre ma pitance. Je ne vaux pas mieux qu'Isidore, ce clochard de chien décati. Et je dois arrêter de penser à lui tout le temps.

— Ta mère.

— Du baby-sitting, peut-être?

— *Ta-mè-re.*

J'abdique.

— Ma mère est bizarre mais je ne pense pas qu'elle soupçonne mon père. Sinon, elle ne dînerait pas avec lui comme si de rien n'était.

Je raconte à Élo la scène surréaliste à laquelle j'ai assisté : mes parents bourrés qui rentrent au milieu de la nuit en badinant tels deux bonobos transis d'amour. J'enchaîne sur la première fois que j'ai surpris mon père au café avec sa Brésilienne. C'est comme ça qu'on l'a surnommée. La Brésilienne.

— Pourquoi tu ne m'en as pas parlé ? me rabroue Éloïse.

Je la fixe, impassible.

— Je suis désolée, concède-t-elle. Erwann occupe tout l'espace, il est une sorte de montgolfière intérieure.

— C'est une jolie manière de décrire son cerveau.

Elle me secoue et un bout de salade jaillit de mon sandwich pour s'écraser sur mon jean. Je lui mets une pichenette mais trop tard : la mayo a imbibé le tissu. Théorème, théorème.

— Laisse ce pauvre chéri en dehors de tes histoires ! Il ne mérite pas ton mépris. Tu vas lui dire la vérité, à ta mère ?

— Jamais de la vie ! Je ne veux pas être celle qui la poignarde !

— Putain, la pauvre...

Je regarde passer deux amoureux à moto, arrêtés au feu rouge, au loin. La fille est en mini-jupe, collée serrée au pilote. Leurs casques se touchent. Je distingue à l'œil nu le bal de phéromones virevoltant autour d'eux. On dirait deux allumettes prêtes à s'enflammer.

— Et sinon, tu fais ami-ami avec Mygale-man ? me taquine Éloïse qui roule son papier de sandwich en boule avant de farfouiller dans son sac. Tu n'as pas trouvé plus sexy ?

— Ne te moque pas, il s'appelle Jamal et il est gentil. Je vais éviter le grand plongeon en histoire grâce à lui. Enfin, j'espère.

Je ne lui ai pas raconté non plus l'épisode Lady Legging. Je ne dis plus rien à Élo. Qu'est-ce qui m'arrive ?

Elle se met à mâchouiller pensivement et reprend :

— Et l'autre ?

— Qui ?

Je ne vais pas rougir.

— Le ténébreux avec son foulard bleu.

— Victor ?

Je-ne-vais-pas-rougir.

— Ouais. Il est comment ?

— Sympa... j'élude.

— Han han. Il te plaît ?

Éloïse s'approche si près de mon visage que je sens son haleine de chewing-gum mentholé.

— Il-te-plaît-indeed !

Je la repousse, exaspérée.

— Tu crois que j'ai la tête à ça ?

— Y a pas de bon moment pour tomber amoureuse.

— Non, mais il y en a des mauvais et on est en plein dedans.

Je soupire et observe mon sandwich, sorte de plaie ouverte dont la mayonnaise dégouline. Je ne sais pas pourquoi je l'ai pris, je n'ai pas faim. Une mésange charbonnière s'égosille dans un arbre tout proche. Je les reconnais parce que, quand j'étais petite, j'étais fan d'oiseaux. Sur les conseils de Carrie, ma mère m'avait offert un disque et un livret pour apprendre à reconnaître leurs chants. Je devais avoir huit ans. À cette époque, mes seuls soucis étaient le piano, que je détestais non à cause des gammes mais de ma prof, Élodie Pommion, qui me hurlait dessus parce que mes doigts n'étaient pas arrondis, et Jade, une peste qui collait des feuilles mortes dans mon dos sans que je m'en aperçoive. Cette manie semblait anodine, jusqu'au jour où elle a troqué son œuvre végétale contre un tampon usagé, provoquant un sacré grabuge à l'école. Je me suis d'abord fait enguirlander par ma maîtresse, comme si ça me plaisait de me balader avec un monument de l'intimité féminine accroché à ma veste Hello Kitty, et puis, quand la responsabilité de Jade a été arrêtée, personne ne s'est plus soucié de savoir ce que je pensais de ce trophée de chasse issu de l'appareil génital d'une inconnue. Tout le monde voulait savoir où Jade l'avait trouvé. *Eh bien, dans une poubelle, pardi ! Ils en avaient mis du temps à réaliser qu'elle avait une configuration hautement défectueuse des neurones. La méchanceté, ça s'appelle !*

Le portable d'Éloïse sonne, elle bondit dessus.

— Ouais, OK, non, t'inquiète, on a fini.

Elle se tourne vers moi et ne prend même pas la peine de ternir sa joie ruisselante.

— Erwann m'attend.

Je la dévisage une seconde, abasourdie. On a fini ? La bêtise de son mec est contagieuse ou quoi ?

— Vas-y, pas de souci, je reste un peu, je m'entends répondre.

S'il y a bien une chose que je ne veux pas, c'est mendier son amitié. Éloïse sourit comme dans une publicité de dentifrice et court rejoindre l'homme au cerveau-chouquette : mou et plein d'air.

Je reste assise sur mon banc, les fesses striées par les lattes en bois. Autour de moi, les nounous rient entre elles ou disputent des gnomes à capuche, le pantalon gonflé par leur couche, qui marchent comme des automates et mangent du sable dès qu'ils trébuchent. Je compte sept joggeurs qui courent en rond.

Je repense à mon père mais c'est trop atroce.

Je passe aux *Misérables*.

Fantine est tombée amoureuse et a eu une enfant. Elle confie Cosette aux Thénardier, ces gros bâtards qui exploitent la fillette, la laissent crever de faim et lui refilent les sales corvées, l'envoient chercher de l'eau au fond du bois, la nuit dans un seau aussi lourd qu'elle. Mais Fantine n'en sait rien et s'imagine que sa fille est choyée. Comme elle ne sait pas écrire, elle envoie l'argent par l'intermédiaire d'un écrivain public. Fantine bosse à l'usine et les filles de son atelier découvrent qu'elle écrit. Souvent. On l'espionne, et madame Victurnien, une vraie salope, va jusqu'à Montfermeil pour vérifier la rumeur. Y a vraiment des gens qui n'ont rien d'autre à foutre que de pourrir la vie d'autrui.

Une joggeuse en survêtement rose passe pour la cinquième fois devant moi. Elle sue du nez.

Quoi qu'il en soit, Fantine se fait virer de son usine parce qu'elle est mère et non mariée. Elle se retrouve endettée. Comme dit Totor : « L'hiver change en pierre l'eau du ciel et le cœur des hommes. » Je prends des notes quand je lis. Dans un carnet.

Bref.

Les Thénardier mentent et racontent que Cosette a besoin d'une jupe en laine.

Fantine vend ses cheveux. Ses longs cheveux blonds qu'elle adore peigner.

Ça ne suffit pas. La gargote des Thénardier va mal. Ils baratinent une fois de plus la pauvresse et prétextent une fièvre miliaire. Cosette a besoin de remèdes ; il faut payer.

Alors Fantine vend *ses dents*.

Ses deux incisives de devant.

Je grignote une cuticule rebelle qui se détache de mon ongle de pouce.

Les cheveux de ma mère ne rapporteraient pas grand-chose.

Mais ses dents…

Ma mère vendrait-elle ses dents pour moi ?

Je finis par me lever, lance mon sandwich dans une poubelle en plastique transparente, et pars en raclant le fond des flaques avec mes bottes.

Je repère Éloïse dans un coin de la cour, vautrée sur Erwann qui a l'air d'avoir perdu un truc dans son cou, tant il fourrage là-dedans avec ardeur. Avant l'anglais, je fais un crochet par la salle 234 et m'excuse auprès de madame Chemineau pour ma défection. Elle est compréhensive, et exige juste de vérifier mon rattrapage de prise de notes lors du prochain cours.

Victor va récupérer celles de Tania, que je soupçonne de fondre légèrement pour le nouveau, il me les donnera après. Si elle savait que je vais copier sa petite écriture ronde et appliquée d'élève modèle, elle passerait ses feuilles au lance-flammes.

Quand je rentre à la maison, il est tôt. Les post-it sur le miroir ont fait des bébés, il y en a cinq, tous avec le même numéro inscrit au feutre rouge. Ma mère a repris son poste au milieu du salon, barricadée à l'intérieur d'une enceinte de magazines éventrés et de pochettes à rabat qui s'empilent.

☀ *Mais quelle est l'histoire d'Anna ?* ☀

Ma mère a perdu la sienne l'année dernière, histoire de fêter ses quarante-cinq ans dans la joie, l'opulence et la bonne humeur. Son père est mort quand elle avait douze ans, elle est donc orpheline. Notre concierge la déteste, je l'ai surprise un matin en train d'expliquer à une voisine que : « ras le bol de la chieuse du cinquième. C'est pas un monde ! Quelqu'un pourrait lui expliquer qu'il faut ouvrir le sac en plastique avant de verser les papiers et le carton dans la poubelle "recyclés" ? Ensuite, on jette le sac en plastique dans la poubelle "non recyclés". Un, j'ouvre le sac. Deux, je vide le sac. Trois, je balance le sac. C'est pas difficile à comprendre ça, quand même... » Ma mère est maquettiste dans un magazine d'art qui périclite gentiment depuis trois ans. Un soir, elle est rentrée furieuse parce que son directeur artistique, Juanito, l'avait accusée, lors de son entretien annuel d'évaluation, d'avoir « trop tendance à utiliser le rose ». Il a tout faux. Elle aime toutes les couleurs, et aussi le rock, l'électro et les Chamonix, ces écœurants biscuits à l'orange. Mais au fond, est-ce je la cerne tant que ça ?

☀

— Tu connais Isidore Ducasse ? je lâche, mon manteau toujours sur le dos, atterrée par le panorama qui s'offre à moi.

Que cache cette nouvelle obsession du découpage ? Et cette collection de post-it ?

— D'où vient le nom du chien, d'après toi ? réplique-t-elle sans quitter des yeux son ouvrage (un manchot qui couve son œuf).

Dingue.

Je slalome entre les piles de journaux. Isidore martèle le tapis syrien de son appendice vertébral monstrueux. Le battement de métronome salue mon retour.

Dans des pochettes, des silhouettes noires, des fleurs, des arbres, des animaux, des jambes, des lunettes, des machines à laver, des aspirateurs, des crayons, des sourires, des bouches tordues…

— Pourquoi tu découpes ces trucs ?

— Je passe le temps.

Ma mère est un rocher muni d'une paire de ciseaux. Je tente une tactique différente.

— Je peux t'aider ?

— Non, le découpage nécessite finesse et précision. Question d'habitude.

Un petit bout de langue rose dépasse toujours de ses lèvres. Sa voix est traînante, un poil monocorde. Elle tout entière dédiée à sa tâche, son esprit vagabonde dans un pays où je n'ai pas ma place.

Je suis fatiguée.

— Maman… Il est encore tôt. Tu viendrais m'acheter une paire de chaussures ?

Elle lève le nez, le rebaisse pour examiner mes pieds, sur lesquels se pavanent mes bottes-grenouilles, et me lance un faible sourire.

— Allons-y. Une paire de baskets dans un des magasins rue des Martyrs ?

Enfin.

Mes parents ont acheté leur quatre-pièces quand je n'étais pas née. En ce temps-là, déplorent-ils souvent, le quartier regorgeait de petites vieilles, de bars PMU, de cordonniers mal chaussés. Aujourd'hui, c'est Boboland et le moindre flacon d'huile d'olive coûte le prix d'une semaine à l'île Maurice.

Nous poussons plusieurs portes de boutiques chics. Les vendeuses sont toutes mannequins. Rien ne me plaît. Ou l'objet de mon désir est dix fois trop cher. Sans compter que je suis un générateur de honte concentrée à l'idée d'exhiber mes chaussettes au nez d'une bombasse dont j'imagine les pensées paillettes : « Comment peut-elle se promener à son âge avec des chaussettes rouges ornées de poulpes ? ».

Au bout de six ou sept tentatives, ma mère montre d'évidents signes d'impatience.

— On n'a pas promené Isidore, Débo, tu ne vois vraiment rien qui te plaît ?

Je n'ai pas promené Isidore, nuance. Dix mètres plus loin, j'avise dans une vitrine minuscule une paire de chaussures fourrées en moumoute synthétique, féminines sans être cucul, noires, simples, et de bon goût. Je tends mon index et ma mère passe la première.

Il s'agit plus d'une échoppe que d'un magasin ; je me faufile entre les portants sans prêter attention aux vêtements sous peine de mourir foudroyée de frustration.

La vendeuse est défraîchie, ce qui m'arrange. Ses cheveux peroxydés ressemblent à un animal endormi sur sa tête étroite (un chien de prairie). Son top moulant dévoile un décolleté plongeant et une peau creusée de ravines et maculée de taches, le tout agrémenté de bijoux fantaisie qui balancent du 10 000 watts. Mais au moins, elle sourit. Pendant qu'elle fonce chercher la boîte en 38 dans la réserve, je patiente sur un banc constellé de fleurs multicolores peintes à la main. Ma mère s'assoit sur un tabouret lumineux en forme de panda.

À l'instant où j'enfile les chaussures, je sais que j'ai trouvé mon bonheur. Je marche jusqu'au miroir, admire le résultat surprenant car je commençais à m'habituer à mes grenouilles, et me tourne vers ma mère.

Mon sourire se froisse.

Elle se tient dos droit sur son tabouret panda. Elle ne renifle pas. Ne hoquette pas. Elle est silencieuse. Et un torrent de larmes dégouline sur son visage fatigué.

Je reste d'abord interdite. Elle a l'air si fragile, si petite et abîmée, soudain ! Une bouffée de haine pour mon père me serre la gorge. Pourquoi ? Pourquoi l'a-t-il trahie ? Je jette un bref coup d'œil à la vendeuse qui se détourne aussitôt.

— Hey, maman…

Elle passe ses paumes sur sa figure.

— Elles sont si moches que ça, ces chaussures ?

Ma mère renifle et ses yeux se plissent un peu.

— Non, elles sont parfaites. Tu es très jolie. On les prend ?

— Tu as vu le prix ?

— J'aurais dû t'acheter cette paire depuis longtemps. Avec les intérêts, le compte y est.

Elle se lève et je perçois la difficulté de ce simple geste, comme si en une poignée de secondes, un petit diable avait arrimé à son dos un paquetage invisible de soixante-dix kilos.

Je voudrais l'embrasser, la prendre dans mes bras, mais je n'ose pas. Ma mère n'aime pas les « démonstrations d'affection ». J'enferme mes pouces à l'intérieur de mes poings, je me recroqueville des mains.

Me serais-je trompée ?

Est-elle au courant ?

CHAPITRE SEPT

DÉBORAH
A LA FIÈVRE
DU SAMEDI SOIR

On est vendredi. Demain, Éloïse dort chez Erwann. Quand j'ouvre mes volets, je constate que le soleil écartèle les nuages. Je ris toute seule, tente un moonwalk, mais quand ça ne veut pas, ça ne veut pas. Ça n'a jamais voulu, dans mon cas. Pourtant je suis d'humeur à croire aux miracles. La preuve, je vais mettre mes nouvelles chaussures.

Je fredonne en sortant de ma douche, cheveux mouillés, et tombe nez à nez avec mon père qui sirote son café dans la cuisine. Il me sourit et les secondes s'égrènent avant que je l'imite.

— Tu prends un chocolat, chérie ?

— Un thé. Ça fait deux ans que je bois du thé, le matin.

Il me fixe. Je me replie vers la bouilloire. Pendant que je lance une poignée de feuilles sèches dans ma théière en forme de renard, celle qu'Éloïse m'a offerte pour mon anniversaire parce que j'adore les renards, je prends sur moi. Je ne peux pas réagir de façon aussi puérile. La vie de mes parents n'est pas la mienne. Vite, combler le vide qui se solidifie chaque seconde entre nous.

— Maman n'est pas là ?

Essaie encore une fois.

— Elle est déjà partie au boulot ?

Mon père mord dans un croissant et fait glisser le sac en papier vers moi. Le frémissement de la bouilloire emplit la cuisine.

— Non, elle avait un rendez-vous médical.

— Rien de grave ?

— Non, son gynéco, la routine.

Mes mollets me démangent. Un étranger est assis en face. J'ai envie qu'il sorte, mais en réalité, c'est moi qui suis chez lui.

— Et sinon, ça va ? lance mon père.

— Je suis en terminale.

— Je sais…

— Au lycée Condorcet.

— Et ça se passe comment ?

In-cro-ya-ble. Il n'a même pas tilté.

— Tu découvriras l'ampleur des dégâts en décembre, je lâche avant de reprendre devant ses sourcils mécontents : ma classe a un excellent niveau, je m'accroche.

— Bien. Et l'année prochaine ?

— On est en octobre, papa.

— Mais tu envisages une fac ? Une hypokhâgne ? Une université à l'étranger ?

En première, j'enchaînais les rêves les plus fous : architecte, réalisatrice, designer, directrice de musée, exploratrice en Antarctique. Depuis la rentrée, j'ai revu mes ambitions à la baisse. Avoir mon bac serait un bon début.

— Je me renseigne.

Mon père opine mais l'interrogatoire n'est pas terminé.

— C'est quoi ces post-it affichés dans l'entrée ? Ta mère m'a dit que c'était à toi.

Je manque d'avaler mon thé de travers.

— Tu pourrais mettre tes pense-bêtes dans ta chambre, c'est la pièce la plus grande de l'appartement !

Je tousse.

Retousse.

— Oui mais devant la porte d'entrée, c'est plus facile de s'en souvenir. C'est le numéro d'une conseillère d'orientation que l'on m'a… conseillée.

— Parfait, ne tarde pas trop à l'appeler.

Ma mère lui a menti.

Je panique un instant à l'idée que le numéro soit celui de la Brésilienne, affiché là pour le faire bisquer mais c'est stupide : mon père l'aurait reconnu. Je croque un croissant. Il a un goût de carton. Je le sais, j'en mangeais quand j'étais petite, chez ma grand-mère. C'était moins pire que sa bûche de Noël.

Je dévisage mon père à la dérobée, dénombre quelques touffes poivre et sel au milieu de ses cheveux coupés court. Il n'est pas rasé.

Je voudrais lui demander pourquoi ma mère passe ses soirées à massacrer des magazines mais j'hésite. Et le numéro ? Je devrais peut-être appeler…

Non. Je deviendrais folle si ma mère fouillait dans mes affaires.

J'admire mes ongles rongés dont le vernis orange s'écaille.

À force de contempler mon nombril, je suis passée à côté de mes parents.

Avant de partir, mon père se penche et m'embrasse le front. Ce geste anodin a des allures de guerre civile. La Brésilienne était pendue à cette même bouche.

Je rejoins Éloïse en bas de chez elle. Malgré son excitation, elle repère illico mes chaussures.

— Il était temps !

Elle a droit à un clin d'œil.

— Tu passes chez moi, ce soir ? poursuit-elle.

— Nous savons toi et moi que mon carnet de bal ne croule pas. Tu vas encore te pâmer devant la puissance déductive de mon réseau neuronal, mais un rapport avec demain soir ?

— Je recherche la perfection.

— Elle n'existe pas. Les aspérités, c'est la vie.

— Certes mais autant mettre toutes les chances de mon côté en maîtrisant un maximum d'éléments. Tu termines bien à 16 heures aujourd'hui ?

Éloïse a la mémoire des chiffres. Les dates d'anniversaires, les départements, les horaires, les mesures, la chute de l'Empire ottoman, les mensurations… elle retient tout. Au collège, elle a affirmé sans rire à notre prof d'histoire qui soulignait « la pauvreté de son vocabulaire contrastant avec sa facilité suspecte à retenir les dates » qu'elle avait des ancêtres arabes : « Et mon attirance pour les chiffres, elle vient d'où, à votre avis ? » Elle a écopé de trois heures de colle.

Rendez-vous est pris pour 16 heures.

Je ne mentionne ni le petit-déjeuner dadaïste avec mon père, ni les larmes de ma mère.

Lorsque j'arrive en histoire, je suis un vieux taureau usé couturé de cicatrices et j'entre pour la dernière fois dans l'arène. Je vais y affronter MA MORT.

Monsieur Jaunard doit nous rendre nos DST.

Je repère une table isolée, petit îlot de tranquillité méritée.

Et j'attends.

Je n'ose même pas saluer Jamal et Victor.

Monsieur Jaunard se venge de son nom grotesque en classant les copies par ordre décroissant. Les meilleures notes d'abord. Certains font l'inverse mais remarquez la différence entre ces deux méthodes.

Préalable : on vous rend votre devoir. Vous êtes stressée (le « vous » me désignant, moi).

1. Ordre croissant. Lorsque le pire s'égrène et que votre nom n'est toujours pas prononcé, l'espoir grandit. Plus la distribution avance, plus un poids s'ôte de votre poitrine.

2. Ordre décroissant. Vous ajoutez à l'angoisse de départ celle de chaque nom appelé qui n'est pas

le vôtre. Plus la distribution avance, plus un poids écrabouille votre poitrine.

Horreur et torture. CQFD.

Quand il ouvre son cartable en cuir usé et empoigne le paquet de feuilles annotées en rouge, je frôle la crise d'apoplexie, à la limite de demander si le lycée possède un défibrillateur. Heureusement, ma bouche est paralysée. La procédure habituelle est enclenchée : « Louvian, 19 ! ». Tania... Je *sens* son ego démesuré et victorieux s'étendre sur la classe comme une ombre noire.

« Mahfouz, 18 ! »

Je compte sur mes doigts.

Victor récolte un 17. Jamal un 15.

Un cyclone force 8 se déchaîne dans mon estomac. Jaunard en est à dix-sept noms et on est trente-neuf. S'il n'accélère pas, je vais cracher de la bile.

Par les oreilles.

« Dantès, 12 ! »

Je crois d'abord qu'il s'est trompé mais monsieur Jaunard contourne les tables et s'avance dans ma direction. « Le plan est un peu brouillon et ça manque de détails. Il faut fouiller, Dantès, prouver, argumenter ! » Je lui prends la copie comme s'il m'offrait un billet d'avion pour Tokyo.

Jaunard repart en annonçant un « 11,5 » et ma chaise tressaute. Je me retourne.

Victor et Jamal sont assis derrière moi.

J'articule un « merci » muet et me concentre sur le tableau noir en essayant de ne pas songer aux cils de Victor.

Dans les couloirs, le niveau sonore atteint son apogée. Normal, le week-end est en ligne de mire. Je me dirige vers les escaliers quand Jamal attrape ma manche.

— Sympa les chaussures !

C'est bien la première fois qu'un membre de la gent masculine remarque ce que j'ai aux pieds.

— Euh… merci.

Victor nous suit de loin, pianotant à toute allure sur son téléphone.

— Tu vas à l'anniversaire d'Erwann ? demande Jamal.

— Non.

Il se gratte la nuque.

— Tu fais quoi, à la place ? Enfin… Si ce n'est pas trop impoli.

— Je ne sais pas.

Ma vie est comme la mer Morte : il n'y a rien de vivant dedans. Je change mon fusil d'épaule.

— J'ai prévu de passer la soirée avec Victor Hugo.

Ça sonne pire.

Jamal fronce les sourcils.

— Je croyais qu'Éloïse était ta meilleure amie ?

— Elle l'est…

— Et tu n'es pas invitée ? Elle ne t'a pas incrustée à l'anniversaire de son mec ?

J'inspire plein d'air et fais non.

Effectivement, elle ne me l'a pas proposé. Maintenant que j'y réfléchis, elle n'a même pas dû y penser. Ou alors elle veut me faire la surprise.

— Tu viendrais chez moi ? Enfin, chez ma tante ?

Je prends une poignée de secondes de trop avant de répliquer parce qu'il ajoute :

— Soirée pizzas. Victor sera peut-être là avec Adèle.

— Adèle ?

— Sa copine.

J'aimerais me rappeler ma dernière opération mais je n'en ai jamais subi depuis la pose de mes yoyos, acte chirurgical pratiqué lorsque j'avais quinze mois. C'est dommage parce que dans le cadre d'une opération, j'aurais pu porter plainte contre le chirurgien ayant manié une scie à métaux, une pompe à vélo, un sèche-cheveux, une ventouse à W-C, bref, tout objet susceptible d'avoir été oublié par mégarde à l'intérieur de mon thorax et provoquant ce brusque manque d'oxygène.

Je suis bousculée sur le côté et Victor s'encadre entre Jamal et moi, la mine renfrognée.

— Elle ne vient pas. Peut-être le week-end prochain, pour les vacances.

C'est le moment de réussir mon moonwalk.

— Vous passez chez moi vers 20 heures ? Donne-moi ton numéro, Déborah, je t'envoie l'adresse.

Dehors, Éloïse est appuyée contre le mur du Clapier. Quand elle me voit, elle bondit et m'entraîne sans un coup d'œil pour Jamal et Victor.

— Je suis trop contente que tu viennes !

Je lui souris.

Un sourire couleur poussin.

CHAPITRE HUIT

DÉBORAH RENCONTRE TROIS PETITES MAINS NOIRES ET POILUES CRISPÉES SUR DES CHEVEUX

Le lendemain, après avoir fait mes devoirs et lu la moitié d'un bouquin de Freud où j'ai appris que les hommes d'aujourd'hui continuent à éteindre leurs feux en pissant dessus en souvenir des jours anciens, je suis debout devant mon miroir et tente d'endiguer une bonne vieille crise de panique.

L'intégralité de mon armoire gît sur mon lit et ressemble à un tas de serpillières.

Rien à voir avec la séance d'essayage d'hier.

Je suis allée chez Éloïse un milliard de fois. Elle habite rue Condorcet dans un appartement haussmannien qui fait cinq fois la surface du nôtre. En revenant du Clapier, elle m'a emmenée droit dans sa chambre et a déballé ses tiroirs. Culottes, sous-tifs, tops, jupes, sa garde-robe entière jusqu'aux chaussettes y est passée. Pour la première fois, je me suis sentie mal à l'aise. Je revoyais ma mère dans notre salon de seize mètres carrés, ses découpages, ses ciseaux, son petit bout de langue sorti. J'observais en retour les moulures de ce palace. Au bout de quarante-cinq minutes à admirer Éloïse en train de défiler sans qu'elle ait pensé à m'offrir le moindre truc à boire, à grignoter, ou qu'elle m'ait invitée à la fête d'Erwann, j'ai pris mon sac et je suis partie. Elle enfilait un collant donc j'ai réussi à prendre de l'avance, mais elle m'a rattrapée dans l'entrée.

— Qu'est-ce qui te prend ?

— Bonne soirée.

Cette phrase sonnait comme un appel au secours pathétique mais Éloïse a décidément un nombril à la place du cerveau. Elle m'a regardée partir avec des boules de Noël dans les orbites.

Je n'ai pas pleuré. Je n'avais qu'une envie, lui faire bouffer ses culottes par les trous de nez. J'ai détesté ma faiblesse. Quelle godiche supporterait d'aider une amie à dénicher la tenue qu'elle portera à une soirée où elle-même n'est pas la bienvenue ? Maso.

Au fond de moi, pourtant, je ne suis pas sûre d'être si honnête. Éloïse me connaît, elle sait que je suis un tantinet allergique aux fêtes.

J'ai essayé. Plusieurs fois. La plus mémorable reste celle où j'ai embrassé un garçon que je n'avais jamais vu et dont la langue s'est avérée aussi nerveuse qu'une limace. Au bout de deux minutes, j'ai couru vomir aux toilettes (j'ai d'ailleurs raté la cuvette et me suis enfuie, mon méfait maculant les murs). Ensuite, en seconde, Élo et moi avons zoné avec des gens de notre classe, expérience traumatique par son mortel ennui. Je me souviens d'un jour où, après avoir repoussé les avances d'un clone de Barbapapa, pour passer le temps, j'ai compté les poils d'oreille de mon voisin.

Nos nuits mémorables impliquent des pyjamas : pelotonnées sous la couette d'Éloïse, on écoute de la musique, on mate des séries jusqu'au petit matin, on refait le monde, on critique le collège/lycée entier, on rhabille les acteurs américains passés à la moulinette d'un chirurgien esthétique, on fantasme sur le remplaçant du prof de français. Le tout avec une collection de pots de glace d'un kilo.

Le petit comité est dans mon ADN.

Dès lors, dois-je en vouloir à Éloïse de ne pas m'inviter chez Erwann ?

Oui. Elle aurait au moins pu *essayer*. Se demander ce que je foutrai, moi, pendant que la moitié du lycée se trémoussera chez cet abruti. Éloïse est élue à l'unanimité de mes neurones Princesse de l'égocentrisme. Sur sa couronne, un doigt d'honneur en diamants brille plus que les étoiles.

Mon père et ma mère sont au cinéma. Un samedi après-midi. Il lui offre les miettes et elle les accepte avec gratitude. Leur vie me dépasse.

Je zieute mon téléphone.

Je.

N'ai.

Reçu.

Aucun.

Message.

D'Éloïse.

Le miroir de ma chambre mesure le quart du sien mais suffit à souligner le désastre en cours : moi dans mon jean trop petit, mon ventre s'échappant comme une hernie discale. L'autre jean est sale et j'ai lancé la machine ce midi sans y penser. Il est 19 heures. J'ai beau le tâter toutes les cinq minutes après l'avoir placé sur un chauffage à fond, il reste trempé. Je ne vais pas débarquer chez Jamal en survêtement. Et hors de question de mettre une jupe. Aucune ambiguïté. Ce sont des potes. Je n'ai besoin de séduire personne.
Per-sonne.

Je me décide pour une jupe et des collants opaques.

J'ai la main sur la poignée de porte quand je remarque de nouveaux post-it sur le miroir de l'entrée.

Avec le même numéro.

Écrit au même feutre rouge.

Je vérifie, compte sur mes doigts. Il y en a dix.

Je sors mon portable et crée un contact « numéro mystère ».

Lundi, j'appelle.

Au moment où je claque la porte, ma mère arrive, essoufflée par nos cinq étages. Elle porte son manteau orange brodé, pièce de collection rapportée voilà des années d'un de ses voyages au Pérou.

— C'était comment ?

Je guette un signe de chagrin sur son visage.

— Long. Je n'aurais pas choisi ce film-là mais ton père avait envie de le voir.

— Et il est où, mon père ?

— Au journal. Réunion.

— Bien sûr ! je lâche, mauvaise, avant de m'apercevoir de ma bourde.

Ma mère, la moitié de sa clef dans la serrure, se retourne et me dévisage.

— Qu'est-ce que tu veux dire ?

— Rien, rien, je balbutie en m'engouffrant dans l'escalier. Bonne soirée !

Une marche, deux marches, trois marches…

— Déborah !

Je m'arrête. Je ne veux pas entendre ce qu'elle va m'annoncer.

— Ton père vit une période difficile. La presse est un secteur en perdition, les enjeux sont complexes. Sois indulgente avec lui, d'accord ?

Je pourrais faire stopper les mensonges, l'espoir. Qu'elle prenne le temps de déconstruire, de se reconstruire, cesse d'être aveuglée : « Ton père vit une période difficile » ! Sa naïveté est effrayante. Je *dois* le faire. *Maintenant !*

Je la fixe : ses rides au coin des yeux, ses pupilles agrandies par l'angoisse diffuse, sa peau terne, les deux petits plis autour de sa bouche…

Je ne peux pas.

Je ne peux pas la casser plus.

Au lieu de lui révéler la vérité abjecte, j'opine, remonte lui poser un bisou sur la joue, parce que j'en ai besoin, parce que je me dis qu'elle en a besoin même si elle n'est pas férue de câlins, parce que c'est la seule chose à faire pour masquer ma trahison.

Et je file chez Jamal.

Pourquoi les immeubles riches sont-ils toujours aussi grands ? Soit c'est une question d'esbroufe masculine mal placée (mon immeuble est plus gros que le tien), soit l'espace est un privilège de nantis, je ne vois que ça.

La cage d'escalier est aussi large que dans un musée. La concierge a une vraie loge. Et l'ascenseur fait la taille de ma salle de bains. Au cinquième étage, une seule porte à double battant. La tête de Jamal s'encadre bientôt dans l'ouverture mais il l'entrebâille à peine.

— Entre vite !

Je me glisse à l'intérieur et il referme à double tour.

J'ai à peine le temps d'inspecter l'immense entrée, ses miroirs dorés, ses meubles anciens, ses vases, ses bouquets luxuriants, ses trois couloirs qui partent en étoile, qu'il me prend par la main et m'entraîne de force le long d'un corridor émaillé de vieux tableaux craquelés, de consoles tarabiscotées, et surtout, de lustres en cristal. Un peu décontenancée par son geste (ma paume dans la sienne, mais euh… non, non, non), je le suis néanmoins en m'accrochant très fort à l'idée qu'il y a une explication à cette étrange attitude.

Nos pas sont atténués par un épais tapis, nous passons une ribambelle de portes closes, traversons un boudoir rococo orné de peintures et d'horloges anciennes sous verre, toutes en état de marche, et débouchons sur un gigantesque salon. Je lâche la main de Jamal et admire un piano demi-queue (sur lequel il n'y a aucune partition), quatre énormes canapés, des étagères remplies de livres d'art, de sculptures, de poteries et de bibelots que je devine hors de prix.

Au centre, blême et immobile, Victor est debout sur une chaise.

— Attention où tu marches ! lâche-t-il aussitôt qu'il m'aperçoit.

Il parle sans desserrer les dents.

— Si c'était dangereux, je ne vous aurais jamais fait entrer ! le rabroue Jamal.

Je l'observe mieux.

— Pourquoi tu transpires du front, alors ?

— Prends une chaise et mets-toi à côté de Victor !

Un pressentiment désagréable dresse l'un après l'autre les poils de mes bras.

— Vous ne seriez pas en train de me bizuter ?

— Pas du tout, réplique Jamal, on n'est pas si grossiers.

— Dans ce cas, qu'est-ce que vous manigancez ?

Victor contracte tellement ses mâchoires que son visage est transfiguré. Plus je le regarde, plus je le trouve livide.

— Prends une chaise ! insiste Jamal en me poussant dans le dos.

— Un, tu me lâches. Deux, j'ai passé une journée pourrie et n'ai aucune intention de singer les intermittents du spectacle qui tiennent la pose trois heures déguisés en Yoda pour attendrir les touristes !

Victor pince les lèvres. Il se retient de rire. Ou plutôt, *quelque chose* l'empêche de rire.

Leur petit duo m'exaspère.

— Bon, Jamal, tu craches le morceau ou je rentre chez moi !

Il se dandine d'une jambe sur l'autre, et Victor intervient, toujours sans articuler :

— Dis-lui mais je te parie qu'elle ne reste pas.

Jamal pousse un soupir résigné et se tourne vers moi.

— J'ai laissé sortir Gertrude, la seule à aimer se promener, mais je l'ai perdue. Jolie jupe, au fait, tu devrais en mettre plus souvent.

— QUOI ?! Une mygale se balade ici ?! EN LIBERTÉ ?

Je lâche trois litres de transpiration.

J'imagine la bestiole et le décor vacille : ses huit yeux ronds, sa silhouette velue, ses longues pattes articulées. Elle peut être tapie sous n'importe quel meuble, nous guetter, se tasser déjà pour attaquer, prête à me planter ses crochets venimeux dans la gorge et m'enrouler dans un cocon dégueu comme dans *Le Seigneur des anneaux*. Ou bien elle va faire le saut de l'ange, se laisser tomber du plafond droit dans mes cheveux et je sentirai ses grosses pattes poilues sur mon cuir chev...

Je me rue dans le couloir, direction la sortie.

— Ne fais pas l'andouille ! hurle Jamal qui cavale derrière moi. Elle n'a plus ses crochets !

Je me jette sur la porte et la secoue de toutes mes forces mais IL M'A ENFERMÉE, OH MON DIEU !

Jamal me saute dessus et bloque mes poignets.

— Déborah !

Je me débats avec l'énergie du désespoir, et en ce moment, il est consistant, le désespoir. Une sorte de rage extraterrestre enfle à l'intérieur de moi.

— Lâche-moi, LÂCHE-MOI, ESPÈCE DE MALADE !

Pan, je lui envoie mon coude dans la gorge.

— Déborah ! Calme-toi, tu vas me blesser !

Je trépigne, lance mes poings, mes pieds, frappe, cogne où je peux, rugis.

— Vous me faites tous chier ! TOUS !

— Déborah, elle n'est pas dangereuse !

— J'en ai plein le dos de vos conneries ! Mon père, ma mère, Éloïse, cette pouffiasse de Tania, ta mygale de merde ! BANDE DE CONNARDS !

Je lui flanque mon genou dans les parties et Jamal se recroqueville d'un coup. Il continue pourtant à m'immobiliser. De rouge, son visage vire au violacé.

C'est immédiat : je me dégonfle. De toute façon, je suis incapable d'échapper à son étreinte.

Plié en deux, la bouche tordue comme s'il en manquait un bout, Jamal ouvre un œil et je lis dedans la douleur, le respect, la colère et une pointe d'amusement. Un drôle de cocktail.

Je tâte ses maigres biceps.

— Tu fais de la musculation ?

Il me regarde avec intensité, se redresse tant bien que mal, et sourit.

— Victor ! crie-t-il sans me quitter des yeux. Bonne nouvelle : Déborah est revenue !

— Arrête de gueuler, tu vas me percer les tympans ! j'aboie.

— Et elle revient de loin, visiblement… répond Victor depuis le salon.

Je soupire.

— Maintenant, chère Déborah, si tu veux bien me suivre, nous allons remettre Gertrude dans son vivarium et passer une super soirée.

Je me glisse derrière lui, me déplaçant à pas de loup.

— Qu'est-ce qui se passe si je lui marche dessus par inadvertance ? je chuchote.

— C'est une araignée, Déborah, elle ne comprend pas le français. Tu peux parler normalement. Et tu ne peux pas lui marcher dessus *par inadvertance* : elle est grande comme une assiette.

Si je continue à suer autant, je vais mourir déshydratée.

Nous atteignons de nouveau le salon. Victor n'a pas bougé d'un centimètre. Coincé sur sa chaise, il me donne un peu envie de rigoler.

— Grimpe pendant que je vérifie si elle n'est pas sous un canapé, m'ordonne Jamal. Ça ne craint rien mais si tu la vois et que tu perds les pédales, tu pourrais la blesser.

Il a peur *pour son araignée*.

J'avance avec la lenteur d'un paresseux jusqu'à une chaise, l'examine sous toutes les coutures à la recherche de l'éventuelle intruse, et la traîne jusqu'à Victor.

— Salut... je marmonne une fois juchée dessus.

— Alors comme ça, tu as passé une journée pourrie ? s'enquiert-il pendant que Jamal parcourt le salon à quatre pattes.

— Ne fais pas genre : « Je suis ultra désinvolte », ça ne marche pas. Tu as un teint de cadavre.

— La différence entre toi et moi, rétorque-t-il, c'est que j'ai déjà vu Gertrude. Je *sais* pourquoi je suis au bord de mouiller mon pantalon.

La glotte atrophiée, je suis chaque mouvement de Jamal, essayant d'y déceler un signe de présence arachnéenne.

— Elle est vraiment grosse comme une assiette ?

— Elle est horrible.

— Je vous entends ! Ne dites pas de mal de ma Gertrude !

— Son vivarium pue, poursuit Victor. Ses copines puent aussi. En fait, ce mec est cinglé, on ne devrait pas rester là. Je t'invite à dîner dehors ?

À cet instant précis, la sonnette retentit et je sursaute.

— C'est le livreur de pizzas et tiramisu, j'y vais !
lance Jamal.

Je me retrouve avec Victor.

Et potentiellement, Gertrude.

— Qu'est-ce qu'on fait si on la repère ?

Je chuchote à nouveau. Je ne peux pas m'en empêcher.

— On crie.

— Tu peux être sérieux deux secondes ?

— Je suis sérieux. Je ne bougerai pas.

— Mais si elle escalade ta chaise ?

— Oh putain !

Victor détale, faisant mine de m'abandonner dans
le salon. Je le rejoins d'un bond et nous fonçons vers
l'entrée, près de Jamal, seul à pouvoir maîtriser la
situation. Enfin, j'espère.

Le livreur a posé les boîtes de pizzas sur un buffet
Art déco et tend la machine à carte bleue à Jamal. Il
s'apprête à nous dire bonsoir mais tressaille en nous
découvrant.

— C'est quoi, ce bordel ?!

Son visage exprime la terreur.

La terreur pure.

Il fixe un point situé juste derrière moi.

CHAPITRE NEUF

DÉBORAH PASSE
DU CÔTÉ OBSCUR

Je ne me retourne même pas.

Je hurle comme si on m'arrachait un sein à la ventouse et pique un sprint en bousculant le livreur au passage.

— NE COUREZ PAS, BORDEL, VOUS ALLEZ LA STRESSER ! rugit Jamal.

Je m'engouffre dans un autre couloir, avise un escalier mais décide de charger droit devant, fais valdinguer un vase qui se fracasse dans un grand bruit de verre brisé et continue, poings serrés, loin du monstre.

Des pas, des cris effarés.

Des coups sourds, des grognements.

Aveuglée par la panique, je pousse une porte pour me cacher.

La chaleur humide est étouffante. L'odeur bizarroïde et rance.

Je m'appuie sur la porte fermée et reprends mon souffle.

Sur chaque mur, il y a trois aquariums géants, tapissés de terre, de végétation, de pots, de cailloux.

Il me faut une seconde avant de comprendre.

Je suis dans LEUR domaine.

THÉORÈME DE LA SCOUMOUNE, NIVEAU MAXIMAL.

Je manque de briser la poignée en ressortant et heurte de plein fouet un Victor effaré.

— Ça va ? Je te cherchais…

— Je vais avoir une énorme bosse, je bougonne en me frottant le front.

— Non ! NON ! crie Jamal depuis l'entrée. Quel con ! MAIS QUEL CON !

Le livreur de pizzas est mort.

— Venez m'aider !

Voilà.

Des bruits de casseroles nous parviennent. Jamal farfouille probablement dans une trousse à outils. Il va falloir découper le corps pour s'en débarrasser au plus vite.

— Ne déconnez pas ! Vite, c'est grave !

Victor écarquille les yeux, je secoue la tête. Mais on ne peut pas laisser Jamal gérer le cadavre, seul.

Victor me prend la main.

Ma main dans la sienne.

Ma main dans la sienne.

Nous rebroussons chemin. Je trottine en levant haut les pieds : si je croise Gertrude, je l'écrabouillerai comme un grain de raisin.

Parvenu sur le lieu du crime, Victor ralentit, il lâche ma main, ramassé sur lui-même.

C'est la guerre.

Elle est plus légère.

Il jette un coup d'œil dans l'entrée, me fait signe, et disparaît en courant.

Je le suis.

Aucun macchabée en vue.

La porte est grande ouverte et Jamal brandit une sorte d'épuisette.

Je colle ma main sur ma bouche.

Il acquiesce.

Gertrude s'est fait la malle.

D'après Jamal, elle ne peut pas être allée bien loin. Elle doit être morte de peur.

La pauvre.

Il ne l'a pas vue filer parce que le livreur de pizzas, « arachnophobe probable », l'a à moitié assommée avec l'appareil à Carte bleue avant de s'enfuir.

Moi, je dis que ce type a la notion de la priorité.

Quoi qu'il en soit, nous passons en revue l'escalier jusqu'au rez-de-chaussée, la courette, les poubelles, mais il faut nous rendre à l'évidence : Gertrude s'est volatilisée.

Quand on s'assoit par terre deux heures plus tard avec nos boîtes en carton, le silence sépulcral laisse augurer d'une fête orgiaque. Les pizzas sont froides, le fromage rigidifié.

— Elles ne sont pas pré-découpées, tu peux nous ramener un couteau ?

Jamal obéit à Victor en traînant des pieds.

— Les boules. Elle doit être morte… je lâche.

— Tu es triste ?

— Pour Jamal, oui.

Victor arrache un bout de croûte à la sauvage, me le tend et réitère l'opération pour lui.

— C'est une araignée, Déborah.

J'aime bien quand il dit mon prénom.

— Si elle faisait ta taille, elle te boufferait toute crue.

— Non, je crois qu'elles digèrent, avant. C'est l'intérêt de la mors…

De l'autre côté de l'appartement, Jamal parle tout seul. Il a une voix bizarre, celle qu'emploient les grand-mères quand elles s'adressent à des nourrissons. Goudjou-goudjou-goudjou-il-é-bo-le-bébé.

— Merde, le chagrin lui a fait perdre la raison… je murmure.

Je dois avoir une tête de dégénérée du bulbe parce que Victor me dévisage et éclate de rire. Il reprend son souffle par saccades, et dès qu'il expire, projette des bribes de pâte à pizza mâchée à trois mètres à la ronde. Je manque d'avaler la mienne de travers, et ne souhaitant pas mourir étouffée par une croûte, crache ma bouillie sur un coin de carton. Lady Dantès. On se bidonne à l'unisson, si fort que je tape du poing par terre pour évacuer l'émotion qui me submerge.

C'est trop bon.

— Quand même… je reprends, les abdominaux douloureux. On devrait peut-être noter le numéro de SOS psychiatrie.

— Pas besoin !

Jamal réapparaît, pectoraux en avant.

— Elle est saine et sauve !

— Non ?!

— Nous avons eu si peur… susurre Victor, la main sur son cœur d'hypocrite.

— Tais-toi, crétin. En fait, elle n'est jamais sortie et a dû se cacher. Elle attendait sagement devant la porte des vivariums. Elle est parfaite, je l'adore !

— Il est fou.

— Peut-être mais la soirée peut commencer !

Jamal s'assoit, découpe la pizza d'un geste théâtral et enfourne la moitié d'une part dans sa bouche à grandes dents.

— Depuis quand tu as des araignées ?

Je parle en mâchant, super élégant, mais j'ai trop faim.

— Six ans. J'ai commencé avec Joséphina, c'est une Goliath, une « mangeuse d'oiseaux ». Les femelles vivent plus longtemps que les mâles, entre quinze et vingt-cinq ans.

— Marche arrière toute… Jamal, je crois que je préfère changer de sujet.

Victor me fait un clin d'œil.

— Moi aussi. Si on parlait de Tania ? Tu ne l'aimes pas beaucoup, hein ?

— Ça se voit tant que ça ?

— Disons que masquer tes sentiments n'est pas forcément ton point fort, se marre Jamal.

Je lui jette ma serviette en papier chiffonnée à la tête.

— Je n'y suis pour rien : c'est une pétasse. Elle me méprise. Et je le lui rends bien.

Ils s'esclaffent.

— Tania n'est pas un parangon d'empathie, c'est clair. Et tes parents, ça va comment ?

Pourquoi Victor me pose-t-il ces questions ?

— Vous le faites exprès d'aborder tous les sujets qui m'emmerdent ?

— Vous voulez une bière ?

— Ah ! Enfin une parole sensée !

Victor dit oui. On fait *tchin* avec nos bouteilles en verre. Au bout de la troisième, je vais mieux. Sans compter que j'ai la peau du ventre bien tendue. Je m'affale sur le canapé. L'appart de Jamal est immense, raffiné, mais on s'y sent bien. Les sujets viciés sont délaissés au profit de conversations anodines : les films au cinéma, nos profs, le footing (Victor), le coach perso de Jamal (nan !), qui lui hurle dessus pour qu'il termine ses séries d'abdos : « Allez, lavette, trente-six, trente-sept ! », mon allergie au sport, l'épilation du maillot, mes poils sur les gros orteils (mais pourquoi, *pourquoi* je parle de ça ?), la dictature du corps parfait. Victor affirme que je suis très bien comme je suis et Jamal plussoie. La quatrième bière me permet de saluer leurs compliments, et d'ajouter qu'ils ne sont pas mal non plus. Les ravages de l'alcool.

Je les observe se prendre le bec à propos d'un western. Ils ont l'air de se connaître depuis des années alors que leur première rencontre date de la rentrée.

Victor nous fait une démonstration de jonglage à base de clémentines et je le supplie de m'apprendre. Bientôt, les fruits volent partout dans le salon. Jamal essaie avec des bananes et c'est le fiasco. On les ramasse à la petite cuillère. Je ris vraiment beaucoup.

Vers 1 heure, ils me raccompagnent. Je ne suis qu'à douze minutes, mais ils insistent. Victor dort chez Jamal, qui a sept chambres d'amis. Dans la rue, on chante les Beatles. Je fais la choriste et Jamal tape en rythme sur une poubelle. Quelqu'un gueule par sa fenêtre et on se sauve en gloussant. Au bas de mon immeuble, je leur claque une bise et monte comme si j'étais un nuage cotonneux porté par la brise.

Isidore m'attend derrière la porte, je suis obligée de l'entraîner dans ma chambre pour qu'il ne réveille personne tant ses démonstrations de joie sont bruyantes. Comble de l'ébriété, je lui tapote la tête avant de plonger tout habillée dans mon lit. Je m'endors sans avoir presque pensé à Éloïse, à ma mère ou à mon père.

Quand je retourne au lycée lundi, pourtant, une petite boule de papier mâché obstrue ma gorge. Une boule protéiforme.

Les différentes faces de la boule (je sais qu'une boule n'a pas de faces, c'est même une de ses principales caractéristiques, mais vous voyez l'idée) :

* J'angoisse à l'idée de croiser Éloïse.

* Victor est drôle, mignon, sympa. Son cœur appartient à Adèle.

* Je ne sais toujours pas ce que je vais faire pendant les vacances.

* Ma mère a passé la journée de dimanche à feuilleter de vieux magazines achetés sur e-bay. Des *National Geographic*, pour la plupart. Je lui ai dit que j'aimerais faire du baby-sitting pour pouvoir manger le midi. Elle n'a pas apprécié et m'a tendu deux billets de vingt. Il ne s'agissait toutefois pas d'une tactique vicieuse. Je songe au baby-sitting pour de vrai.

* Pendant ce temps, mon père « faisait du squash avec François, son collègue ».

* Trois nouveaux post-it sont apparus sur le miroir.

Ma boule a donc six faces.

Jamal n'est nulle part et ne répond pas aux messages. Je crois que Victor m'évite. J'ai trop peur de savoir pourquoi (moche + naze + dramatiquement quelconque + tragiquement dramatique = moi).

À midi, je marche vingt minutes pour m'éloigner du Clapier avant de m'asseoir dans un café. Je choisis une table dans un coin, sors mon téléphone, et appuie sur « numéro mystère ».

— Galerie Léviathan, bonjour !

La voix de la femme est haut perchée. Pressée.

— Euh…

— Oui ?

— Bonjour… Vous êtes quoi ?

— Je vous demande pardon ?

Galerie, galerie, galerie… Pas une galerie marchande, c'est débile.

— Une galerie d'art ?

— La galerie Léviathan, oui. C'est pour un stage de troisième ?

Je reste muette de stupeur.

— Yes, I'm coming in two minutes ! lance mon interlocutrice à quelqu'un qui n'est pas moi. Je peux vous aider, jeune fille ? Je suis occupée.

Je raccroche.

Vissée à mon téléphone, je déniche le site de Léviathan (méga original, comme nom…) en un clin d'œil. Expositions de peintres, designers, sculpteurs. La majorité me fait l'effet d'infâmes croûtes mais quelques œuvres sont potables. De toute façon, je n'y connais rien.

Le propriétaire est une femme.

Pourquoi ma mère colle-t-elle à tout va le numéro d'une galerie d'art dans notre entrée ? Qui doit-elle appeler ? Pour quoi faire ?

J'ajoute l'adresse à mes contacts.

Contre toute attente, le mystère du post-it s'épaissit.

Le vendredi, veille des vacances, la boule de papier mâché est un ballon de basket. J'ai eu un 10/20 en anglais et un 8/20 en philo.

Quinze minutes avant le cours, justement, je suis assise dans le couloir face à la salle 234. Les nombreuses lectures scolaires m'ont forcée à faire des infidélités à Jean Valjean – et à Carrie que je n'ai pas vue depuis trop longtemps. Du coup, je garde mon pavé dans ma poche et le ressors à l'heure du déjeuner.

Parce que je mange seule.

Jamal est malade. Je ne l'ai pas revu depuis la soirée arachno-italienne. Il a une gastro. Il aurait pu prétexter une bronchite ou une grippe, mais non, lui, il me prévient qu'il a une gastro, avec moult détails physiologiques, en prime, comme la consistance et la couleur. Tout ça parce qu'on a mangé une pizza ensemble. Certaines personnes baissent leurs barrières assez vite, hein.

Quand il n'est pas aux toilettes, il me harcèle pour savoir comment se passent les cours, et m'envoie vingt photos par jour de Gertrude : Gertrude sous une feuille, Gertrude assoupie – qu'il dit, mais je ne vois pas ses huit yeux ensommeillés et d'ailleurs, les mygales ont-elles des paupières ? –, Gertrude en position du lotus qui réfléchit au sens de la vie, Gertrude devant sa coiffeuse en train de chanter Gigi l'amoroso de Dalida. OK, ça, c'est mon interprétation.

Quant à Victor, il s'éclipse dès que tout potentiel de collision entre nous surgit. Non, je ne suis pas paranoïaque.

Éloïse a été opérée. On lui a fait une greffe de lèvres. Coupées au scalpel et cimentées à celles d'Erwann pour la vie. Je m'interroge sur leur façon de s'alimenter. Au bloc, elle a aussi eu droit à une ablation d'une partie de la rétine : je ne m'y imprime plus.

Transparente, je suis.

Dans deux heures, c'est les vacances.

Des talons aiguisés frappent le carrelage du couloir avec un bruit sec. Des clefs s'entrechoquent.

— Mademoiselle Dantès.

Je salue madame Chemineau. Elle ouvre la salle.

— Venez avec moi.

Quel nouveau fléau va encore me tomber dessus ?

Les fenêtres sont grandes ouvertes. Il a plu. De larges flaques salissent le carrelage.

— Allons bon, rouspète madame Chemineau, je dois faire le ménage, maintenant.

Elle semble se souvenir de ma présence.

— Mademoiselle Dantès, vous lisez *Les Misérables* ?

— Oui.

— Vous en pensez quoi ?

Sa question me prend totalement au dépourvu.

— Euh…

Ses lunettes sont posées sur le bout de son nez. Je vois son mascara qui fait des pâtés.

— J'aime beaucoup. Certains passages sont indigestes, je les lis parfois en diagonale, mais l'histoire est fantastique et j'adore Jean Valjean.

Brillant. Une thèse de littérature.

— Et à part Hugo ?

— J'aime bien Dumas. Sinon, de la SF (Wul, Matheson, Wyndham), de la Fantasy, vieille ou contemporaine. Hemingway, même si je n'adore pas son trip corrida. Le Clézio. Prévert. Zola. Marcel Aymé. Saint-Ex. Kessel...

Ma voix meurt dans ma gorge. Madame Chemineau n'a plus d'yeux, elle a des pistolets laser.

— Et en philo ?

— Freud.

Elle ouvre son cartable, sors des pochettes, une trousse.

— Comment s'est déroulée votre scolarité jusqu'à présent ?

— Plutôt bien.

Elle hoche la tête.

— Vous avez des soucis, en ce moment ?

Je ne peux pas m'empêcher : je deviens rouge.

— Non...

Des *canons* laser.

— Mademoiselle Dantès, j'ai l'impression que vous avez du mal à ordonner votre pensée. Ça part dans tous les sens. Alors, à partir de maintenant, quand vous ferez une dissertation, dans ma matière ou dans une autre, vous appliquerez cette formule : thèse, anti-thèse, synthèse.

Je dois avoir l'air d'une truite décédée parce qu'elle reprend :

— Pour/contre/les deux, mon général.

— D'accord...

— Thèse, vous exposez votre idée principale. Vous argumentez, donnez des exemples, les preuves sur lesquelles vous fondez votre raisonnement. Vous pouvez développer plusieurs points, pas plus de quatre. Antithèse, vous travaillez l'idée contraire, selon le même principe. L'objectif est de démontrer. Enfin, vous faites la synthèse. Vous visez le juste milieu. Au début, vous prenez soin d'écrire une brève introduction. À la fin, une conclusion. Maximum dix lignes. La méthode est sommaire, scolaire, mais nette. Quand vous aurez compris comment structurer votre pensée, vous pourrez vous affranchir de ce modèle basique.

Les couloirs commencent à bruisser. Une tête se penche à l'intérieur de la classe. Tania.

— On peut entrer ?

— Non, deux minutes.

Tania me lance un regard venimeux.

— Et fermez derrière vous.

Madame Chemineau se tourne vers moi.

— Vous m'avez compris, mademoiselle Dantès ?

— Je crois. J'espère.

— Je vais donner un devoir pour les vacances. Appliquez ce plan. Nous en reparlerons au besoin.

Je ne bronche pas.

— Eh bien, rejoignez vos camarades !

Thèse, anti-thèse, synthèse.

Dans le couloir où mille voix résonnent, Tania m'attend, bras croisés, du haut de ses talons de dix centimètres.

— Ça va, la fayotte ?

Victor est assis plus loin, occupé à baratter son clavier de téléphone.

Je l'ignore. Je les ignore tous.

Thèse, anti-thèse, synthèse.

Thèse : ma mère a une aventure avec l'associé ou l'employé d'une galerie reconnue. *Anti-thèse* : ma mère s'emmerde royalement et meurt de solitude pendant que mon père batifole avec une bombe, elle rêve d'acheter un tableau d'artiste hors de prix. *Synthèse* : elle est mal barrée.

CHAPITRE DIX

DÉBORAH GARDE SA LIBERTÉ COMME UNE PERLE RARE, MAIS BON, ÇA COMMENCE À PESER

Le premier mercredi des vacances, j'ai fini mes devoirs, rédigé le brouillon de ma dissertation de philo, et quasi terminé mon premier tome des *Misérables*.

Je-m'é-cla-te.

Éloïse a disparu de la circulation. Je lui ai écrit soixante-treize messages et à chaque fois, je les ai effacés. Hier, j'ai arrêté. En fait, je n'ai pas grand chose à me reprocher. Elle m'a blessée. Elle savait que j'avais besoin d'elle.

Je la déteste.

J'ai toujours besoin d'elle.

Je me déteste.

Jamal est au Liban avec sa tante. Je reçois des photos de Baalbek, de glaces avec des morceaux de chocolat au lait, de mer bleue et d'immeubles tout neufs.

Victor est à Lille avec Adèle.

La femme de Victor Hugo s'appelait Adèle.

Je dis ça, je dis rien.

Isidore a pris l'habitude de gratter à ma porte dès que je me réveille. Comment le sait-il ? J'ai à peine ouvert un œil qu'il rapplique avec son haleine de cadavre décomposé.

Comme cadeau bonus, par ces temps de moral sous le talon, la pluie tombe dru depuis trois jours. Même le temps est médiocre. Je ne mets le nez dehors que pour promener le repoussant canidé, abritée sous mon ciré, engluée dans le gris du monde. Je reste droite dans mes bottes-grenouilles. Mes deux paires de chaussures sont rangées hors de portée de crocs, sur mes étagères, dans ma chambre.

Aujourd'hui, j'ai erré sur Internet des heures et décidé de confectionner une pizza maison. C'est toujours mieux que fixer le plafond en tâtant ma cellulite.

Quand mon père rentre, j'ai de la farine jusqu'au front et je transpire à force de pétrir.

— Salut, chérie, tu vas bien ?

— Oui.

— Tu prépares une tarte ?

J'enfonce mes paumes dans la pâte, la serre, la retourne.

L'écrase, la déchire, la malaxe au poing.

— Une pizza.

— Super ! Il paraît que c'est compliqué...

Il s'assoit à l'autre bout de la table.

— C'est juste un test.

Son téléphone émet un « bidibidibip ». Il se lève et sort.

Lorsqu'il revient dix minutes plus tard, la pâte repose sous un torchon humide et je fais un brin de vaisselle. Il attrape la bouilloire et la glisse sous le filet de *mon* eau.

— Tu veux un thé ?

Je hais sa mine réjouie.

— Non, merci.

Du bout des doigts, il retire un bout de pâte coincé dans mes cheveux.

Il n'est pas mon ennemi.

Ce n'est pas mon histoire.

— Oh, et puis si. Maman a acheté du thé blanc l'autre jour, je ne l'ai pas encore goûté.

Je soulève un coin du torchon et lorgne ma pâte. Il n'y a évidemment rien à lorgner à part la pâte. Dans un film, je tapoterais la table de mes ongles longs et vernis. Le son, agaçant à souhait, crépiterait dans le silence gêné.

— Vous vous êtes rencontrés comment ? Avec maman, je veux dire... je me rattrape, au bord de virer écarlate.

— Ta mère ne t'a jamais raconté ?

Son flegme me fascine. L'éclat dans ses yeux était infime mais je n'ai aucun doute : le « bidibidibip » n'émanait ni de son travail, ni de ma mère, ni d'un ami de squash, ni de Mars.

Je le fixe.

— J'ai rencontré ta mère à une soirée étudiante, quand j'étais à l'École supérieure de journalisme de

Lille. Chez des copains de copains en colocation... quelque chose comme ça. Nous avons sympathisé, sans plus. Je ne me souvenais même plus de son prénom ! Et puis, nous nous sommes revus à une autre soirée. Et voilà.

Quel romantisme. Ce désir brûlant consumant soudain deux êtres attirés l'un par l'autre telle la limace par une chope de bière, la musique langoureuse quand leurs regards se sont croisés, leurs corps embrasés...

« *Je-ne-me-souvenais-même-plus-de-son-prénom.* » Sérieusement ?

L'histoire d'amour entre un radis et un chou de Bruxelles serait plus torride !

Je masque tant bien que mal ma déception. Non, mon agacement. Non : ma colère.

— Tu étudiais le journalisme, et elle ? L'histoire de l'art, c'est ça ?

— Non, les lettres modernes.

— Ah.

Raté. La galerie Léviathan n'a donc rien à voir avec une ancienne connaissance de fac ou un souvenir de jeunesse. Un ami d'enfance, peut-être ? Une offre de boulot ? Mais ma mère ne connaît rien à l'art contemporain ! Elle est maquettiste. Et la piste de l'amant ne tient pas debout : si elle était amoureuse, elle ne ressemblerait pas à un flan déprimé.

Quand elle rentre – tard, car son magazine était en bouclage –, mon père a commandé des sushis.

— Ça sent le brûlé, non ? lance ma mère en poussant la porte.

— Oui, c'est moi : le courant a été coupé cinq minutes, j'ai voulu allumer une bougie et j'ai mis le feu à mon journal, brode mon père.

Il ment. Il ment. Il ment encore.

Mais cette fois, c'est pour m'éviter la honte de la pizza carbonisée et immangeable.

Je lui souris.

Ça fait longtemps que ça ne m'était pas arrivé.

Mes parents travaillent pendant les deux semaines de vacances. Ils ont posé des congés à Noël. Je passe donc mes journées en tête-à-tête avec Isidore, qui me suit partout, même aux toilettes. Quand je m'enferme, une ombre se dessine sous la porte, assombrissant le rai de lumière, puis l'humidité de sa truffe s'y colle et il renifle bruyamment. Mes « Va-t'en, sale débris ! » ne l'influencent pas le moins du monde. Il inspire encore plus fort et gratte. L'autre jour, j'y ai lu un magazine. En ressortant, j'ai dû aspirer les copeaux de bois par terre. La porte des toilettes est scarifiée.

Ce matin, je me suis cuisiné des œufs brouillés avec trop de crème fraîche, et j'ai déménagé dans ma chambre le Grand Robert, héritage de mon grand-père en six volumes. Je pioche des mots au hasard. Isidore est couché au pied de mon lit. Il dort profondément. De temps en temps, il geint et bouge ses pattes aux coussinets usés. Je me demande s'il chasse des lapins dans un bois, ou s'il s'enfuit, poursuivi par la fourrière. Je ne le saurai jamais. Voir *rêver* un chien est une expérience curieuse. Pour moi, Isidore a la tête pleine de vide. Ou de flatulences, au choix. Il me prouve que je me trompe, même si j'hésite sur la nature de ce qui remplit sa boîte crânienne.

Hier, je suis passée voir Carrie, titillée par le besoin impérieux de causer de cette salope de Victurnien. La librairie était bourrée de monde. Il devait y avoir sept ou huit personnes. Elle est venue m'embrasser, m'a proposé un thé mais je lui ai dit que je repasserais. J'ai acheté deux carnets, celui des *Misérables* étant presque rempli, et je suis repartie, la capuche sur le nez, suivie par le déchet canin.

J'ai remarqué que ma mère ne découpe ses magazines que lorsque mon père n'est pas là. L'appartement est vierge de toute activité paranormale dès qu'il apparaît.

J'ouvre un volume du Grand Robert comme si c'était un sandwich au pain de mie et que je voulais vérifier qu'ils n'avaient pas oublié la salade.

« **Mitonnement** : action de faire mitonner. »

« **Omophage** : qui se nourrit de viande crue. »

« **Inlandsis** : glacier continental (régions polaires) ; calotte glaciaire. »

« **Sima** : matériau fondamental de la croûte terrestre, dont les éléments caractéristiques sont la silice et le magnésium. »

« **Laniste** : celui qui achetait, formait et louait des gladiateurs. »

« **Tétrodon** : poisson plectognathe (plectognathe → ordre de poisson téléostéens caractérisés par des mâchoires soudées au crâne… j'abandonne).

« **Lassitude** : 2 (1652, La Rochefoucauld). État d'abattement mêlé d'ennui, de dégoût, de découragement. »

Celui-là, j'avoue, je ne l'ai pas pioché au hasard.

Mardi, deuxième semaine, le soleil règne sur le firmament. J'enfile mon manteau. Je m'arrête dans l'entrée et compte. Vingt-trois post-it. Je suis obligée de me baisser pour distinguer le reflet de mon front. Le haut du miroir est colonisé par le numéro mystère.

Je tapote la tête creuse d'Isidore qui me regarde partir avec des yeux mouillés ; j'y lis le reproche, la tristesse, l'abandon.

— Bienvenue au club, mon gros.

Les arbres n'ont toujours pas perdu leurs feuilles, qui jaunissent mollement. La pluie a-t-elle rapetissé le monde ? Le ciel bleu me paraît plus grand, aujourd'hui.

Je franchis les arrondissements, descends des avenues célèbres, bave devant des boutiques de macarons au poivre vert où des Japonaises font la queue des heures, traverse la cour du Louvre, remonte la Seine, achète un livre corné d'Hemingway chez un bouquiniste. Je m'arrête sur le pont des Arts, admire une péniche chargée de sable. En attends une autre.

Ça ne sert à rien.

Quand faut y aller, faut y aller.

La galerie Léviathan est rue de l'Université.

Après la Seine, je prends la rue du Bac et bifurque à droite. Je bascule dans un autre monde, où les femmes portent des cachemires qui résistent au lavage en machine et des pompes qui paieraient un dîner à quarante SDF affamés.

J'ai peur d'être repérée.

J'avise enfin la galerie, téléphone à la main. On pourrait croire que je suis là par hasard. Je consulte un plan, moi, riche étrangère venue prospecter pour des clients… non, avec mon manteau qui peluche et mon bouton blanc sur l'aile du nez, impossible.

Courage, Déborah.

Deux sculptures en verre dépoli sont exposées derrière la spacieuse vitrine. Je suis incapable d'en identifier la forme ou la signification. Un rouleau de papier toilette qui dévalerait une pente en rebondissant, peut-être ? Des tableaux sont accrochés aux murs blancs. Abstraits bien sûr. Au fond, deux femmes en tailleur et talons aiguille discutent. L'une est blonde, les cheveux très courts, la quarantaine. L'autre est plus jeune, un rouge à lèvres rubis troue son visage. Elle se tourne et me remarque.

Je lui fais un signe de la main.

Un signe de la main. Quelqu'un a-t-il pensé à emporter de la ciguë ?

Elle m'ignore et reprend sa conversation. Soulagée, je suis au bord de décamper quand je repense au miroir. Il doit y avoir une raison. Ma mère n'est pas folle. Si elle note ce numéro, c'est qu'elle veut l'appeler, mais elle ne peut pas, elle n'ose pas.

Je veux la vérité.

Les jambes comme du caramel mou, je franchis la porte. À l'intérieur, il fait bon. L'ambiance est si distinguée (le silence, les matières) que j'ai l'impression de marcher sur un parquet en or. Avec mes grosses tatanes de paysanne.

Je reste plantée comme une carotte dans son potager.

Les deux femmes se parlent dans une autre langue. Du russe peut-être ? Le téléphone de la blonde sonne. La brune vient à ma rencontre.

— Bonjour.

C'est la fille du téléphone.

— Je… euh… vous embauchez ?

Sa peau est impeccable. Pâle et lumineuse. Ses cheveux au carré, lissés. Je suis un veau marin. Elle se force à sourire.

— Non.

— J'ai trouvé votre numéro de téléphone chez moi. Ma mère l'a inscrit sur un post-it, enfin, plutôt, plein de post-it, et je me demandais ce qu'elle vous voulait.

Mais d'où sort cette diarrhée verbale ?

— C'est une artiste ?

— Non.

— Une femme de ménage ?

— Non.

Sauve-toi, Déborah, cours, cours !

— Écoutez, je ne vois pas. Elle a peut-être lu un article sur la galerie, nous avons beaucoup de presse en ce moment, nous exposons un artiste lituanien très en vogue. Bonne journée ?

Je suis une carpe en train d'agoniser. J'ouvre la bouche. Je la ferme. La rouvre.

— Vous aussi…

Je m'adresse au parquet en or.

La brune est déjà partie.

Quand je rentre, je suis en nage et j'ai mal aux pieds. J'ai envie de dissoudre mon humiliation dans une douche. Gelée, pour me punir de ma débilité. Je m'immobilise devant le miroir infesté.

Isidore me bouscule d'un coup de croupe joyeuse.

Jeudi soir, je reçois un SMS de Victor.

Jamal a dû lui donner mon numéro.

« Il arrive à Orly demain (tante restée au Liban pour affaires), on va le chercher ? »

J'hésite. S'il déboulait avec sa chérie ? Et puis, il m'évitait avant les vacances, qu'est-ce qui a changé ? Monsieur n'a plus ses ragnagnas ?

Ce soir, ma mère fait des croques-fromage. L'appartement embaume le pain grillé, le beurre et le fromage fondu.

Mon père nous apprend qu'il part en reportage deux semaines.

Je consulte mon Grand Robert. À aucun moment le terme « reportage » ne désigne une activité adultère. Tant pis pour les questions.

Je réponds « oui » à Victor.

CHAPITRE ONZE

TOUT LE RESTANT L'INDIFFÈRE, DÉBORAH A RENDEZ-VOUS AVEC LUI

Victor m'a donné rendez-vous à Denfert-Rochereau. J'ai dix minutes d'avance, et du mal à le croire, mais le théorème de la scoumoune a pris des vacances bien méritées : la pluie fait grève. Je m'adosse à la balustrade du métro et sors mon livre. « Mystérieuse, lointaine, cultivée… Avec une touche de rouge à lèvres, rien de plus sensuel. » Carrie, mon mentor.

Je suis obligée de froncer les sourcils pour me concentrer parce qu'une blonde juchée sur des boots à strass débobine sa vie en pensant que l'humanité a beaucoup à en apprendre. « Et alors le mec me dit qu'il fait pas de réduction sur cette veste, je lui dis attendez, c'est marqué 50 % de réduction sur tout le magasin, elle fait pas partie du magasin, peut-être, la veste ? Il croit quoi, que j'ai du café moulu dans le cerveau, le gars ? » Bon, j'admets, au bout d'un moment, Victor Hugo perd la bataille. Mon livre pend dans mes mains, et nez au vent, j'écoute la longue litanie de lieux communs.

— Hey… il a l'air passionnant ton bouquin ! me lance Victor qui surgit de la bouche de métro.

Il me fait la bise et j'effleure sa barbe de trois jours, étonnamment douce.

— Nan mais c'est parce que la nana qui attend au...

Il est devant moi, à dix centimètres, et je crois bien que sa tête est à peine penchée sur la droite. Il a vraiment un œil plus foncé que l'autre.

— Je... Pff, laisse tomber. J'ai pris des tickets pour tout le monde.

— Génial, tu es parfaite. Sauf la petite trace de rouge à lèvres sur les dents, si je peux me permettre, ajoute-t-il, sourcils froncés.

Je le dévisage sans comprendre alors il colle son index à ses incisives et les frotte.

— Là !

Encore un coup fourré du théorème, toujours en embuscade où on ne l'attend pas. J'arrête de me morfondre, me dépêche de l'imiter, masse l'émail de la honte, puis sans réfléchir, lui dévoile ma dentition entière, comme si je voulais qu'il y débusque un bout de salade vicieux.

— Voilà. Parfaite.

Je devrais être mortifiée mais rien à faire, un sourire niaiseux s'épanouit sur mon visage, je le sais, je le sens, je voudrais qu'il disparaisse seulement Victor me regarde et mon foutu sourire s'étend ; j'ai des airs de ravie de la crèche comme si je sortais d'un rendez-vous avec Dieu en personne.

Je suis avec Victor. En tête-à-tête. *Pour-la-première-fois.*

Je me mords l'intérieur de la joue pour éradiquer le sourire déshonorant. Victor enfonce les mains dans ses poches de jean et guette la navette.

— Alors, tes vacances ? Sympa ?

— Horrible.

Quand vais-je apprendre à me taire ?

— À cause de ton pavé ? avance Victor en désignant mes *Misérables* d'un coup de menton.

— Non, bien sûr que non ! je me défends en rangeant mon livre dans ma poche. Hugo, c'est la partie fun des vacances...

Je me tiens à un carrefour de la discussion. Soit je lui dis la vérité et il rentre chez lui, soit je mens pour glamouriser mon morne quotidien, alternative tentante mais bonjour la relation de confiance, soit j'évite d'étaler ma vie pathétique sur le trottoir comme un vieux dégobillage, et j'exige qu'il me parle de *ses* vacances à lui. Auquel cas, il risque de m'apprendre comment il les a passées à ausculter la cavité buccale de sa copine par langue interposée pendant dix jours. Deux-cent-quarante heures.

— Voilà la navette ! annonce Victor.

Sauvée. Je lui tends son ticket.

— Combien je te dois ?

— Rien, rien...

— Arrête, tu ne vas pas me payer mon voyage aller-retour à Orly ?!

L'énorme bus s'arrête pile devant moi. Je monte.

— Bon, OK, concède-t-il en me suivant. À charge de revanche.

Je m'avance vers quatre places en vis à vis mais il attrape ma manche et me pousse sur une double place. Je m'assois contre la fenêtre et Victor se laisse tomber à côté de moi.

Je suis si près que je reconnais l'odeur fleurie de sa lessive. Il a un minuscule grain de beauté, sous sa barbe irisée de reflets auburn. Et ces cils...

— Donc, tes vacances ? insiste-t-il.

À une trentaine de mètres, une petite vieille tire une valise. Elle flotte dans son pantalon, et ses mains noueuses déformées par l'arthrite serrent si fort la poignée qu'elles sont aussi blanches que ses cheveux courts.

Les derniers passagers grimpent dans la navette.

Ses lunettes sur le nez, la vieille accélère, petits pas pressés, petits pas pressés, mais son fardeau est trop imposant.

— Tu boudes, Déborah ?

La porte de la navette se referme.

— Attendez !

Je me lève d'un bond, enjambe Victor sans réfléchir, l'écrasant à moitié, et remonte l'allée en gesticulant.

— Attendez ! S'il vous plaît !

Je bouscule les passagers debout. Le conducteur passe la première, avance d'un mètre.

— ATTENDEZ !

Il m'aperçoit dans son rétro, s'arrête, et se retourne, mécontent. Son nez est énorme.

— Merci, monsieur...

Je reprends mon souffle.

— C'est... parce que...

J'agonise par manque d'oxygène mais la petite vieille est parvenue à bon port. Elle frappe à la porte et le conducteur la remarque enfin. J'acquiesce.

— Voilà... c'est... elle...

Les portes s'ouvrent et j'aide la dame à monter son bagage. Je suis sûre qu'il pèse plus lourd qu'elle. Pourvu qu'il ne contienne pas un cadavre coupé en morceaux, ça casserait un peu l'ambiance.

Le bus s'ébranle et je regagne ma place, mal à l'aise devant la haie d'honneur d'yeux qui suivent chacun de mes mouvements.

Victor se lève et je me réfugie à ma place.

— Je ne savais pas que tu aimais les vieux... me glisse-t-il.

— Je les adore. Ils peuvent être cons, il y en a plein, mais souvent, ils sont émouvants. Désemparés. J'aime les vieux un peu perdus, je ne sais pas, j'ai envie de les aider.

Il me scrute avec intensité, longtemps, trop longtemps, si bien que je finis par me tourner vers la fenêtre pour ne pas avoir à soutenir ses yeux de braise. La navette remonte une large avenue, attend à un feu. Tourne à droite. Victor se penche vers moi.

— Mon grand-père est mort l'année dernière. Il yoyotait du chapeau, comme on dit dans le Nord, mais il voulait rester chez lui.

Il parle tout bas. Son souffle frôle mes cheveux. Nos deux sièges sont une bulle dans le bus. Une bulle dans le monde.

— Une infirmière passait tous les jours, ma mère plusieurs fois par semaine, mes tantes aussi. Il est descendu dans la rue, on n'a jamais su pourquoi. Il était en pantoufles... Il s'est fait renverser par un mec qui a pris un virage sans s'arrêter au passage piéton. Mort sur le coup. Je l'ai longtemps imaginé en pyjama, étalé sur le bitume, peut-être dans une posture grotesque ; ses chaussons qui avaient valdingué, sa figure ratatinée, ses mains abîmées. Pour les passants et les curieux morbides, ce matin-là, il n'était personne. Un inconnu, juste un vieux. Quelconque. Répandu sur la route. On a emmené son corps. Ses chaussons sont restés. Ma mère en a retrouvé un, la semaine suivante. Il racontait les histoires comme personne, savait jouer *La Truite* de Schubert à l'accordéon, il avait fait la guerre, détourné des trains, libéré des prisonniers et combattu avec la Résistance.

Je me tourne vers lui mais il est dans ses pensées.

— Eh bien, j'aime sauver les petites vieilles en détresse.

Il me sourit.

— Je suis content que tu sois venue avec moi.

Les rues de Paris défilent.

Moi aussi, je suis contente.

À Orly, c'est la foire. On finit par trouver l'endroit où Jamal est censé débarquer. Victor claque sa langue sur son palais.

— C'est dommage qu'on n'ait pas de feuilles. On aurait pu lui faire une blague... Son nom écrit en gros comme les stars attendues par des chauffeurs.

Je sors un de mes carnets.

— Ça irait ?

— Je peux regarder ?

— Euh... non.

— Tu es une fille bien mystérieuse, Déborah Dantès !

— Ça te dérange ?

— Au contraire.

Il ne manquerait plus que je rougisse.

— Je note des trucs dedans. Des citations.

— Mmmmh, vous m'en direz tant !

— Vas-y, tu comprendras, je m'agace en faisant un signe de la main comme si je touillais l'air.

Il lit avec attention.

Je commence à être gênée.

— « Car le mot, qu'on le sache, est un être vivant. »

— *Les Contemplations.*

— « Ah ! Insensé, qui crois que je ne suis pas toi ! »

— Idem, enfin, dans l'intro.

Il tourne une page. Deux pages.

— Bon, on écrit quoi, pour Jamal ?

Victor sort enfin le nez de mon carnet.

— Je n'ai jamais lu Victor Hugo, mais je devrais. Ça donne envie.

— N'est-ce pas.

Les questions me démangent (« Si tu ne connais pas Totor, tu lis quoi ? Des Français ? Des Américains ? Des contemporains ? Tu lis, au moins ? », ou plus prosaïque : « Tu aimes le nougat ? »), mais je me tais. Victor est pris. Victor est pris.

Victor est pris.

Finalement, on inscrit en grandes lettres majuscules sur mon carnet : Prince des mygales. Et on attend.

— Au début de l'année, j'avais donné un surnom à Jamal.

J'ai besoin de me délester de ce poids.

Les premiers passagers franchissent la porte. Victor brandit le carnet comme les chauffeurs.

— Ah ouais ? Lequel ?

Je pince les lèvres.

— Mygale-man.

Victor quitte le flot de voyageurs des yeux.

— Mygale-man ? Mais c'est énorme ! Vite, change !

Je lui arrache le carnet, rature, tourne la page.

— Wouah ! Salut !

Trop tard. Jamal nous a vus et sourit comme moi tout à l'heure. Benêt à souhait.

Ça fait plaisir.

Je tremble quand Victor lui avoue le surnom mais Jamal s'esclaffe.

— Vous venez dîner chez moi ? On commande une pizza ? Sans mygale ?

Je lui tends son ticket et nous fonçons vers la navette, accompagnés par le roulement à billes de sa valise jaune tournesol.

Je suis enfin en vacances.

CHAPITRE DOUZE

DÉBORAH A COMPRIS QUE LE TEMPS D'AVANT, C'ÉTAIT LE TEMPS D'AVANT

Demain, c'est la rentrée.

J'espère qu'Éloïse n'est pas morte.

Il m'arrive de rêvasser, subjuguée par un motif du tapis du salon ou étalée sur mon lit. Éloïse est désolée pour son comportement. Tellement désolée. Elle rampe devant moi, la morve au nez, des yeux de fumeur de haschisch, des trémolos dans la voix. « Pardon, Débo, tu me manques, tu es ma meilleure pote, la vie n'a pas la même saveur sans toi, plutôt un goût de plastique brûlé, et… » Je reprends possession de mon esprit vérolé et je ricane. Éloïse m'a zappée de sa vie comme une mauvaise chaîne de téléachat.

J'ai mis ma dissertation au propre. Thèse, anti-thèse, synthèse.

Demain, je vais retrouver Jamal et Victor au Clapier.

J'ai passé les trois derniers jours avec eux. Il s'en est passé des choses.

D'abord, j'ai fait la connaissance de Gertrude – par vivarium interposé, je n'ai pas encore perdu la boule. La façon la plus pertinente de la décrire serait : « La forme et la laideur d'une araignée, le pelage d'un orang-outan ».

Pilositèrement parlant, elle bat tous les records. Je suis sûre qu'on pourrait lui faire des couettes. Quant à sa taille, l'« assiette » évoquée par Jamal n'était pas réservée au dessert. Gertrude appartient plutôt à la catégorie « plat à tarte ». Elle est tellement énorme *qu'on voit ses yeux*. J'ai fait promettre à Jamal de ne jamais la sortir quand je suis dans un rayon de vingt kilomètres.

J'ai mangé beaucoup de pizzas mais je ne suis plus à ça près.

Victor a bon goût : en rock, il écoute Number 30, The furious rabbits, Dingo ding, ou encore Dead blue girl. Il aime aussi Philip Glass et Arvo Pärt, inclination peu courante. Éloïse prétend que « ce vieux mec à barbe est chiant à mourir ; sa musique, on dirait le cri de ma grand-mère quand elle se cogne le gros orteil dans un pied de table ». Victor, lui, est fan. J'essaie de repousser l'idée que cette concordance de goûts est un message séraphique, mais j'ai du mal.

On a fait écouter *Fratres* à Jamal. Il a promis de réessayer.

Nous avons eu droit à l'intégralité de ses photos de Baalbek (site grandiose valant le détour) et au récit des séances de cinéma de Beyrouth (tout le monde répond au téléphone, à voix haute, pendant le film). En revanche, Jamal n'a demandé aucun détail à Victor concernant ses vacances à lui. Ils ont dû s'appeler et n'avaient rien à ajouter. Impasse sur Adèle. Je n'ai pas fait de zèle.

Nous avons passé des heures à jouer au portrait chinois. J'ai souvent gagné. Je leur ai raconté mon excursion pathétique à la galerie Léviathan. Ça m'a fait un bien fou de partager mon énigme insoluble. Ils sèchent autant que moi sur le pourquoi du comment.

Samedi, alors que Jamal lançait des criquets vivants à Joséphina (mes poils se hérissent au souvenir de leurs petites antennes affolées), Victor a insisté pour connaître la nature de ma discussion avec madame Chemineau. J'ai dit la vérité. Qu'elle m'avait donné un truc, que je n'avais jamais été brillante mais que cette année, je touchais le fond et ne parvenais pas à développer deux idées consécutives, bref, que je pensais flou.

— Avec ton père et tout le tintouin, c'est pas étonnant, a commenté Jamal.

De fil en aiguille, Victor nous a parlé de sa mère, à forte tendance dépressive.

— Elle peut rester des semaines allongée dans son lit. Au-delà d'un mois, ma sœur pète les plombs et appelle tous les jours, persuadée que le harcèlement filial aura un effet. Qu'elle est con. Mon père dort dans le canapé depuis qu'on a emménagé. Moi, je me lève la nuit pour vérifier que ma mère respire et je compte le nombre de somnifères dans l'armoire à pharmacie.

Voilà donc dévoilée l'existence de sa sœur, de dix ans son aînée, en doctorat à Oxford, excusez du peu. Marjorie, elle s'appelle. Peut mieux faire. Victor nous a montré des photos. Ils ne se ressemblent pas du tout. Logique : ils n'ont pas le même père. J'ai mis du temps à comprendre. La mère de Victor est prof en fac de lettres. Il paraît que c'est la guerre pour enseigner à Paris. Elle a remporté la bataille mais l'effort lui a pompé toute son énergie.

Du coup, j'ai pensé à la mienne. Elle a la tête d'un otage ayant passé trois mois dans une cave, mais ne végète pas dans son lit : elle colle des post-it sur un miroir et découpe des photos. Alors, dépression ou non ?

À la question, Jamal et Victor ont soufflé bruyamment pour signifier leur incompétence.

Jamal a fini par nous parler de sa maman. Lui, il a plein de photos.

— Elle était peintre. Ma tante a débuté dans le business grâce à elle. Elle est marchande d'art mais au départ, elle n'était rien. Ma mère peignait depuis l'âge de huit ans et elle était douée, elle avait commencé à se faire un nom. Elle a entraîné ma tante à Paris, l'a poussée à faire l'École du Louvre.

Sa mère était brune, longiligne, des yeux en amande inquiets surmontés de sourcils noirs joliment dessinés. Le même sourire large que Jamal. Une sorte de grâce que la photographie, pourtant statique, arrive à saisir.

— Un jour, je vous montrerai la salle où sont entreposés ses tableaux.

— Ta tante ne connaîtrait pas la galerie Léviathan, par hasard ?

— Je peux lui demander mais elle bosse dans les antiquités, ça m'étonnerait.

J'ai détourné la conversation à mon profit, magnifique modèle d'empathie. Je m'en suis rendu compte trop tard.

Dimanche après-midi, j'ai tout lâché et leur ai raconté le jeu du Grand Robert.

— J'ai une idée, j'ai une idée ! a glapi Jamal.

Il a pris une feuille et m'a ordonné d'écrire un nom au singulier. N'importe quoi. Je me suis exécutée, j'ai replié la feuille pour cacher mon mot, et Victor a noté un verbe conjugué à la troisième personne du singulier. On a avancé à l'aveuglette, puis on a déroulé notre papier.

« La machine à laver vomit ses dents sous le pont aux fleurs. »

À cette seconde précise, notre rituel des cadavres exquis est né.

Le reste de la journée y est passé.

Parfois, le cadavre est raté. La phrase sonne faux. La tournure est balourde, pâteuse. Personne n'est convaincu. Mais lorsque le hasard arrête de papillonner et embrasse notre cause, le résultat est magique et nous fait hurler de joie.

J'ai décidé de consigner nos trouvailles dans un carnet spécial.

Ce feu d'artifice de neurones me rend toute jouasse. Je leur ai même parlé de Fantine, ses cheveux, ses dents.

Je sais que je ne devrais pas mais je ne peux m'empêcher de comparer. Je n'ai jamais vécu des moments de cette intensité avec Éloïse. Elle préférait papoter de produits de beauté.

C'est affreux. Je parle d'Éloïse au passé.

Une seule fois, le téléphone de Victor a sonné et il s'est éclipsé. Sa voix s'est brusquement métamorphosée, j'ai su que c'était Adèle. Une intonation plus chaude, plus... intime. J'ai eu l'impression qu'on épluchait mon cœur à l'économe.

— Tu veux un thé ?

J'ai suivi Jamal dans la cuisine. Sa voix à lui était creuse. Victor a repointé le bout de son nez dix minutes plus tard.

— Adèle passera le nouvel an à Paris !

— Super ! je me suis exclamée du mieux que j'ai pu.

— Ah ! On va enfin la rencontrer ! a renchéri Jamal.

On s'est lancé une œillade bizarre.

Tout ça pour dire que demain, c'est la rentrée. Il est 1 h 27 du matin. Isidore est couché devant ma chambre. Il lâche des chapelets de petits pets ronds qui se glissent sous la porte. Je le hais.

J'avais oublié qu'Éloïse partait en Espagne. Mon visage est couleur de plâtre, le sien, doré comme une brioche pur beurre. En tout cas, ce que j'ai pu en apercevoir puisqu'elle marche quinze mètres devant moi, lovée contre Erwann-Tête-d'ampoule. Je ralentis pour éviter de me hisser à leur hauteur et attends qu'ils pénètrent dans le Clapier pour y entrer à mon tour.

— Monsieur Jaunard est souffrant, me lance Victor qui attend dans le hall, tu viens réviser l'histoire avec nous au café ?

Et ma vie prend un nouveau départ.

Désormais, je joue en équipe.

Jamal est logique, il a une mémoire d'éléphant, consigne tout. Il fait des fiches, surligne, souligne, fait montre d'un incroyable esprit de synthèse. Victor réfléchit, interroge, attrape les concepts et les décortique jusqu'à les mettre à nu. Je n'ai aucune idée de ce que je leur apporte (si : *rien*), mais à eux deux, ils commencent à me hisser hors de la vase.

J'ai dû mettre *Les Misérables* de côté. Jean Valjean me manque. Cosette aussi. Il me tarde de faire plus ample connaissance avec Gavroche.

Parfois, je lorgne Éloïse du coin de l'œil. Constater qu'elle s'égosille à s'en fendre la luette avec Erwann et sa bande de cacatoès tapageurs (pardon, je vous aime, les cacatoès) réduit mon moral en miettes. Mais la plupart du temps, je me bidonne avec Jamal et Victor (à qui j'ai découvert un autre grain de beauté minuscule, à la base du cou, les rares fois où il enlève son foulard).

J'ai 13/20 en philo. Quand madame Chemineau, blouse noire brodée sur son décolleté trop cuit et lunettes au bout du nez, annonce ma note, je manque de renverser ma table comme au saloon pour me jeter dans ses bras. Calamity Déb. Son maintien austère – on dirait qu'une tige en fer lui remonte le long du dos –, m'en dissuade. Après le cours, pendant que tout le monde range son sac en jacassant, elle me fait signe de venir la voir. Je ramasse mon barda les mains vibrionnantes et me plante devant son bureau. Victor, Jamal et les trois quarts de la classe décampent. Je les ignore, concentrée, mais doute un instant des intentions de madame Chemineau : pourquoi range-t-elle brusquement ses affaires avec la lenteur d'un paresseux sénile, et sans daigner lever un œil sur moi, par-dessus le marché ? Summum du pénible, Tania et sa bande de greluches se sont calées sur son rythme de mémé à charentaises.

— Mademoiselle Louvian !

Tania sursaute. Madame Chemineau, campée sur son estrade, la toise.

— Oui, madame ?

Ces intonations onctueuses, ces simagrées… Je *suis* dans son esprit d'arriviste patentée, je perçois son désir de plaire, son assurance 100 % *i-am-une-bombe-dans-mon-corps-et-dans-ma-tête-ne-m'en-voulez-pas-huhu-je-suis-née-comme-ça*.

Pouffiasse.

— Vous avez perdu quelque chose ?

Le sourire obséquieux de Tania se flétrit.

— Non, madame.

— Eh bien, accélérez la cadence alors, le cours est terminé.

Les petites mâchoires furibondes de Tania mastiquent le vide.

— Et fermez la porte derrière vous ! l'achève madame Chemineau.

Bien fait, espèce de peste bubonique sur semelles compensées.

La salle de classe est soudain silencieuse. Madame Chemineau remonte ses lunettes.

— Vous avez appliqué ma méthode.

— Contente que ça se voie.

— Bon début, Déborah. Désormais, je vous propose la chose suivante : en plus du plan dont nous avons convenu ensemble, vous allez imaginer vous adresser à quelqu'un qui ne connaît rien de l'énoncé.

Mon incertitude quant à la mise en œuvre de cette proposition doit clignoter sur mon front.

— Parfois, vous allez trop vite. Je ne dis pas que vous bâclez. Je soupçonne que vous oubliez des pans de votre raisonnement parce qu'ils vous semblent évidents. Au risque de vous décevoir, je ne suis pas télépathe. Vous devez développer votre pensée jusqu'au bout et dans sa globalité. La solution est de vous demander à qui vous parlez. Si vous rédigez en vous adressant à un lecteur ignorant (je n'ai pas dit idiot, notez bien la différence), vous repartirez de zéro, pour lui, et penserez à exposer toutes les facettes de votre idée. Vous la viderez de sa substantifique moelle.

Le pli entre ses sourcils se creuse.

— Vous comprenez, Déborah ?

Je hoche la tête.

— Je reste trop en surface.

— Un peu trop, rien de catastrophique, me rassure-t-elle.

Et truc de dingue, elle sourit.

Une révélation merveilleuse me frappe alors : ma prochaine dissertation de philo sera pour Isidore.

Je rentre de plus en plus tard. Mon père me demande ce que je fabrique. J'apprécie moyennement sa moue dubitative quand je lui explique que je bosse.

Ma mère intervient en ma faveur, la voix traînante.

On mange des croques-fromage presque tous les soirs, maintenant. Mais j'ai vingt euros pour la semaine.

Le temps se rétrécit quand on travaille.

Décembre prend possession des lieux.

Les cadavres exquis se tricotent le week-end uniquement, et chez Jamal.

Quand on a épuisé notre quota de mots, je les emporte et les recopie dans mon carnet spécial. Je les relis avant de m'endormir en écoutant le vieux barbon et sa musique qui couine.

Si sa tante Leïla est là (fait rarissime), on migre vers la chambre de Jamal, mais je ne suis pas fana des mygales en gros plan affichées aux murs.

☀ *À quoi ressemble Leïla ?* ☀

Environ quarante ans, la classe d'une actrice hollywoodienne des années cinquante, cryogénisée et décongelée hier, le gabarit en moins. Elle mesure un mètre trente mais ne porte que des robes de soirée, fendues sur le côté ou décolletées dans le dos, en satin qui colle aux cuisses. Pas un gramme de graisse. Une épaisse couche de botox lisse son front. Elle parle d'un timbre coloré et roule les R. Quand elle entre dans une pièce, on s'arrête de parler. Pas par politesse ou pour être sympa, non. Sitôt là, elle attire l'attention, conséquence, à mon avis, de sa morphologie. Leïla, c'est Tolkien revisité : une naine canon qui se prendrait pour une elfe et en adopterait les manières alors qu'elle est taillée pour manier une hache. Elle nous demande comment nous allons, appelle Jamal « habibi », se prépare sans arrêt pour un vernissage, un cocktail, une rencontre avec un client milliardaire. Elle collectionne les bagouses brillantes sauf que ses pierreries à elle ne sont pas en toc. J'ai du mal à croire qu'elle appartienne à la même espèce que ma mère.

— Elle n'est pas méchante, elle vit sur une autre planète.

Jamal fait avec.

Je suis sûre qu'il préfère Gertrude.

***

Nous révisons au café, le rituel est rodé. Nous étalons nos affaires sur la table, les tasses s'empilent. Le serveur nous connaît. Au début, je me glissais la première sur la banquette mais j'ai arrêté après avoir été assise à côté de Victor. Il était en T-shirt, et son odeur délicieuse asticotait mes narines. Il sent le chocolat, le poivre, les sous-bois après la pluie. J'avais envie de le toucher. Et puis, à chaque fois que son épaule ou son bras me frôlaient, mon estomac se métamorphosait en gymnaste roumaine, enchaînait saltos arrière, doubles sauts périlleux et roues de la mort. J'essayais à tout prix de me concentrer sur l'histoire, mais dans un coin de ma tête, je courais sur la plage en riant aux éclats, l'iode et le vent me fouettant les cheveux.

La fois d'après, je me suis installée en face.

J'essaie juste de ne pas le fixer trop longtemps.

Parfois, je rêve de lui. Il m'avoue qu'il m'aime, il n'aime que moi. Adèle, à côté de ma beauté naturelle qui irradie, c'est Elephant Man qui s'est pris un poteau dans l'œil. Mon sourire niaiseux m'étire si fort les zygomatiques qu'il finit par me sortir du sommeil. Dans mes cauchemars, lui et sa chérie se roulent des galoches qui font un bruit de siphon bouché et je n'existe plus. Aucun intérêt, Déborah, circulez, y a rien à voir et encore moins à embrasser. Parfois, je me réveille en larmes. J'ouvre à Isidore en loucedé. Il fait voleter la poussière de ma chambre en remuant son pinceau déplumé, tente de lécher ma main avec sa gueule puante, je le repousse et il s'avachit au pied de mon lit.

Il ronfle, ce crétin.

Mon père a sorti sa nouvelle formule, saluée par ses collègues. Le magazine a la cote. Il a invité ma mère au resto pour fêter son succès. Il continue de rentrer tard, parce qu'« il faut maintenir la pression ».

Je vois des doubles sens partout.

Ma mère non.

Les post-it gagnent du terrain mais je les laisse proliférer.

De toute façon, je n'y peux rien.

CHAPITRE TREIZE

DÉBORAH TROUVE QU'IL EST BIEN DOUX QUAND MÊME DE RENTRER CHEZ SOI APRÈS NOËL, JOYEUX NOËL

La fin du trimestre est aspirée dans un vortex temporel. Je travaille, rédige des fiches que j'échange avec Victor et Jamal. Bois beaucoup de café. Connais de mieux en mieux Freud.

J'ignore Éloïse quand elle passe à côté de moi, le regard fixé à une pseudo-tache sur le mur ou dans le ciel, mais je suis obligée de serrer le poing pour ne pas lui tapoter l'épaule en lui avouant qu'elle me manque, que je mangerais bien un kilo de glace aux morceaux de brownie en devisant des boutons d'acné de nos congénères.

Quand il rit, Victor plisse les yeux si fort qu'ils se ferment. Après une bière, ses lèvres deviennent rouge framboise. Il aime Tim Burton et Miyazaki, Stephen King, le skate et la pistache.

Jamal voulait prendre une quatrième araignée, nous avons refusé. Il va finir éleveur.

Un mercredi après-midi, épuisée, je demande grâce, exige une pause, et leur montre mon carnet de cadavres exquis.

— Pas mal. Tu as utilisé un autre carnet que celui de l'aéroport.

Victor est observateur.

— Oui, j'en ai plein.

— Qu'est-ce que tu écris dedans ?

— Des trucs…

Jamal se rapproche de moi, manquant de renverser sa septième tasse de café sur mon brouillon de géographie.

— Tu as un journal intime ?

— Pas vraiment, mais je prends des notes, je gribouille.

— Tu parles de nous ?

— Tu rêves de moi ?

Ils m'ont posé la question ensemble et la réponse fuse avant que j'y pense.

— Oui.

Victor me dévisage avec un sourire en coin.

Le théorème est coriace.

Mon bulletin est arrivé.

Tous les professeurs ont noté mes débuts laborieux et soulignent mon amorce de progression. Pas encore mirobolante, mais estimable. J'obtiens un tableau d'honneur. Le mien est sauf.

Un jour, je réussirai le moonwalk.

Et puis, on est vendredi, veille des vacances de Noël. Déjà.

Éloïse s'en va avec Erwann. Je la suis du regard, enfoncée dans le col de mon manteau, sous la bruine qui écrase la rue, les murs, les voitures. Elle ne se retourne pas, elle rit et fait des pas chassés dans ses bottes fourrées.

Jamal me serre dans ses grands bras en me souhaitant de bonnes vacances. Il part au ski avec des cousins. À Courchevel, station prout par excellence.

Quand je rêve de lui, on monte à cheval dans les immenses plaines de la pampa et on réunit des bœufs. L'herbe vert pétard me chatouille les chevilles. Je porte un chapeau de cow-boy beige et une chemise à carreaux. Après, on mange des chamallows et des ananas autour d'un feu dont les étincelles se perdent dans les étoiles, et on parle du programme d'histoire et des interros d'anglais. Pas très érotique. J'espère qu'il le sait. Une fois, j'ai rêvé qu'on jonglait avec des petits-beurre. Consumée par la jalousie, Gertrude voulait ma peau alors je lui lançais tous mes biscuits et je sautais sur un canoë-kayak. Super moyen de s'enfuir… Je surprends Jamal à m'examiner parfois, surtout lorsqu'on bosse. Plus je le fréquente, moins ses dents me paraissent déborder de sa bouche. Mais il me fait autant d'effet qu'une éponge.

Victor s'approche et me claque une bise. Pas de serrage de bras qui tienne. Lui part dans le Sud chez ses grands-parents. Ensuite, il attendra Adèle sur le quai de la gare, fébrile, la cherchera parmi la foule emmitouflée du train Lille-Paris, elle courra vers lui avec un sourire radieux et… Je ne veux pas le savoir.

— On est bien d'accord, on fête le 31 chez moi, hein ? insiste Jamal.

— C'est tout bon ! je lance en me sauvant.

J'ai prévenu mes parents.

Je suis maso.

Demain, nous partons chez mamie Zazou, ma grand-mère paternelle, en Bourgogne. Si Baudelaire avait vécu ma vie, il aurait quand même une notion vachement plus aiguë de ce qu'est un spleen. Un putain de vrai spleen.

— On emmène Isidore ?

Je termine d'empaqueter deux pantalons et ma brosse à dents. À mon grand soulagement, mes parents ont revu leurs estimations à la baisse et nous ne restons que deux jours sur place. Il y aura Mathilde et Kris, les enfants de ma tante Sarah, la sœur aînée de mon père, qui ont dix et douze ans. Et bébé Charlotte, la fille de Janyce-avec-un-y (qui appelle son enfant Janyce-avec-un-y ? Mamie Zazou a été criminelle sur ce coup-là), le petit-enfant-prodige. Quand bébé-Charlotte bave ses épinards, la tablée entière s'extasie en poussant des cris de pucelle en feu.

À chaque repas.

Vivement.

Je traîne mon sac hors de l'appartement et commence à descendre. Isidore me talonne, la truffe au niveau de mes fesses. Dans une vie antérieure, c'était un parasite. Une gale. Ou un ténia.

Sur le palier, j'entends mon père grogner.

— Quand va-t-elle se décider à appeler sa conseillère ? En mai ? Ce serait utile, en mai !

Les post-it ont dévoré le miroir dont il ne reste qu'un cercle d'une vingtaine de centimètres de diamètre. Mon père ne les touche pas. Ma mère ne dit rien.

Dans la voiture, Isidore est couché en boule à côté de moi. Son odeur âcre m'irrite la gorge. Dr Brahimi, le vétérinaire, prétend qu'il va mieux. Isidore a perdu du poids. Super. Je continue à compter les plaques de peau nue sur son dos. La radio comble le vide sidéral de l'habitacle. J'observe ma mère dans le rétroviseur. Ses pommettes saillantes tendent son visage. Elle a dû perdre cinq kilos. Où sont-ils partis et pourquoi ?

Nous arrivons à 14 heures. Une après-midi en rab, youpi.

Mamie Zazou ressemble à une patate oubliée dans le fond d'un panier. Quand mon grand-père est mort il y a quatre ans, foudroyé par une crise cardiaque, il cueillait des pommes dans son verger. Mamie Zazou l'a retrouvé étendu dans l'herbe, à côté de son chapeau de paille, une reine des reinettes à la main.

Les débuts ont été difficiles mais ma grand-mère est une femme forte. Elle conduit une petite voiture électrique qui roule à 20 km/h et joue au bridge avec des voisines. Ses trois enfants vivent à Paris, elle a de la visite souvent. Mon père est le moins assidu du trio. Parfois, il y va seul, cueille les pommes.

Mamie Zazou m'embrasse. Des effluves de frangipane et d'eau de Cologne à la fleur d'oranger me montent au nez. De vieux aussi, je n'y peux rien, ce parfum farineux qu'ils ont tous.

— Bonjour, ma chérie, ça va ?

— Ça va, mamie, et toi ?

— Ça va, ça va...

Kant, Descartes et Hegel n'ont qu'à bien se tenir. Niveau conversation, avec ma grand-mère, ils pourraient prendre cher.

Je dors avec Mathilde et Kris. Mon calvaire n'aura jamais de fin. Je prétexte l'obligation de promenade d'Isidore pour me carapater dès que possible. La maison est en bordure de village, au pied des champs. Ensuite, il y a un bois clairsemé, puis une forêt. De quoi faire de magnifiques balades. Même sous la pluie fine et froide. J'inspire fort, le parfum de l'humus et de la terre mouillée me calme.

Quand mon téléphone sonne, j'ai une pointe d'espoir. Mais niet. C'est Jamal qui me bombarde de photos de fondue savoyarde et de pistes blanches. Je riposte à coups d'étrons canins fraîchement coulés dans les touffes d'herbe. Jamal se marre. Il a déjà des traces de lunettes autour des yeux. Victor ne donne aucun signe de vie. Je n'en donnerai pas non plus.

Le sapin de Noël en plastique est gris. Il était là avant ma naissance.

Kris et Mathilde veulent savoir si j'ai un amoureux, je leur dis que non. Kris répond que c'est normal : je suis trop moche.

— Attaque ! j'ordonne à Isidore.

Kris se sauve.

Hin hin.

J'ai réussi à dormir malgré la présence diabolique des deux mioches. Nuit une, check.

On est le 24 décembre. Ce soir, je vais admirer bébé-Charlotte en train de régurgiter ses toasts au foie gras sous les applaudissements.

Je dois empaqueter les deux cadeaux de ma mère (mon père n'a rien, il s'en fout). Cette année, j'ai choisi un foulard où des fleurs roses et bleues se chevauchent dans un joyeux désordre.

Et un paquet de post-it.

Je descends dans le bureau de papi, pièce sanctua-risée où personne ne vient jamais – son stylo-plume trône toujours dans son pot à crayons et sa veste en velours marron est suspendue à son dossier de chaise.

Mes parents dorment à l'étage du dessous.

Je m'enferme et fouille les tiroirs. Une paire de ciseaux dorés (ils plairaient à ma mère) et un vieux rouleau de scotch feront l'affaire. Dans le couloir se déroule le babil nasillard de Charlotte, que j'ai disputée hier parce qu'elle arrachait à pleines mains des touffes de poils à Isidore. Il n'a rien dit, ce gros débile. Moi si, et pas qu'un peu.

Sa mère a très mal pris la chose.

— Mais enfin Déborah, je ne te permets pas !

— T'inquiète, je me permets toute seule.

— Déborah ! Qu'est-ce qui t'arrive ? Comment peux-tu ?

— Elle ne touche pas à Isidore, point final.

Janyce-avec-un-y m'a regardée partir avec la tête d'un lapin découvrant un étal de boucherie. Je ne lui avais jamais parlé sur ce ton.

Il y a un début à tout.

Le ruban adhésif n'est plus adhésif. Après m'être emmêlé les doigts pendant dix minutes, j'en prépare six morceaux un peu collants et les aligne sur le rebord du bureau. J'ai prévu le coup : j'ai emporté mon papier cadeau et le déroule bien à plat.

Le murmure est d'abord indistinct.

Je découpe mon papier rouge et vert, de circonstance, jette les chutes dans la corbeille en plastique. J'aurais peut-être pu offrir un cadeau à Jamal ? Une mygale en peluche ? Je suis sûre que ça existe, une horreur pareille. Et à Victor ? Un tatouage éphémère en forme de cœur percé d'un poignard, avec une inscription banale du style « Déborah, mon amour, ma vie… » en lettres gothiques ?

Je tends l'oreille.

Une vague discussion sans accents pointus.

C'est comme face à la mer, quand les rouleaux se déplient avec largesse.

Tout à coup, une vague enfle, l'eau se soulève, fait le dos rond, se dilate.

Le ton monte.

Qui parle ? D'où vient ce bruit ? Je pose mon paquet à moitié fait et avance, à l'affût.

Si j'en juge par les brusques crescendos, la discussion est houleuse. J'avance, j'avance… jusqu'au radiateur. Le son se hisse par le tuyau en cuivre. Je pose mon oreille dessus et chaque syllabe éclôt soudain, limpide.

— Anna, ne me dis pas que tu n'as rien vu venir !

— Je te faisais confiance ! Tu sais ce que c'est, la confiance ? Tu me dis que tu travailles, je te crois ! *Je-te-crois !*

Un sanglot écorche vif le dernier « crois ». Je me rapproche du tuyau.

— Anna…

— Lâche-moi ! Je t'interdis de me toucher, tu m'entends !

La confrontation entre la voix posée de mon père et celle, aiguë et hystérique, de ma mère est terrible.

— Je ne veux pas te faire de mal…

— Parce que tu m'en fais pas du mal, là ? Mais t'es devenu complètement con, ma parole !

Ma poitrine est un grand trou.

— Écoute, je suis désolé mais il faut voir la réalité en face ! Élizabeth est un déclencheur. La situation s'est dégradée bien avant.

— Avant que tu mentes... que tu... me trompes, que tu me traites comme une merde, oui !

— Tu sais que c'est faux. Notre histoire a été belle, je n'en regrette pas une seconde, mais elle est terminée. On ne s'aime plus... Je ne t'aime plus.

Ma mère pousse un hurlement guttural qui me fait dresser les poils des bras.

— Tu termines l'histoire sans me demander mon avis ! Toi et ta connasse !

Elle est seule, souffre, et je ne peux rien pour elle.

— Anna...

— Ne me touche pas, espèce de faux-cul !

— Écoute, sois raisonnable...

— Raisonnable ? Tu veux quoi, ma bénédiction ? OK : profitez bien de votre petite histoire toute pimpante ! En attendant, tu dégages de l'appartement et surtout, tu me ramènes ! Il est hors de question que je passe Noël avec ta famille comme si de rien n'était !

— Ils n'y sont pour rien !

— MAIS JE M'EN FOUS, CONNARD, JE M'EN FOUS !

J'assiste en direct à la fin, je me sens dégueulasse, je devrais partir, m'enfuir, les laisser, leur histoire, leur histoire, mais je suis hypnotisée.

Ma mère gémit, ça lui monte des tripes, explose dans le tuyau. Je m'y cramponne.

— Et Déborah ?! Tu as pensé à elle ?

— Oui.

Je ne respire plus.

— C'est tout ce que tu as à dire ? Oui ? OUI ?!
C'est ta fille, bordel, tu vas la détruire !

— Elle est forte, plus que ce que tu crois.

— Ah, super, dans ce cas-là, pas de problème !!

— Ce n'est pas ce que j'ai dit. Je vais lui annoncer
moi-même dès qu'on sera rentrés.

— Comment peux-tu… mais *comment-peux-tu* ?

Déborah est déjà au courant, maman.

Je jaillis du bureau, siffle Isidore qui rapplique,
attrape un blouson au hasard, et nous partons.

La lumière jaune des maisons éclabousse les ruelles.
Les familles préparent les festivités, confectionnent à la
hâte les dernières bûches, s'offrent des marrons glacés,
boivent du thé à la cannelle dans l'odeur des sapins
décorés. Dehors, pas un bruit à part le souffle du vent.
Je sors du village engourdi, remonte la fermeture de
l'anorak (celui de ma grand-mère), et coupe par le bois.
Sous mes pas, les branches craquent, les feuilles mortes
s'émiettent. Isidore respire fort, langue pendante. De
petits nuages de vapeur s'échappent de sa gueule.

J'avance vite.

Voici la forêt.

Plus de vilain secret.

Je suis soulagée. Et triste. Je me repasse le fil de la
dispute. J'entends ma mère hurler.

Tout le monde a dû l'entendre.

Je quitte le sentier habituel, prends une allée sur la droite, ne pas m'arrêter, continuer, marcher. Marcher.

Est-ce que je vais déménager ?

Mon père va-t-il me présenter sa Brésilienne ? M'obliger à la voir ?

Mon téléphone sonne. Je le laisse. Il sonne encore, je mets le mode silencieux. Ma poche vibre. Isidore ne renifle plus, ne pisse plus. Il avance, lui aussi.

La brume monte des taillis. La lumière laiteuse faiblit, la voûte squelettique des arbres s'assombrit ; je continue. Je transpire. Irrités par le froid, mes poumons sont incandescents.

J'aimerais appeler Éloïse.

Mais Éloïse s'en fout.

— Oui, elle s'en fout, tout le monde s'en fout, je pourrais crever, tout le monde s'en contrefout !

Isidore se lèche les babines et me projette un geyser de bave sur la main. Je m'essuie sur mon pantalon.

Avancer, le rythme de mes pas est un bouclier.

J'enjambe des racines, arrache des feuilles sèches, les effrite, les réduits en poussière.

Je pleure.

Je crie.

Un oiseau s'enfuit et son battement d'ailes emplit la forêt.

Je m'effondre sur un tronc d'un arbre déraciné.

Isidore arrive, haletant, cogne sa truffe humide et nauséabonde contre ma joue.

— Va-t'en. Tu pues.

Il ne bouge pas.

Je le repousse.

— VA-T'EN !

Isidore bâille, me regarde, revient tête basse, colle sa tête contre moi.

Alors je l'enlace, le serre.

Fort.

Il remue doucement la queue.

Quand je me relève, transie, les fesses transformées en blocs de glace, la nuit est tombée. Je m'éclaire avec mon téléphone. De temps en temps, il vibre. Il ne manquerait plus que je me perde et meure de froid dans la forêt. Le théorème aurait gagné. J'hésite sur le chemin à prendre. Heureusement, dans ma rage, je suis allée tout droit.

Mon corps pèse des tonnes. Je ne veux pas rentrer mais je n'ai nulle part où aller, alors je prends mon temps. J'écoute la forêt dans l'obscurité. J'éteins mon téléphone, je savoure la nuit.

Les arbres sont si loin de ma mère, de mon père, d'Éloïse, de ma vie insignifiante. Ils sont si grands. Détachés. Je place mes bras autour d'un chêne centenaire.

— Donne-moi ta force, mon pépère.

Isidore ne m'attend pas, il continue, sa grosse croupe se dandinant parmi les fougères.

Je le suis.

Nous débouchons sur le sentier.

La silhouette de mon père se découpe sur une fenêtre éclairée au premier. Il disparaît. Ma mère guette sous le porche, enveloppée dans un chandail en grosses mailles bleu canard. Quand elle m'aperçoit, elle court sur l'allée de gravillons – ils crissent sous ses baskets –, et se jette sur moi.

Je la prends dans mes bras. Ses côtes sont palpables sous mes doigts.

— Tu m'as fait peur, j'ai eu peur, très très peur !

— Pardon…

Mes tantes et mes oncles rappliquent dans l'entrée. Nous dévisagent, yeux écarquillés pour mieux voir dans la nuit.

Ma mère sanglote.

— Ma petite Déborah…

— Je sais, maman. Je… je sais.

— … tu nous as entendus ?

— Je sais, c'est tout.

Je vous laisse imaginer le réveillon.

Les silences gênés, les yeux rougis de ma mère qui ne fait aucun effort, les œillades inquiètes de mamie Zazou, mon père qui demande le sel d'une voix de cadavre.

Et cette peste de Charlotte qui balance ses épinards sur Isidore.

Je me lève, l'assiette à la main, contourne la table, et flanque une taloche sur sa joue rebondie de bébé tout-puissant.

Mon oncle, mari de Janyce-avec-un-y, m'interpelle comme s'il était la statue du commandeur dans *Don Giovanni*.

Genre, il m'effraie.

Je me baisse, offre mon foie gras à Isidore, me redresse, exhibe un majeur bien dégagé, un majeur qui ne laisse aucun doute quant à mon message, et je monte me coucher.

Le lendemain, à 8 heures, on est dans la voiture.

Ma mère m'a offert une parure de cheveux en fleurs tressées et une veste noire brillante.

Elle n'a rien dit pour les post-it.

Mon père nous dépose en bas de chez nous.

Il repart. Seul.

CHAPITRE QUATORZE

DÉBORAH N'A PAS ENCORE TOUCHÉ LE FOND DE LA PISCINE, DANS LE PETIT PULL MARINE

Ma mère s'enferme dans sa chambre. Je l'entends pleurer. Je descends à la boulangerie, ouverte même le 25 décembre, achète un éclair au chocolat, et le dépose devant sa porte dans une jolie assiette.

J'enferme Isidore dans la mienne pour qu'il ne ruine pas ma surprise.

Je crée un groupe sur mon téléphone, comptant Jamal et Victor.

« Joyeux Noël, les amis. Hier, mon père a avoué à ma mère qu'il aimait une autre femme. J'ai passé un super réveillon en famille. »

J'attends.

Quatre minutes plus tard, j'ai une réponse de Victor.

« Je prends le train de 13 h 17. J'arriverai Gare de Lyon à 15 h 28. »

Je suis obligée de ramasser ma mâchoire, tombée par terre.

« Ne te sens pas obligé. »

« Je ne me sens rien du tout. Être là quand il faut, c'est ce que font les potes. »

Achevez-moi.

Vers 13 h 30, la porte de ma mère s'ouvre.

Un silence.

— Déboraaaaaah !

Je me précipite.

Elle est en chemise de nuit, la marque des draps sur la joue, appuyée au chambranle, un pied nu en l'air. De la crème de chocolat s'infiltre entre ses orteils, en déborde, et tombe en gouttes épaisses sur le sol.

Isidore se jette sur ce qui reste de l'éclair écrabouillé et l'avale en une demi-seconde dans de grandes giclées de bave.

Je pince les lèvres.

Ma mère me regarde.

Nous éclatons de rire, un rire nerveux de cor bouché qui fait dresser la tête à Isidore léchant ses babines ruisselantes. Il remue la queue, remarque le pied contaminé et se rue dessus.

— Oh non, noooon ! hurle ma mère.

Elle décampe à cloche-pied, poursuivie par Isidore, se précipite dans le salon, aussitôt prise en chasse par le chien de la honte qui dérape sur le parquet pour négocier son virage. Il la coince sur le canapé et lui nettoie les orteils de son énorme langue rose.

Ma mère se laisse faire, elle continue de rire, secouée de spasmes, le bras replié sur les yeux, et de grosses larmes dévalent ses joues creuses.

— Désolée, ma chérie, je suis désolée, je suis vraiment désolée… hoquette-t-elle.

Je m'allonge et la serre contre moi.

— Tu me dois trois euros.

On rit et on pleure en même temps.

Sur le quai, Victor me tend un minuscule paquet cadeau bleu.

Pas de bise.

— C'est quoi ?

— Joyeux Noël !

J'avais oublié comme ses yeux brillent.

Je ne peux pas croire que cette phrase moisie s'est formée dans mon esprit. Un coin secret de ma cervelle abrite une île poisseuse où les arbres sont roses, les flamants amoureux ; les chansons mièvres à mort y sont serinées en boucle par des oiseaux en plâtre rococos. Reviens sur Terre, abrutie !

— Merci… on prend le métro ?

— Tu ne veux pas qu'on sorte se poser dans un café ?

— OK.

— Ouvre-le !

J'essaie de cacher mes doigts qui tremblent. Je déchire le papier et admire une petite bourse noire feutrée. Dedans, un bracelet-lien rouge surmonté d'une araignée en argent.

Victor m'offre un bijou.

— Superbe. Jamal va être vert de jalousie !

— T'inquiète, j'en ai un pour lui aussi, je lui ai envoyé par la poste.

— Cool.

Un bijou-araignée qu'il offre en plusieurs exemplaires, mais enfin, Déborah, où as-tu oublié ta tête, ce matin ? Dans la douche ? Dans la voiture ? Dans la cuvette des ouatères ?

— Je n'ai rien pour toi.

— Pas grave, mon cadeau, c'est te voir.

Est-ce qu'il se rend compte de ce qu'il dit ?

Nous marchons au hasard des rues et dégotons un petit café orné de guirlandes multicolores.

Je lui raconte le coup du tuyau dans le bureau, le doigt d'honneur, mon père qui, pour la première fois, ne dormira officiellement pas chez nous ce soir, jusqu'au foirage de l'éclair au chocolat.

— Tu lui as parlé, à ton père ?

— Il a essayé ce matin, mais il était 7 heures, j'ai fait semblant de ne pas l'entendre. Dix secondes après, ma grand-mère débarquait. Discussion close. Il n'y a rien à dire.

— Tu crois ?

— Il ne va pas s'excuser ? Se justifier ? Encore moins faire un compte rendu de l'état de son couple à sa fille ?

Victor hausse les sourcils.

— Tu es en colère contre lui…

— C'est si dingue à comprendre ?

— Non, mais tu pourrais peut-être écouter son point de vue.

— Mais quel point de vue ? Il en aime une autre ! Il n'y a rien à ajouter !

— La situation est peut-être plus complexe qu'il n'y paraît.

Je pousse un soupir exaspéré.

— Ne t'énerve pas, Déborah, même si ça te va bien. Je comprends que tu sois furieuse, il fait souffrir ta mère. Mais il n'est pas méchant, n'est-ce pas ? C'est la vie. Ça peut tomber n'importe quand, ce genre de trucs.

C'est moi ou on se refait un remake de *La Femme du boulanger* ?

· *Dans tes rêves.*

Et qu'il cesse donc avec ces « Ça te va bien » et « Mon cadeau, c'est te voir » ! Ou qu'il en rajoute ?

Quelle misère.

— Avant de venir ici, j'ai demandé à ma mère si elle voulait que je reste. Elle préfère être seule. Elle a annulé ses vacances et retourne bosser demain.

Victor avale une gorgée de son café.

— Je ferais comme elle. Ça t'empêche de ruminer.

— Ça t'empêche aussi de faire ton deuil.

Victor sourit et secoue la tête.

— Quoi ? Qu'est-ce que j'ai dit, encore ?

— Rien, tu m'étonnes, c'est tout.

Je me tortille sur la banquette en skaï.

— C'est moi ou il fait cinquante degrés ?

— C'est toi. Je te mets ton bracelet ?

Ses doigts sur ma peau sont chauds. Son haleine dans mon oreille est chaude. Tout est chaud. J'espère que Victor n'a pas vu ma chair de poule.

— Bon, tu veux que je te raconte mon Noël ?

Et là, hosanna : il réussit à me faire rire.

Un de ses neveux a été malade et a vomi dans les chaussures de sa tante, le chat de ses grands-parents a éventré une souris dans le lavabo de son oncle qui s'est évanoui, la gastro s'est propagée, et la famille a passé le réveillon à faire la queue aux toilettes. Résultat : panne de PQ le 24 au soir. Il a eu de l'argent, des fringues, et a échappé au virus.

Nous repartons en fin d'après-midi. Je veux voir comment va ma mère.

— Merci d'être venu.

— Je devais rentrer demain matin, ça va. Et puis, je n'ai pas perdu au change : je préfère être avec toi plutôt qu'avec Gastro-boy.

Je voudrais lui faire la bise mais quelque chose me retient. Une pudeur ultra mal placée.

— Bon, à plus ?! je glisse en m'éloignant de lui à la sortie du métro.

J'aimerais tellement être plus près, tout près.

— Au 31 ? Chez Jamal ? Je viendrai l'aider à préparer un peu, je pense.

— OK !

Je m'enfuis.

Il sera avec Adèle. Il ira la chercher demain. L'embrassera demain. La caressera demain.

Je vais relire *Les Fleurs du Mal*, histoire de me remonter le moral.

Le 29 décembre, après avoir avancé à grand-peine une lecture à mourir d'ennui (madame Chemineau nous a conseillé de lire Butor. Mais BU-TOR, quoi !), je vais chercher le courrier.

Il y a une lettre pour moi.

De mamie Zazou.

J'attends d'être dans ma chambre pour la lire.

Cette lettre ne me dit rien qui vaille même si, en général, j'adore en recevoir. Plus personne n'en écrit. C'est dommage parce qu'une lettre papier n'a rien à voir avec un mail ou un sms qu'on lit dans le flux, en marchant, dans le métro, au supermarché, dans la queue du ciné. La relation à une lettre est différente. Charnelle. Ça balance de la vibe sévère. Les rares fois où j'en reçois, je prends le temps de m'installer pour la lire, comme un mini-cérémonial qui sacralise la lecture. De cette façon, elle pèse plus lourd dans la main.

Tais-toi, Déborah.

Que me veut ma grand-mère ? Elle ne m'a rien offert à Noël, cette radasse. Ni elle, ni mes tantes. Quelle famille d'anus scellés…

Ma chère Déborah,

Je n'ai jamais été une grand-mère très investie avec toi.

Quand tu étais petite, tu devais avoir quatre ou cinq ans, tu es venue en vacances chez nous. Nous avons fait du jardinage, des balades. Ton grand-père a voulu t'apprendre à faire du bricolage mais tu t'es écrasé le pouce avec le marteau et tu n'as plus jamais voulu entrer dans son atelier. Nous avons beaucoup ri. Ce séjour était merveilleux, et nous étions ravis.

Je n'ai jamais compris.

Tu as dit à ton père que tu t'étais ennuyée.

Tu n'es plus jamais revenue seule.

Tu étais le premier de mes petits-enfants et je me suis sentie bafouée, triste. J'étais une mauvaise grand-mère, incapable de s'occuper de sa petite-fille. Tu m'as privée de mon statut de mamie gâteau et de ta présence. Je t'en ai voulu.

C'est idiot, surtout à mon âge, n'est-ce pas ?

Quand ton grand-père est mort, j'ai comblé le vide et pris plaisir à voir Kris et Mathilde. Puis Charlotte. Tu étais grande, hors d'atteinte, comme ton père et ta mère : peu encline à partager.

Et puis, il y a eu le réveillon, hier.

La nouvelle de la séparation m'a surprise, mais je respecte le choix de ton père. La vie est courte. Ta mère est difficile à vivre. Bref, ce ne sont pas mes affaires. Et il s'agit de mon fils. Je souhaite qu'il soit heureux.

En revanche, j'ai beaucoup réfléchi au doigt d'honneur lancé à la face rubiconde de ton oncle.

Je pense que, quelque part, il m'était destiné.

Et je pense que, quelque part, je le méritais.

Tu trouveras ci-joint ton cadeau de Noël.

Je n'essaie ni de me racheter, ni de t'acheter, ma petite Déborah, je sais simplement que tu risques de vivre des moments douloureux, et que parfois, pouvoir s'offrir une jolie robe, un restaurant avec des amis ou je-ne-sais-quoi que je suis incapable d'imaginer car trop vieille, peut aider. Un peu.

Je veux que tu saches que, même lointaine et maladroite, je pense à toi souvent et je suis fière de la jeune femme que tu deviens, avec ou sans majeur brandi, car tu es ma petite-fille adorée.

Je t'embrasse comme je t'aime,
Mamie

Je fouille l'enveloppe.

J'en sors un chèque de mille euros.

Il fait nuit à 17 heures et le ciel bas et lourd pèse un couvercle. J'ai acheté des semelles fourrées à glisser dans mes bottes-grenouilles. Ma mère se dessèche comme une branche morte.

Jamal rentre le 30 décembre. Il m'appelle et je déboule, soulagée de déguerpir de chez moi. Je vais enfin causer à un être vivant capable d'exprimer des concepts, rapport à Isidore et son champ lexical assez réduit dès qu'on aborde l'abstraction.

Jamal m'offre une boule de Noël avec un renard à l'intérieur.

Il se souvient que j'adore les renards.

Nous comparons nos bracelets.

Nous allons faire des courses. Il exige un compte rendu détaillé du dîner de l'horreur. Et veut savoir comment va ma mère.

— Elle ne découpe plus.

— Mauvais signe ?

Il attrape une bouteille de soda archi-sucré, machine à générer des furoncles sur le menton (mon analyse personnelle de la débâcle nutritionnelle actuelle).

— Aucune idée. Elle regarde des films qui la font pleurer. Je fais des crêpes. Elle ne parle pas, n'allume plus son portable et a débranché notre fixe. Elle a pris dix ans.

— Et ton père ?

— Il dégorge des messages par wagons, s'excuse, dit que je comprendrai plus tard, il m'aime, etc. Il est parti fêter la Saint-Sylvestre à New York avec sa Brésilienne.

— Ah ouais, quand même.

— J'envisage de lui envoyer Gertrude par avion. Une petite mygale dans le caleçon, ça le calmerait. Sinon, il y a toujours le bromure.

Il se marre et découvre ses dents que je ne trouve plus moches du tout.

— Gertrude s'acquitterait de sa tâche avec sérieux parce qu'elle t'adore. Mais souviens-toi : elle n'a plus ses crochets venimeux.

— Dommage.

Je ne le pense pas.

Mon père, muet et distant, me manque horriblement.

Le lendemain, ma mère ne bosse pas, son magazine a imposé des congés.

Elle se lève à midi. Ses cernes sont deux abricots putréfiés. Si elle entre dans un musée, on risque de la prendre pour une momie en goguette.

« Je ne pourrai pas venir t'aider avant 18 h/19 h. Je surveille ma mère. »

Jamal me répond qu'il n'y a aucun souci. Adèle et Victor doivent débarquer à 15 heures pour beurrer les toasts.

Cette soirée s'annonce mémorable.

Je glande en pyjama, avale des céréales et mate une série sur mon ordinateur. Saison 1.

De temps en temps, j'erre dans l'appartement.

Ma mère est au lit.

Elle finit par prendre une douche. Je ne peux pas laisser ma mère seule un 31 décembre alors que son mari vient de la quitter après vingt-trois ans de vie commune et un rejeton sur le chemin. Je frappe à sa porte vers 19 h 30.

Elle enfile des collants, et a posé trois robes sur sa couette.

— Tu fais quoi, ce soir ?

— Des collègues organisent une petite fête.

Elle me lance un sourire timide. Il lui coûte cher, ce sourire, mais mon soulagement n'a pas de limites. Elle me montre les robes.

— Laquelle tu me conseillerais ?

— La rouge. Tu es sublime dedans.

Le sourire estropié se déploie.

— Merci, ma chérie. Et toi ? Tu pars en jean ?

— Oui...

— Tu ne veux pas que je te prête un petit top ?

— Mon T-shirt « I love bouledogues » est le summum de la sexytude à mes yeux, maman.

Elle rit. Un rire mou, mais un rire quand même. Elle m'embrasse sur le front.

Je tente de me regarder une dernière fois dans le miroir de l'entrée. Il a disparu. Les post-it le recouvrent de haut en bas.

— Amuse-toi bien ! Je t'aime, Déborah, tu es mon soleil ! lance ma mère depuis la salle de bains où elle se maquille.

Tandis que je sautille dans l'escalier, je réfléchis.

Jamais ma mère ne m'a dit un truc pareil.

CHAPITRE QUINZE

ELLE NE RÉPONDIT PAS ; LE CIEL QUE L'OMBRE ASSIÈGE S'ÉTEIGNAIT...

Quand Jamal m'ouvre, il est triomphant. Un brou-haha compact émerge de la cuisine.

— Tout va bien ? Ta mère ?

Il prend mon manteau avec une galanterie admirable et le pend dans l'entrée.

— Elle fête le nouvel an avec des collègues… Qui sont ces gens ?

— Des potes de mygales.

— Pardon ?

Nous remontons le long couloir qui mène à la cui-sine. Désormais, j'en connais chaque tableau, chaque vase, chaque meuble.

— Je suis un fervent habitué des forums arach-nophiles. Depuis le temps, je me suis fait des potes.

Nous dépassons la porte des vivariums et je crois entendre les cris affolés des pauvres criquets dans les griffes de Gertrude et consœurs. Fabriquent-elles des cure-dents avec leurs antennes ?

— On sera combien ?

— Une cinquantaine.

— Hein ?!

La cuisine est bondée. Ça piapiate, ça rit, ça a commencé à ouvrir des bouteilles de boissons capables de désinfecter une plaie de trois centimètres de profondeur. Je repère illico Adèle.

Facile.

C'est la seule fille.

— Ah ! Débo !

Victor se penche pour me faire la bise et je m'empourpre aussitôt sous le regard tranchant d'Adèle.

— Et voici Adèle.

Elle est jolie, la garce. Je lui souris en priant pour que la haine et l'envie ne suintent pas par tous les pores de ma peau. Y a du boulot.

Après les politesses de rigueur (« Tu connais Paris ? – Oui, j'y suis née. », « Ça se passe bien au lycée ? – Je suis à la fac. », « Il est magnifique ce collier ! – Un cadeau de Victor »… « OUAIS, EH BEN MOI, IL M'A OFFERT UNE BRACELET-ARAIGNÉE ET JE T'EMMERDE, OK ? »), je fonce couper des parts de tartes aux pommes. Le pire, c'est qu'Adèle est sympa et glamour. Elle ne porte pas un T-shirt « I love bouledogues », elle.

La sonnette retentit en boucle, le vacarme s'intensifie, on me tend un verre de champagne que je vide, un autre à qui je fais connaître le même sort. Je tartine, j'arrange, j'empile. Dès que j'ai un verre en main, je le bois. Faut pas gâcher.

Des fourgons d'inconnus (des deux sexes, ouf) envahissent la cuisine, déposent des offrandes (pizzas surgelées, chips, bonbons) et migrent vers le salon.

Je remplis le four, le vide, fouille les placards, prends des assiettes, demande qu'on les emporte, les glisse dans le lave-vaisselle quand elles reviennent sales. Jamal me supplie de le rejoindre.

Et la tarte aux framboises ? Qui va la décongeler ?

Quand je suis fatiguée d'avoir les mains grasses, je déboule enfin là où la fête bat son plein. Mes joues me font l'effet d'être passées au grille-pain. Je traîne ma propre bouteille de champagne. Il est 22 h 45. Qu'est-ce que j'ai fabriqué pendant deux heures dans cette foutue cuisine ?

J'ai parlé à deux personnes.

Jamal.

Et Greg, trente ans, une mygale tatouée dans le cou. Je lui ai indiqué où se trouvaient les toilettes.

Je ne marche pas droit. La musique est assourdissante et fait vibrer mon sternum. Jamal m'aperçoit, lève les bras en l'air, goguenard, attrape ma main et commence à se déhancher. J'éclate de rire et le laisse me faire virevolter. Il est doué, le chacal.

Je danse, danse, et danse encore. Les tourbillons me happent et m'aident à oublier. Je me dissous dans les corps qui se balancent et convulsent, dans la lumière tamisée qui brouille les visages. Le désastre familial, mon père qui ne vivra plus jamais sous notre toit, Victor tout près dans les bras d'une autre. Parfois, une oppression m'écrase les poumons et je lutte contre les larmes. Mais je suis balèze à ce petit jeu et je danse plus vite, plus fort. Jamal n'est jamais loin. S'il s'échappe, il réapparaît quelques secondes après.

Mon T-shirt est trempé de sueur.

— Pouce, je crève de soif, je reviens !

Je suis obligée de beugler. Jamal acquiesce.

Mes oreilles sifflent, amochées par les décibels. Je me dirige vers la cuisine, heurte les murs parce que l'horizon oscille. Des silhouettes avachies par terre se pelotent avec frénésie.

Dans le frigo, je trouve une eau pétillante. Mon oasis. Au quatrième verre, tout va mieux. Je fais demi-tour et me cogne dans Victor.

Son gluon est resté au fond du canapé ?

Oups.

— Ça va, Déborah ?

Lui aussi titube. Il a enlevé son foulard. Ainsi, Adèle peut s'enfouir dans son cou tant qu'elle veut.

— Super, et toi ?

Il se penche en avant, approche son visage du mien. Plisse les yeux.

— Où est-elle ?

Victor est si près que je distingue les petits plis sur sa bouche charnue. Si je voulais, je pourrais. Maintenant. Prétendre un faux pas, perdre l'équilibre. Mes lèvres contre les siennes, juste un instant, l'explosion. Le Big Bang n'a duré qu'un millième de seconde mais il a créé l'Univers.

À quoi bon ?

Je recule, raide.

— Quoi ? Qui ?

— Ta fossette ?

— Je n'ai pas de fossette.

— Si. Tu as une fossette, ici, quand tu éclates de rire.

Il effleure ma joue de son doigt.

Je soutiens le regard embrumé de Victor.

— Tu me confonds avec une autre.

Et je sors.

— Faux, tu es inconfondable, Déborah Dantès.

J'aurais dû le gifler.

Vingt-cinq minutes avant minuit, Victor est de nouveau posté sur le canapé avec Adèle. Ils ont dû inventer un nouveau jeu : le premier qui touche les amygdales de l'autre a gagné.

Assister à cette compétition est au-dessus de mes forces.

— Tu vas où ?

Jamal m'arrête.

Je jette un dernier coup d'œil à Victor et Adèle, leurs corps imbriqués comme des pièces de puzzle, leurs mains qui glissent dessus, dessous, leurs cheveux emmêlés.

Jamal a suivi mon regard.

Et soudain, je comprends.

Le monde bascule.

J'étais aveugle et maintenant je vois.

Je cours vers l'entrée, le talon furieux, Jamal me poursuit, pousse sans ménagement les gens couchés sur le parquet.

— Débo ! Tu pars ?

Je tâte le portemanteau qui croule sous les fringues, soulève, écarte, finit par en arracher les manteaux comme on s'arrache les cheveux par poignées, et les flanque par terre. Je repère le mien, le ramasse. Mes gestes sont saccadés.

— Désolée. Pour les manteaux.

Jamal se plante devant moi.

— Je te raccompagne.

— Ne dis pas n'importe quoi !

Il attrape mes épaules et se baisse à ma hauteur. Il détache chaque syllabe.

— *S'il te plaît.*

J'essaie de me dégager.

— Je serai mieux avec toi, Débo.

Je le dévisage. Il enfile le premier truc chaud qu'il trouve.

Dehors, la sueur se glace dans mon dos et le froid dissout les vapeurs de l'alcool. La rue est déserte. Par intervalles, des fenêtres ouvertes déversent des rires, des discussions, de la musique. Je claque des dents. Jamal passe son bras sous mon coude et me serre contre lui. Sa doudoune est moelleuse.

Je suis l'allégorie de la stupidité.

— Pourquoi tu ne m'as pas dit ?

J'ai aboyé la question. Ce n'était pas mon intention.

— Quoi ?

— Que tu es amoureux de Victor.

Le tressaillement est infime.

— Je te renvoie la question : pourquoi tu ne m'as pas dit ?

— Un point pour toi.

Nous marchons vite. Je commence à me réchauffer. J'embraie. Je ne veux laisser aucun malentendu. Il est temps d'être sincères.

— Il n'y a pas grand-chose à en dire, remarque.

— Ça dépend. Pour moi, c'est certain. Je n'ai aucune chance, je n'en ai jamais eu et n'en aurai jamais. Je suis résigné. En plus, il... il ne le sait pas.

— Que tu es homo ?

Jamal fait oui. Ses yeux inquiets. Son teint blafard. Le désespoir est gravé sur sa figure.

Je m'arrête et lui fais face. Je lui arrive au sternum mais je réussis à l'enlacer.

Il m'enveloppe de ses bras maigres, caresse mes cheveux. Son parfum chic embaume. J'y suis habituée, je ne le remarque plus.

J'aimerais être dans les bras de Victor. Jamal aimerait être dans les bras de Victor.

— On fait la paire... je marmonne.

— Oui, mais à deux, c'est mieux !

Je fais semblant de ne pas voir la larme qu'il essuie et nous repartons, nous hâtant dans la nuit. Je ne grelotte plus. J'ai achevé la cartographie d'une île inconnue.

J'en faisais le tour depuis plusieurs semaines, mais il me manquait un bout. Désormais, j'ai l'intégralité de l'île Jamal en tête.

Devant mon immeuble, il me fait une bise. S'éloigne. Fait demi-tour.

— C'est trop bête, il est minuit moins quatorze.

— Et tes invités ?

— Ils survivront sans moi.

Il me dévisage. Sort son portable.

— Minuit moins treize…

— Tu as raison, on ne peut pas se quitter à treize minutes d'une nouvelle année. Viens, je crois qu'il reste des crêpes. Isidore sera ravi d'avoir de la compagnie.

Le vestibule est sombre, la loge de la concierge éteinte. La porte cochère se referme dans un cliquetis métallique et je m'apprête à allumer quand un couinement familier rompt le silence.

— Isidore ?

J'enclenche la lumière, tends l'oreille. Le pas lourd et désordonné du chien de la honte envahit la cage d'escalier.

Isidore est dans l'escalier.

— Maman ?

Il dévale, halète, geint.

— Maman ?!

Isidore-est-dans-l'escalier.

Tout-seul.

Je m'élance et avale les marches quatre à quatre pour courir à sa rencontre, il se rue sur moi, gémit, bave, se frotte, frétille, me lèche, et je l'entraîne, je grimpe, grimpe, je m'accroche à la rampe pour aller plus vite, je distance Jamal, allez, monter jusqu'à chez nous parce que l'affolement m'étrangle, parce que tout est anormal dans cette situation, ma mère m'a dit que j'étais son soleil, elle m'a dit que j'étais son soleil !

Collé à moi malgré sa grosse bedaine, Isidore, lui aussi, cavale.

Je m'arrête au cinquième, hors d'haleine, guette mais aucun bruit sur le palier, je fouille mon sac, le laisse tomber, le ramasse, en retourne l'intérieur à la recherche de mes clefs, bondis sur la porte.

— Attends !

Jamal renifle l'air par petites goulées.

Je l'imite.

Oh non, pas ça, pas du *gaz*, maintenant, avec Isidore dehors, non !

— Mets ta clef dans la serrure sans ouvrir.

Je m'exécute. Jamal me presse doucement le bras.

— J'appelle les pompiers. Toi, tu attends que la lumière s'éteigne, tu entres, tu ne touches aucun interrupteur, tu m'entends, aucun parce que ça peut exploser, et tu cours ouvrir les fenêtres, c'est clair ? Avant de... chercher, tu ouvres *toutes les fenêtres*.

Je n'ai pas tout compris parce que je respire si fort que j'entends mal.

— Déborah ?

La minuterie meurt, le noir fond sur nous, je prends une grande inspiration, tourne la clef et me précipite à l'intérieur.

Je butte contre un truc, manque de m'étaler par terre, me rattrape de justesse, lâche mon sac et bondis au salon, mains en avant. Je voudrais respirer mais impossible, l'air est une soupe de poix, j'ouvre la bouche sans que rien n'y entre, je suffoque, tousse. La fenêtre grince, je tire sur le volet en jonc, il est bloqué, refuse de remonter alors je m'arc-boute, le déchire au milieu et valse à la renverse. L'air frais s'engouffre. La lueur orangée des lampadaires aussi. Je me penche sur la balustrade, inspire. Ma mère n'est ni sur le tapis, ni sur le sofa. Je me dirige en vacillant vers sa chambre. La pression descend d'un cran, elle n'est pas là, ma mère n'est pas là. J'ouvre les deux battants de la fenêtre et cours répéter l'opération dans ma chambre.

Elle n'est pa…

— DÉBO !

Je connais Jamal.

Je l'ai apprivoisé, il m'a apprivoisée.

Aussitôt qu'il crie mon prénom, *je sais*.

Je suis en larmes avant d'avoir atteint la cuisine.

La silhouette fine et sombre de ma mère est étalée sur le carrelage en damier.

Elle a mis sa robe rouge.

Mes jambes me lâchent, je m'affaisse, tombe à genoux.

— Maman !

Je la secoue, Isidore lui lèche la figure.

— MAMAN !

Je la secoue plus fort, agrippée à ses épaules, sa tête ballotte d'un côté et de l'autre.

— MAMAAAAAAN !

— Arrête, elle respire, Débo ! Elle respire.

Jamal est loin, je hurle :

— Pourquoi elle ne répond pas ?!

— Calme-toi, on va la porter dans un endroit moins confiné, elle a besoin d'oxygène. J'ai éteint le gaz. Ne touche pas les interrupteurs.

Jamal prend ses chevilles, je saisis ses aisselles.

Je dérape sur des serviettes.

Elle s'était calfeutrée.

À petits pas, nous manœuvrons le corps inconscient. Isidore nous sert de cortège.

Oh, maman…

Sa tête continue de bringuebaler, suivant notre rythme, inerte, ses mains rebondissent à chaque mouvement.

Je ne la quitte pas, je la fixe, on dirait qu'elle est morte.

Nous l'allongeons sur le canapé.

Une sirène et des lumières bleues ricochent sur les façades de la rue.

— Ça va aller, Débo. Je vais chercher les pompiers.

Jamal détale.

Je m'assois à côté de ma mère. Frêle. Blême.

— Tu n'as pas le droit... On ne fait pas ça à son soleil...

Le sol tremble, les murs s'écroulent. Je suis un chagrin, une douleur, je suis une petite fille terrorisée par les ténèbres.

Ma mère a voulu mourir.

Elle a voulu m'abandonner pour toujours.

Les pompiers annexent l'appartement, me demandent son âge, ses antécédents médicaux, l'entourent. Jamal m'entraîne sur le palier.

On doit m'entendre chialer jusqu'à Londres.

Jusqu'à New York.

— Merde.

— Quoi ?

— Je dois prévenir mon père.

Un grand type se campe devant moi.

— On l'emmène à l'hôpital, elle a été mal oxygénée.

— Elle va mourir ?

— Non.

— Vous êtes sûr ?

— Écartez-vous, mademoiselle.

Ma mère passe dans une civière. Un masque à oxygène lui dévore le visage.

— Je peux venir ?

— Vous avez quel âge ?

— Dix-sept ans.

— Y a-t-il quelqu'un à prévenir ?

— Mon père mais il est à l'étranger. Je peux venir ?

— Votre maman sera à l'hôpital Lariboisière. Elle est inconsciente, elle va être placée en réanimation, mais ça va aller. Reposez-vous et passez demain.

— Quoi ?

— Faites-moi confiance. La nuit du 31, c'est toujours la folie aux urgences. Venez demain. Je vous assure, c'est mieux pour tout le monde. Ne la laissez pas seule, lance-t-il à Jamal.

Je reprends mes esprits quelques secondes plus tard. Ma joue cuit et Jamal est sur le point de me flanquer une nouvelle claque. Il suspend son geste.

— Désolé. Tu es tombée dans les pommes.

Je suis dans mon lit, tout habillée sous ma couette, Isidore couché à mes pieds. Ma sentinelle.

Les hurlements des fêtards se répandent par les fenêtres ouvertes.

Je frissonne.

« Salut papa, c'est moi. J'espère que tu t'amuses bien. Maman a été emmenée à l'hôpital Lariboisière, elle a fait une tentative de suicide. Voilà. Bonne année. »

CHAPITRE SEIZE

L'ANGOISSE ATROCE, DESPOTIQUE, SUR LE CRÂNE INCLINÉ DE DÉBORAH PLANTE SON DRAPEAU NOIR

Je ne dors pas de la nuit.

Jamal reste là, recroquevillé au pied de mon « lit pour nains ». Il me parle de ses parents, à quel point il était en colère quand ils sont morts. Oui, c'est idiot, fou, déplacé, mais il leur en voulait. Il leur en voulait À MORT. On a des fous rires incontrôlés. Débiles. Parfois, je ne sais même pas pourquoi je ris, ou plutôt, je le sais trop bien : mieux vaut ça que pleurer. D'après Jamal, c'est normal d'être ivre, triste, furieuse, désespérée. D'être ce grand mélange indigeste qui déborde et qui noie.

Personne ne pourrait mieux me parler que lui.

Je lui prends la main.

Victor est prévenu par SMS. Jamal lui confie son appartement, il est bien obligé d'accepter. Il ne manquerait plus qu'Adèle plantée au milieu de mon salon pour compléter cette soirée paradisiaque.

Vers 6 heures du matin, mon père appelle.

Il est à l'aéroport. Il sera là vers 14 heures. Il a eu les urgences. Ma mère va s'en sortir mais les médecins ne se prononcent pas encore, niveau séquelles. Il s'occupe de tout. Je dois l'attendre.

Il pleure.

On mange des crêpes froides. Même Isidore y a droit.

Je ferme les fenêtres, jette à la poubelle les serviettes utilisées par ma mère pour se calfeutrer. Je les hais, je regrette de ne pas pouvoir les brûler.

On s'endort quand le jour se lève, Jamal pelotonné sous ma couette, moi lovée au creux de son aisselle.

À rebours du monde.

Quelqu'un me secoue, m'extrait d'un sommeil décoloré.

Mon père est agenouillé devant moi, les cheveux en pétard, la barbe naissante, l'œil chassieux.

Je l'attrape par le cou, je ne le lâche plus. Mes sanglots réveillent Jamal.

— 'jour monsieur…

— Merci jeune homme… Merci beaucoup, d'avoir été là, d'être resté.

Une heure plus tard, on est à l'hôpital. J'ai prêté mes clefs à Jamal, il ira promener Isidore.

Mon père tambourine à l'accueil, demande le chemin. Je me laisse guider, c'est bon de suivre. Je m'assois dans une salle d'attente. Il parle à une infirmière, à un médecin. Il se tourne vers moi mais je fais non.

Pas encore.

Je veux rester à rebours du monde. Le plus longtemps possible. Dans cet endroit préservé où il n'y a rien dans la marge, ni douleur, ni surprise, je n'ai pas peur. J'arrive à respirer.

Le carrelage de la salle d'attente est sale. Ou plutôt, gris. Le joint foncé découpe des milliers de carreaux, tout droits, tout en angles. Un carré. Deux carrés. Trois cent soixante-douze carrés.

— Déborah… Je vais voir ta mère en réanimation. On peut y aller à deux…

— Je préfère rester ici.

— Très bien, ma chérie. Je reviens.

Il m'embrasse sur le front.

La dernière fois que quelqu'un m'a embrassée sur le front, c'était ma mère, c'était hier, avant le gaz, avant le craquement, avant le grand noir.

Mon voisin est vieux. Son nez goutte. Il se mouche dans un carré de tissu bleu. Cinq cent quarante-sept carrés.

J'ai sept messages.

Cinq de Jamal, qui a pris Isidore en photo, au square, truffe au sol, patte en l'air, courant après un pigeon, un bâton dans la gueule.

Un de Victor.

« Je suis désolé, Déborah. Si tu as besoin de quoi que ce soit, je suis là. »

Et un d'Éloïse.

« Victor m'a prévenue. Appelle. »

Victor l'a prévenue.

— Tu es sûre que tu ne veux pas y aller ?

Je lève la tête. Mon père est devant moi, tout débraillé. Sa chemise sort de son pantalon et on dirait qu'il n'a pas dormi depuis deux jours, ce qui est le cas, en fait.

— Elle est comment ?

— Sédatée. Elle dort.

— Et ?

— Et rien. J'ai vu le médecin. Elle va subir des examens pour savoir dans quel état est son cerveau.

Il chuchote.

— Si tout va bien, ils vont la placer en HP. En hôpital psychiatrique.

— Hein ?! Si tout va bien ?

La salle d'attente entière se tourne vers moi. Je me lève, me rapproche de mon père.

— Mais ça va pas ? Elle va mourir là-dedans !

— Sortons.

Les carreaux remuent, éclatent, dégringolent, m'ensevelissent. Mon père me prend par le bras, je me dégage mais il serre plus fort et m'entraîne dehors.

J'explose sur le parking délavé par la bruine collante.

— Comment tu peux faire une chose pareille ?

— Je n'ai pas le choix, Déborah, elle a besoin d'être soignée !

— Elle ne va pas être soignée ! Elle va être abrutie de médocs, baver et ne plus nous reconnaître comme dans *Vol au-dessus d'un nid de coucou* !

— Mais non…

— Tu ne peux pas l'enfermer ! Elle va devenir folle !

— Mais elle est *déjà folle* !

Dans ma gorge, les mots se pressent, se bousculent, se mettent des coups de coude, connard, salaud, tu l'as quittée, pour ta pute brésilienne, tu t'en fous, c'est ta faute, ta faute ; il y en a tellement que ça provoque un bouchon.

— Pardon, ce n'est pas ce que je voulais dire, se rattrape aussitôt mon père.

— Trop tard. Tu l'as dit quand même.

— Viens, on rentre.

— On rentre ? ON ?

Si j'avais un truc sous la main, un verre d'eau, de vin, de Coca, d'acide chlorhydrique, je lui balancerais en pleine face. Je me rends compte que je suis tendue en avant, poings serrés. J'ai envie de le frapper.

Il se frotte la figure. Quand il retire sa main – sa main sans alliance, dont je peux voir la trace blanche sur son annulaire –, il est en larmes.

— Tu te souviens des coquillettes, quand ta mère partait en voyage ?

J'inspire de l'air, un plein ballon, et je fais oui.

Je desserre les poings.

Dans la voiture, mon père oublie d'allumer la radio. Il brûle un feu rouge et je crie. Le reste du trajet est silencieux.

Ma mère a fait une TS. Une Tentative de Suicide. Je répète ces trois mots en boucle pour essayer de leur donner un sens mais ça ne fonctionne pas. Je décortique le jargon. TS. Très Simple. Trop Salaud. Tu Sabordes. Tout à Sauver. Tu me Sidères. Tir Sournois. Tentative de Splendeur. Tire-bouchon Stomacal. Travail de Sape. Trou de Souffrance. Trop de Souffrance.

J'ai peur d'appeler Éloïse.

Je me suis trompée ; la perspective penche, j'envisage le monde sous un angle différent. J'ai besoin d'Éloïse. Jamal et Victor sont super, drôles et attentionnés. Éloïse n'écrirait pas de cadavres exquis, trouve qu'Arvo Pärt a l'air de puer de la gueule, n'utilise plus le spaghetti d'or en public. Mais elle a d'autres qualités.

Je me coupe les ongles de pied et laisse s'envoler mes rognures aux quatre coins de ma chambre. À chaque fois que l'une d'elles retombe par terre, l'oreille d'Isidore se soulève. Je suis un champ de ruines à moi seule. Le Hun du ménage.

La consigne officielle est « cinq fruits et légumes par jour ». On devrait donner la même pour les amis. Nourrissez-vous uniquement de poireaux, et c'est la carence assurée. Côtoyez toujours les mêmes gens et vous finirez le moral en charpie. Avec Jamal et Victor, j'étudie, je ris, je parle de lectures et d'auteurs que j'aime. Avec Éloïse, je glande en petite culotte, les pieds au mur, je lui raconte mes rêves, même ceux où des nounours en guimauve veulent me sacrer Reine du monde et m'offrent des sabres-lasers en bouse de vache, je danse dans sa chambre, toujours en petite culotte, et elle arrive presque à me faire croire que ma cellulite me dessine un corps de femme. Jamal et Victor d'un côté, Éloïse de l'autre, complémentaires. Une main de géant serre mon cœur et le chiffonne. Éloïse a aussi besoin de passer du temps avec d'autres. Et si elle choisit Erwann et ses potes gélatineux de l'encéphale, c'est qu'elle leur trouve *quelque chose*. Ça m'échappe, mais… et alors ? J'ai voulu la garder pour moi comme une vieille radine qui surveille son magot. Pourquoi je n'ai pas réalisé ça plus tôt ?

Je prends un bain. Isidore boit dedans et je suis obligée de le chasser. Mon père passe des coups de fil dans la cuisine d'une voix étouffée.

À 22 heures, le 1er janvier de cette merveilleuse nouvelle année, je suis en pyjama, allongée sur mon lit.

À 22 h 03, j'ai peur d'avoir la berlue, mais non, c'est bien Élo qui m'appelle. Mes doigts tremblotent quand je déverrouille mon téléphone.

— Ouais.

Elle soupire.

— Putain, Débo…

— Ouais.

— Elle va comment ?

— Elle est dans une sorte de coma artificiel.

— Tu l'as vue ?

— Non.

— Je suis à Gaillac. Dans la maison de famille de…

Elle ne prononce pas le prénom de l'homme-chouquette et ça me fait du bien. La non-verbalisation d'Erwann est un baume sur mon cœur.

On reste comme ça, deux minutes, sans rien dire. C'est long deux minutes de silence par téléphone interposé, mais Éloïse est là, et ce silence est simple, sain. Plein. Il n'a pas une tête de silence.

— Je suis désolée.

C'est moi qui parle.

— Moi aussi.

— C'est comme si tu m'avais zappée de ta vie. Du jour au lendemain, je n'existais plus, j'ai eu l'impression de devenir un truc sans importance, comme un petit crottin de chèvre dans la montagne, qui n'intéresse que les bousiers.

— Oui, mais tu es *mon* crottin de chèvre. J'ai été nulle. Je te trouvais hautaine avec lui, tu m'as blessée par mec interposé.

— J'étais jalouse. Jalouse d'un être humain à tête d'ampoule.

— Tu recommences.

— Scuze.

On glousse.

— Victor a dû appeler la moitié du lycée pour avoir mon numéro.

— Ah…

— Il t'apprécie, non ?

— Il a une copine, Élo, une sorte de bombe à l'intérieur *et* à l'extérieur. Adèle est à la fac, elle fait du théâtre, a le cul d'une gazelle de concours et le cerveau de Mileva Marić.

— C'est qui cette pétasse ?

— La femme d'Einstein.

— Bon. Est-ce qu'elle a des bottes-grenouilles ?

— … non.

— AH AH ! ELLE N'A AUCUNE CHANCE !

Je souris.

— Je rentre dimanche soir, tu veux que je passe ?

— T'embête pas, on se verra au Clapier.

— OK. Essaie de dormir un peu, de te reposer, d'accord ?

— Ouais.

— Bonne nuit, Débo, je t'aime.

— Moi aussi, je t'aime. Bonne nuit.

J'éteins peu après. Mon père fait couler l'eau dans la salle de bains. Il se lave, se couche et dort chez nous. Dans son ancien chez-lui. Je ne sais même pas où il habite désormais, dans quelle sorte de cuisine il dîne, si le canapé est en velours ou en coton, brun ou beige, s'il y a des livres dans des étagères. Rien.

J'ai une idée bien plus précise de l'endroit où est ma mère : dans son lit d'hôpital tout froid. Reliée à des machines. Dans une chambre aux murs blancs. Des infirmières passent de temps en temps. C'est pas gai, la réanimation. Il y a d'autres malades qui s'étouffent, meurent, suffoquent, gémissent.

Sait-elle que je ne suis pas venue ?

Est-ce qu'elle m'en veut ?

Je m'endors en pleurant.

CHAPITRE DIX-SEPT

LES LARMES DE DÉBORAH GRÉSILLENT EN ÉTEIGNANT LES BRAISES

Le Clapier est un arbre un jour de grand vent : il bruisse sur mon passage sans discontinuer. Les gens se retournent quand je franchis la porte, quand je traverse la cour, quand je monte l'escalier. Je vendrais ma famille cabossée pour une cape d'invisibilité.

— Débo !

Éloïse me rejoint au détour d'un couloir, essoufflée.

— Je t'ai courue après…

Elle m'enlace et je l'imite mais m'arrête vite : tout le monde nous regarde.

— Alors ?

— Euh… je préfère ne pas parler ici.

Elle se retourne.

— Ça va ? crie-t-elle à la cantonade. On ne vous dérange pas ?

Les visages éberlués de quelques camarades se détournent devant cette furie.

— En fait, Élo, je crois que je préfère ne pas en parler du tout, pour l'instant.

Si elle est vexée, elle n'en montre rien.

— Mon petit crottin, je voudrais t'offrir un sandwich ce midi, pour me rattraper.

— Salut Débo ! Salut Éloïse.

— Salut Victor.

Éloïse me tapote l'épaule.

— Rendez-vous devant le Clapier à 12 h 45 !

Et elle part en sautillant.

Elle est la chèvre.

Je suis le crottin.

Je me retrouve avec Victor et une meute d'yeux curieux braqués sur nous. Ils ne prennent pas la peine de trouer des journaux pour mieux mater en cachette. Non, ils scannent ouvertement. Aucun ne veut en perdre une miette. Le malheur de moi fait les cancaneries des autres.

On se dirige vers la salle 234.

— J'ai bien fait ? Pour Éloïse ?

— Oui. Merci.

— J'ai hésité mais il fallait que je fasse quelque chose. Venir chez toi était hors de question, j'ai saisi le message.

Je ne le relance pas sur le sujet. Tout plutôt que parler d'Adèle et ses petits seins parfaits en forme de courgettes rondes.

Victor s'arrête à dix mètres de notre salle et me prend par les épaules.

— Écoute, Débo, je suis désolé.

— Moi aussi mais on ne peut rien y faire.

— Non mais je veux dire, je suis désolé pour... tout. Je...

Il passe sa main dans ses cheveux. Son foulard pendouille autour de son cou alors je le resserre, sans lever les yeux vers lui. J'aime sentir sa peau, juste sous son T-shirt, voir mes doigts courir dessus.

— C'est bon, Victor, t'inquiète.

— Non, je ne suis pas idiot, c'est pas bon. La situation est difficile pour moi… Je…

— Tiens ! Le chaton mouillé !

Ma copine Tania. Ça faisait longtemps.

— Alors, tu as passé un mauvais, mauvais réveillon ? Pauvre petite Déborah…

La ribambelle de pestes à ses basques ricane. Je n'en peux plus.

— Tu sais quoi, Tania ? Toi et tes copines parfaites, vous pouvez aller vous faire foutre !

— Oh, le chaton se rebel…

— Ta gueule, la coupe Victor d'une voix sourde.

Tania se décompose. Il lui adresse rarement la parole, alors quand c'est pour lancer précisément ces deux mots à son visage peinturluré de fond de teint matifiant, elle digère mal. C'est ce que je lis sur son visage sidéré : une indigestion au bord de provoquer une grosse diarrhée.

— Mais je…

— TA GUEULE ! Tu la boucles et tu arrêtes de nous faire chier. Tu vas faire ton numéro ailleurs, OK ?

Un petit attroupement se forme, le couloir entier écoute Victor qui hausse le ton.

— Tu n'amuses personne, Tania, tu n'es pas spirituelle, pas sympa, tu es méprisante et agressive, tu comprends ? Alors tais-toi, OK ? Tu nous lâches et tu te tais ! TA-GUEU-LE !

Je dévisage Victor, bouche ouverte.

— Louvian, Gary, Dantès, avec moi, illico !

Madame Chemineau fait claquer ses talons de dix centimètres, un col roulé soulignant son visage sec et furibard.

Elle nous fait signe d'entrer dans la salle 234 et referme derrière nous. Tania soupire ostensiblement.

— Madame Chemin…

— Oh, pour l'amour de Dieu, Louvian, il a raison : taisez-vous !

Petrificus totalus.

Tania est couleur pot d'échappement. Je la prendrais presque dans mes bras pour la consoler, dis donc. Non, je rigole.

— Mademoiselle Louvian et monsieur Gary, sortez votre carnet de correspondance.

Tous deux s'exécutent.

— Vous écopez d'une heure de colle chacun.

— Mais…

— Mademoiselle Louvian, vous croyez que je n'ai pas repéré votre petit manège ?

Tania se raidit, buste en avant.

— Pour quel motif ?

— Harcèlement d'une camarade. Je suis certaine que vos parents seront ravis d'apprendre la nouvelle.

La sonnerie retentit et couvre le bruit des stylos qui crissent.

— Monsieur Gary, vous êtes prié de ne pas hurler d'insanités dans les couloirs.

— Excusez-moi, madame.

— Dehors, maintenant.

Je patiente et essaie de ne pas sourire devant le visage apoplectique de Tania.

— Mademoiselle Dantès.

— Oui ?

— Désormais, vous n'aurez plus qu'une demi-heure pour déjeuner le mardi.

— Hein ?! Je veux dire… pardon ?

— Vous êtes collée pendant au moins deux mois. Votre père est au courant.

— Mais… je n'ai rien fait, c'est injuste !

— Calmez-vous, Déborah. Il ne s'agit pas de vraies heures de colle. Certains professeurs se relaieront pour vous faire travailler leur matière. Nous nous sommes portés volontaires.

— Ah.

Dois-je me sentir soulagée ?

— Il nous a paru important, à monsieur Jaunard et à quelques autres, que vous soyez soutenue en ce moment. Vous nous avez prouvé votre envie de travailler et de progresser, il serait dommage de dilapider ce bel enthousiasme.

Monsieur Jaunard… Au secours. Rien que l'idée d'un tête-à-tête avec lui me donne la chair de poule. Qui d'autre ?

Madame Chemineau égraine les noms. Je vais avoir droit à un rab d'histoire/géo, de philo, d'anglais et d'allemand.

— Cet arrangement vous convient-il ?

— Oui. Merci.

— Parfait. Nous commencerons demain. Faites entrer vos camarades.

Je m'exécute en traînant des pieds. Le théorème est partout, terré jusque dans les méandres du Clapier. Quand me lâchera-t-il pour aller polluer la vie d'un autre ?

J'ai fait faire un double de mes clefs pour Jamal. S'il y a quoi que ce soit, il peut s'occuper d'Isidore. Il m'embrasse à la sortie du cours de philo et s'éloigne avec Victor, l'homme qui lui lacère le cœur à l'insu de son plein gré.

Je déjeune avec Éloïse dans notre bar à soupes, comme au bon vieux temps, et cette fois, c'est moi qui l'invite. Merci mamie.

Je lui raconte tout : notre papotage au square qui m'a tant humiliée, la soirée d'Erwann à laquelle je n'ai pas été invitée, Jamal et Victor qui me hissent hors de la fange.

— Tu t'es trouvé des potes intellos comme toi. Tu pourrais me remercier.

On se marre.

Elle s'excuse. M'explique qu'Erwann a pris trop de place. Et que je lui ai manqué. Ses aveux sont du nougat moelleux.

On décide que le lundi midi sera notre jour. Erwann, Victor et Jamal seront prévenus. Et le jeudi soir, nous rentrons ensemble.

C'est un bon début.

En réalité, je ne lui ai pas tout dit. Je n'ai pas parlé de Jamal, car son histoire ne m'appartient pas (elle appartient encore moins à Élo). Ni de Victor, enfin pas trop. Il me plaît, il est pris. Tout est dit et elle n'insiste pas. C'est la pure vérité, vérifiable et vérifiée.

Quand je rentre le soir, Isidore chouine et on dévale les escaliers pour éviter la fuite urinaire dans l'immeuble. La gardienne manque de tomber à la renverse sur notre passage. Je n'écoute pas ses invectives sur les poils qui constellent l'escalier. Depuis la TS de ma mère, j'oscille entre une sorte de colère mal contenue vis-à-vis des gens et une indifférence ouatée. Le coton a du bon, il étouffe les bruits.

La pluie qui empoisse Paris est dense, je mets ma capuche. Des flaques se forment sur le sol détrempé du square et l'écorce des arbres luit. Je repère Lady Legging drapée dans un manteau vert pomme, près d'un toboggan, et fais un détour pour l'éviter. Sur les pelouses interdites au public, les canards dorment déjà, le bec niché sous l'aile.

Après m'être séché les cheveux, j'arrache les post-it du miroir et les planque dans un tiroir de mon bureau.

Incroyable : l'appartement respire.

Mon père débarque à 20 h avec des pizzas que nous mangeons dans le salon. Je ne peux plus poser le pied dans la cuisine. Je l'abhorre.

Deux petites lampes sont allumées à chaque bout du canapé. Un rectangle orangé se découpe sur le sol, la faute au volet arraché qui laisse passer la lumière des lampadaires. Mon père ne l'a pas encore remplacé.

— Veux-tu venir avec moi à l'hôpital demain ?

Je suis lâche.

Je n'ai pas vu mamou depuis la nuit du 31. Je n'y arrive pas.

— Ta mère va mieux. Elle est reveillée.

Une tomate de ma pizza s'écrase par terre.

— Elle va être transférée en HP demain. Elle a droit à quelques visites. Et a priori, elle n'aura pas de séquelles.

On n'entend plus qu'Isidore qui tente de mâchouiller la tranche de tomate. Il la recrache, toute langue dehors, et reste assis là, à me regarder et à baver sur le tapis, la queue battant la mesure.

— Aucune séquelle ?

— Aucune. Tu es arrivée à temps. Elle avait avalé des somnifères. Encore quelques minutes et... Tu lui as sauvé la vie, Déborah.

Mon père se remet à pleurer.

CHAPITRE DIX-HUIT

DÉBORAH PEUT ÉCRIRE LES VERS LES PLUS TRISTES CETTE NUIT

Ce n'est que la semaine suivante que je réussis à prendre le chemin de l'hôpital psychiatrique. Il fait jour, il y a même un brin de soleil au milieu de gros nuages mousseux. Mais le bâtiment me paraît hostile, comme une vieille sentinelle décrépite qui aurait oublié ce que c'est que rire.

Hier, j'ai eu mon premier tête-à-tête à midi. Avec monsieur Jaunard. On s'est assis l'un à côté de l'autre, et il a commenté la dernière leçon. Il me parlait. Il n'imitait pas un obersturmführer par jour de grand vent, je veux dire. Pire : il était intéressant. Le Moyen-Orient ne ressemble plus à un magma indéchiffrable. Je commence à y voir clair. À tel point que j'ai failli oublier son haleine de sauce d'huître avariée. En revanche, je crois qu'il porte une perruque : la partie supérieure de ses cheveux n'a pas la même texture que celle sur la nuque. Elle brille louchement. Et la couleur en est un chouïa plus foncée, aussi... Je *dois* vérifier la chose. Un prof d'histoire à perruque, ça se fête.

J'approche du bâtiment. Dans mes veines, il n'y a plus de sang mais un liquide glacé qui anesthésie.

À l'intérieur, ça sent mauvais, un mélange de sauce de cantine et de détergent. Je me dirige vers l'accueil. Je m'attends à voir débouler Chef, l'Indien. Ou Jack Nicholson.

— Bonjour, je viens voir Anna Dantès.

La jeune femme devant moi sourit et consulte son ordinateur. Ses cheveux sont tirés en arrière à l'aide d'une barrette en forme de nœud. Comme dans ma gorge.

— Ah…

Mais encore ?

— Vous êtes de la famille ?

— Je suis sa fille.

— Je suis désolée, madame Dantès refuse les visites.

J'ai presque envie de rire. C'est le pompon. L'apogée du théorème. Le summum de l'humiliation. L'univers qui sort sa grosse paluche et me la fout en pleine tronche.

Ma mère ne veut pas me voir.

— Le docteur Chapenas soutient sa démarche. Je ne peux pas vous laisser entrer.

Je continue à la dévisager avec ma tête de triton écrasé par un tracteur.

— Mais… mon père est venu, non ?

— Il n'a pas été autorisé à entrer. Il a laissé un courrier.

— Ah.

Une réponse fulgurante de Déborah, mesdames et messieurs, qui pulvérise en direct le record du monde de la répartie !

— Eh bien, merci…

Je fais demi-tour. L'air est trop blanc.

— Mademoiselle !

La jeune femme est un peu embêtée.

— Votre mère va aller mieux. Tout le monde dans le service le dit. Apportez une lettre, je suis sûre qu'elle sera très touchée.

Sans blague ?

Dans la rue, même les arbres ont l'air de me faire des doigts d'honneur avec leurs branches nues.

Je suis vautrée dans le canapé, l'assiette collée au menton, les joues gonflées de coquillettes au beurre.

Je n'ai pas attendu mon père, qui me dévisage. Je mange sans lui prêter attention.

Après tout, il n'habite plus vraiment ici, pas vrai ?

— Super, des pâtes au beurre ! Je meurs de faim…

— Ouais, super. Pourquoi tu ne m'as pas dit que maman refusait les visites ?

Il n'enlève pas son manteau, s'assoit sur le bord du canapé.

— Parce que je pensais qu'elle te verrait, toi.

— Raté.

— Je suis désolé, Déborah.

— Pas autant que moi.

— Tu peux lui écrire, tu sais.

— Oh, ça va ! Vous vous êtes passé le mot ou quoi ? Elle ne veut pas me voir !

— Tu peux aussi l'envisager dans l'autre sens…

— Comment ça ?

— Elle ne veut pas être vue.

J'arrête de mâcher.

— Elle a honte, ne sait pas comment réagir.

Je n'avais pas pensé à ça, en effet.

Je me suis morfondue toute l'après-midi, téléphone éteint, persuadée que ma mère ne m'aime pas. Moi-je, moi-je, moi-je.

Il se lève, enlève son manteau qu'il range méticuleusement sur son cintre dans l'entrée. Sa silhouette est voûtée.

— Ma chérie…

— Ouais ?

— Est-ce que… comment dire… est-ce que tu as besoin de voir quelqu'un ? De parler ?

— Un psy tu veux dire ?

— Voilà.

— Non. Je ne crois pas. Pas maintenant, en tout cas.

Je pique ma fourchette dans mon assiette. Clac-clac-clac.

— Peut-être que ça te ferait du bien. Avoir un lieu où ta parole est libre, sans… jugement. Tu pourrais t'épancher.

— Ça va, je t'assure. Laisse-moi encaisser, d'abord.

— Très bien.

— Les pâtes ont besoin d'être réchauffées.

Il se gratte la nuque et se dirige vers la cuisine.

— Papa ?

— Oui ?

— Il faut que je te dise un truc.

Il ressort de la cuisine à reculons. Lui aussi est prêt à encaisser le choc. Car il a encaissé pas mal de chocs. Je n'ai pas voulu les voir, c'est tout.

— Vas-y.

— Les post-it...

— Ceux de l'entrée ?

— Ce n'est pas moi mais maman qui les a mis là.

Il fait marche arrière jusqu'au salon.

— Ta mère ?

Il regarde par la fenêtre, me fixe, les rides de son front creusées.

— Tu les as jetés ?

— Non... juste enlevés. C'est le numéro d'une galerie d'art, la galerie Léviathan. J'y suis allée, ils n'ont jamais entendu parler de maman.

Mon père croise ses doigts devant sa bouche, ne me quitte pas des yeux.

— Pourquoi tu ne m'as rien dit ? murmure-t-il.

— Depuis quand on parle de trucs, toi et moi ?

Je lui aurais fait moins mal en lui plantant un poignard dans le ventre.

Il fait demi-tour et j'entends le clic métallique du brûleur qui s'allume sous la casserole.

Le lendemain, on est jeudi.

Je ne me lève pas.

Je ne veux pas aller au Clapier.

Je ne veux pas voir tous ces cons qui jasent dans mon dos. Ras-le-bol d'être la fille « dont la mère s'est suicidée ». Je refuse d'être réduite à ça.

Aujourd'hui, je serai un truc informe sans pensées sous ma couette.

Je reprends Victor Hugo dans une sorte de bouillabaisse personnelle. Je suis transportée mieux que sur un tapis volant, mais je lui en veux. Hugo abuse grave. Il se fout de moi, il m'assassine, il me torture. Il est mort depuis longtemps, et pourtant, par un miracle un peu timbré, il est entré dans ma tête. Quand Marius fait les cent pas devant Cosette sur son banc, je me vois ignorant superbement Victor mais tremblant qu'il ne me remarque pas. Quand Marius pense que les moineaux sautillants se moquent de lui, je le comprends. Quand il fait semblant de lire, incapable de se concentrer parce que Cosette est de l'autre côté de l'allée, je le comprends. Quand il est ébloui, qu'il ne dort pas, qu'il « frémit éperdument », que « les palpitations de son cœur lui troublent la vue », je le comprends. Ou plutôt, Victor Hugo me comprend. Je pleure quand il clame que « s'il n'y avait pas quelqu'un qui aime, le soleil s'éteindrait ». Et la lueur bleue qui irradie de Cosette, je la vois aussi. Victor est lumineux, Victor est un phare dans ma nuit, même s'il est pris, même si je n'ai aucune chance. À cause

JE SUIS TON SOLEIL

de Hugo, soudain, dans le fond de mon lit, je sais que j'aime Victor. Je l'aime d'amour. Et je ne peux rien y faire. Je vais l'aimer dans l'ombre et personne ne m'aidera.

Les cinq mois et demi qu'il me reste à parcourir avant la fin de l'année scolaire vont être un enfer.

Mon père m'envoie un SMS à 16 h 04.

« Suis allé à la galerie. Effectivement, personne ne connaît ta mère là-bas. Suis à cours d'idées. Je t'aime. »

Je réponds : « Moi aussi, je t'aime. »

Parce que ça ne fait pas de mal.

Et parce que c'est vrai.

Les découpages de ma mère me manquent. L'appartement est vide.

À 17 h 56, Jamal me demande s'il peut passer avec Victor. Je dis oui. Je suis pathétique, l'amour est une drogue : mauvaise pour la santé mais irrésistible. J'ai besoin de mon fix. Il s'appelle Victor.

Je prends une douche et si vous voulez mon avis, il était temps.

Ils arrivent essoufflés par les cinq étages.

C'est la première fois que Victor vient chez moi. J'ai rangé ma chambre.

— Salut beauté ! lance Jamal. T'es pas en pyjama ?

— C'était limite…

— Et salut, gros toutou ! Tu reconnais ton copain ?

Isidore renverse Victor, qui perd l'équilibre et me tombe dessus. Il se redresse d'un bond et me tend un paquet de feuilles.

— Tous les cours de la journée sont là.

— Merci. Je viens de faire du thé, ça vous dit ? Vous avez le nez tout rouge.

— Il fait – 40 dehors, on se croirait en Antarctique. Ça m'étonne qu'on n'ait pas encore croisé de manchots.

Ils se débarrassent de leurs affaires et Jamal se laisse tomber par terre. Victor, lui, s'assoit sur le canapé et regarde partout. Il est trop mignon, avec son bout de nez rouge.

A
D
È
L
E

Isidore lui fonce dessus et colle sa truffe sur ses parties, comme il le fait assez souvent. Victor essaie de le repousser mais Isidore insiste. Victor rosit. Je verse le thé dans trois tasses en essayant de ne pas pouffer.

— Euh… Déborah ?

C'est plus fort que moi, j'explose.

— Ah ah ah ! Pardon… Ah, ah ! Isidore, laisse Victor tranquille, je suis sûre qu'il s'est lavé.

— Hein ?!

— Tu t'es lavé, n'est-ce pas ?

— Je... Isidore, tu entends ta maîtresse ? Va renifler les fesses de quelqu'un d'autre !

— Je ne suis pas sa maîtresse.

— À mon tour de rire ! s'écrie Jamal. Bien sûr ! Et Gertrude n'est pas une mygale !

— De quoi tu parles ?

Je m'installe en tailleur par terre. C'est si bon d'être avec eux, le salon est rempli de mots, de rires. Même Isidore a l'air content.

— Tu plaisantes, Débo ?

— C'est ma mère, sa maîtresse.

— À quoi un chien reconnaît-il son maître ? demande Victor.

— Depuis quand tu t'y connais en chien, toi ? Tu n'avais jamais vu Isidore avant !

— Je suis un as en canidés. J'ai eu un croisement de labrador et de chien non identifié pendant treize ans. Il s'appelait Pépé.

— Il était vieux ?

— À la fin, oui, mais on l'a eu quand il était chiot.

— Pourquoi il s'appelait Pépé alors ?

— Ça je l'ai su bien après, un jour où vers dix ou onze ans, on est allés se balader en forêt. Pépé a dû repérer un lapin ou un bestiau quelconque, l'a poursuivi et a disparu.

— Tu ne l'as jamais retrouvé ?

— Si, mais mes parents ont hurlé des heures avant que ce salopiot de Pépé ne revienne. Et là, l'horreur.

— Quoi ?!

Jamal et moi, on est suspendus aux lèvres de Victor. Enfin… façon de parler.

— J'ai découvert le vrai nom de Pépé. Car, oui, gente damoiselle et charmant damoiseau, Pépé était un diminutif !

— De ?

Victor boit son thé ; il savoure son petit effet, son audience captive. Ça m'agace à un point ! À un point tel que j'attends qu'il ait reposé sa tasse, histoire d'éviter qu'il se carbonise au quarantième degré, et je me vois *lui lancer une de mes chaussettes à la tête.*

L'œil était dans la tombe et regardait Déborah.

QUI fait ce genre de choses ? Ah, ça, c'est sûr que Cosette ne balançait pas ses chaussettes à la gueule de Marius !

— Déborah ! lance Victor, offusqué, mais il sourit, enfin j'espère.

— Désolée ! Trop de suspense ! Mais elle est propre ! Je viens de la mettre !

— Oh la la, ça va, intervient Jamal, c'est pas comme si elle t'avait lancé sa petite culotte.

— *Tu-ne-viens-pas-de-dire-ça !* je hurle.

Jamal se plie en deux, imité par Victor. Il me met un grand coup sur le dos et Isidore se met à grogner alors tout le monde se tait.

— Bien parlé, Isidore ! Moi aussi, je veux connaître la fin de l'histoire de Pépé.

Je suis rouge à faire pâlir d'envie un coquelicot et Victor me lorgne d'un drôle d'air. Je ne lui connais pas cette mimique, impossible à déchiffrer.

— Bon, ça vient ou tu veux l'autre chaussette ?

La meilleure défense, c'est l'attaque… non ?

— Donc, roulements de tambour… j'apprends, consterné, que Pépé est le diminutif de… ?

— Perroquet ?

— Pétunia ?

— Pécuniaire ?

— Pétomane ?

— Pire.

— Pire que Pétomane ?

Victor hoche la tête et souffle sur son thé.

— Périnée.

— Non ?!

— Ma mère avait baptisé notre chien Périnée. Périnée ! Et elle s'est mise à beugler son nom complet en pleine forêt, un dimanche après-midi ensoleillé avec vingt promeneurs au mètre carré : « Périnééééée ! Péééérinnnééééee ! ».

— Je… ne peux… pas te croire ! je hoquette.

Victor me tend son téléphone.

— Appelle-la !

On rit pendant quatre minutes sans s'arrêter et je peine à reprendre mon souffle, Jamal se gondole avec ses dents qui pourraient servir d'antennes paraboliques alors je ris de plus belle, et les yeux de Victor font deux petites virgules sur son beau visage.

Je finis par me calmer, envahie par un merveilleux sentiment de bien-être.

— Et donc, continue Victor qui a de la suite dans les idées, un chien reconnaît son maître à deux facteurs essentiels de sa vie de chien : son maître le promène et le nourrit.

Je mate le chien de la honte.

— Isidore ?

Sa queue martèle le tapis en rythme.

Ils repartent vers 20 heures. Nous convenons de nous retrouver chez Jamal samedi pour reprendre nos cadavres exquis. Je ne suis pas contre un peu de normalité dans ce monde de brutes.

Je débarrasse nos tasses, nos miettes de biscuits, et j'ai à peine ouvert mon livre que la clef cliquette dans l'entrée. Mon père pas rasé arrive trempé.

— Il pleut ?

Ah oui : dehors, un rideau de pluie bouche la vue.

— À verse. Je viens de croiser ton copain dont j'ai oublié le nom.

— Jamal.

— Et un autre garçon.

— Mmmh.

Mon père me reluque, il attend, son manteau goutte sur le tapis, ploc-ploc-ploc, et je fais semblant de lire.

Il rebrousse chemin en se débarrassant de sa pelisse, l'accroche à la patère, enlève ses chaussures de papi, et les met à sécher sous le gros radiateur en fonte de l'entrée. Chacun de ses gestes est précis, méticuleux, mais il paraît empoté quand il se dirige vers moi et pose un baiser froid sur mon front.

— Tu te sens mieux ?

— Mmmmh.

— Tu as passé une bonne journée ?

— Mmmmh.

— Ce garçon, Jamal…

— Écoute, papa, ce sont des potes, OK ?

— OK ! Très bien !

Il disparaît et revient avec une serviette éponge dont il se frotte les cheveux. La serviette est rose. Mon père ne remarque pas ce genre de détails. Que remarque-t-il ?

— Tu me reproches de ne pas parler mais je fais ce que je peux ! expose-t-il si bien qu'il me fait sursauter. Si tu me rembarres à chaque fois que j'essaie, on n'est pas sortis de l'auberge !

Je soupire bruyamment. Sa présence physique m'exaspère.

— Tu voudrais que je sois attentif, mais pas trop, à l'écoute, mais pas envahissant ! Ah, ma chérie, tu es bien une fille !

— Tu ne viens pas de dire ça. Tu ne viens pas de tenir les propos les plus macho du siècle dans cet appartement.

— Non, tu as raison, je ne peux pas être aussi con.

— J'ai quand même un doute.

On se fusille tous les deux du regard. La pièce pue la rancœur et le non-dit.

— Ma chérie...

Tout à coup, il devient tout mou, se dirige à pas lents vers le fauteuil en face, s'y assoit, et laisse tomber sa nuque dessus.

— Écoute, si tu considères que je suis responsable de ce qui arrive... que ta mère a voulu en finir à cause de moi, dis-le carrément et qu'on perce l'abcès.

La pluie devient assourdissante, elle entre chez nous, se déverse sur ma tête, mouille mes cheveux, troue ma peau comme si elle était faite d'acide, attaque mes os, ma chair, elle mord et me dissout sur le canapé.

Mon doigt marque la page où je suis, enfermé dans deux mâchoires de papier. Je serre si fort mon livre qu'une marque s'imprime sur mon index. J'observe mon père par en dessous, incapable de lui faire face, mais incapable de me retenir, de mentir.

— Bien sûr que tu es responsable. Qui d'autre, sinon ? je chuchote.

Il me fixe. Ouvre la bouche et fait tourner sa langue à l'intérieur avec un bruit mouillé.

— Sais-tu pourquoi je suis parti, ma chérie ?

Il continue à m'appeler « ma chérie ».

— Je ne veux pas le savoir.

— Peut-être, mais moi, je veux te le dire, j'en ai besoin. Alors on fait quoi ?

— Je ne sais pas.

Je n'ai pas bougé depuis le début de la conversation. Mon dos est rigide, douloureux. Mon père, lui, se dégonfle au fur et à mesure qu'il parle, se ratatine comme un fruit pourri.

— Tu veux bien m'écouter, s'il te plaît ?

Sa voix est lasse et ma colère s'essouffle.

— *S'il te plaît.*

Je pose mon livre à plat pour ne pas perdre ma page, me carre dans le canapé.

— Vas-y.

— Merci.

Il me regarde mais admire la fenêtre, le plafond ou ses pieds à intervalle de deux ou trois phrases, comme s'il voulait s'échapper à tout prix.

— Un divorce est un échec partagé. Je ne cherche pas à me dédouaner, comprends-moi bien, mais c'est la vérité : quand un couple se sépare, chacun porte une part de responsabilité.

Il noue ses doigts devant son menton, son tic lorsqu'il est concentré. À un moment, je crois qu'il m'a oubliée mais il reprend :

— Ta mère a un grand vide que je n'arrive pas à combler, un vide immense. Je ne le supporte plus.

Bizarrement, je saisis l'idée.

— Quelque chose en elle m'a toujours échappé. Au départ, son attitude était séduisante : réussirais-je à déchiffrer et apprivoiser la belle et mystérieuse Anna ? Mais les années ont passé et ta mère m'échappe toujours. Une partie d'elle ne m'appartient pas, et ça pourrait ne pas être un problème, sauf que c'en est un parce que cette partie-là est gigantesque : elle est fondatrice de sa personnalité, de son être. Or elle refuse de me la livrer. Ta mère a dressé un mur de verre entre nous, donnant sur un pays auquel je n'ai pas accès. Et elle n'a jamais baissé la garde. J'ai besoin d'un lien plus simple, et surtout, *surtout*, j'ai besoin de compter dans sa vie. Aujourd'hui, je me sens comme un meuble. J'ai envie de changer de vie. J'ai envie de compter dans la vie de quelqu'un.

— Tu comptes dans la mienne.

Il sourit.

— Tu comprends ce que je veux dire…

C'est vrai, ma mère plane. Elle navigue sur des eaux singulières, et bravo à celui qui l'y suivra. Mon père a essayé.

Il rend les armes.

Il la quitte par capitulation.

— Je ne m'attends pas à ce que tu me comprennes, ma chérie, mais je voulais que tu le saches. Je ne suis pas mauvais, je ne suis pas le méchant. Des millions de couples se séparent et pour autant, tous n'aboutissent pas à ce désastre. Si ta mère a fait… ce qu'elle a fait, je crois que ce n'est pas à cause de moi. C'est pour une raison après laquelle je cours depuis notre rencontre.

Je ne résoudrai pas cette énigme et j'en suis désolé. J'en suis vraiment désolé.

Je hume une désagréable odeur de brûlé.

Il court à la cuisine en jurant, et mange ses pâtes noirâtres, les yeux perdus à l'orée de cette contrée maternelle qu'il ne connaîtra pas.

CHAPITRE DIX-NEUF

IL A NEIGÉ
DANS L'AUBE ROSE
ET DÉBORAH
CROIT RÊVER

Samedi soir, dans la nuit froide et boueuse de la mi-janvier, je quitte notre appartement en même temps que mon père.

On se sépare sur le trottoir. Il s'est fait beau (enfin, selon ses critères).

Je me retourne pour voir sa silhouette courbée se redresser légèrement et partir à grands pas.

Je sais où il va.

Moi, je file chez Jamal.

Je suis en avance.

Sa tante m'ouvre, un fume-cigarette collé au bec. Sa tenue est sooooo shiny qu'elle pourrait figurer au palmarès de *Peau d'âne*, dans le rôle de la robe couleur soleil. Elle porte aussi un diadème en diamants.

— Bonsoir, chérie ! lance-t-elle après avoir vu mon regard éberlué. C'est un prêt, un ami joaillier qui aime me trouver belle.

Je reste sans voix.

— Salut Débo !

Jamal sort du couloir et je sais illico, à son air réjoui, qu'il vient de nourrir Gertrude et ses copines. Lui est en jean troué et T-shirt jaune. Couleur soleil aussi.

Il m'entraîne dans le salon.

— Adèle a failli rappliquer ce week-end, chuchote-t-il, penché sur moi.

Je me raidis.

— Mais ses parents n'ont pas cédé. Trop d'allers-retours.

— La pauvre…

Jamal pince les lèvres pour ne pas rire à ma tête de Judas. Quand il fait ça, ses grandes incisives se devinent sous sa peau tendue.

— Tiens, j'ai ramené des chocolats, le week-end dernier !

Il était à Genève avec sa tante.

On ouvre une boîte d'un kilo et on la massacre en se léchant les doigts. Jamal me parle de son escapade chez les marchands d'art suisses.

— Tu veux que je te dise ? Le caviar, c'est dégueulasse. On dirait du gros sel.

— J'y vais, darling, bonne soirée ! crie la voix grave de Leïla depuis l'entrée.

— Ouais !

Jamal lève les yeux au ciel.

— Bon, darling, c'est pas tout ça, mais ces chocolats m'ont ouvert l'appétit, on mange quoi ? je demande, prosaïque.

— Pizzas ?

Victor arrive trente minutes plus tard et...

— Tu as de la neige dans les cheveux ! Il neige ?

Je cours à la fenêtre.

— IL NEIGE !

J'ouvre tout grand et fourre la tête dehors.

— Mouahahahahahaha ! Il neige !

— Elle est atteinte, note Jamal, sur le ton du scientifique qui étudie son sujet.

— Elle est irrécupérable, acquiesce Victor.

— Vous êtes aveugles ou quoi ? Il neige !

— Bon, viens ici, tu es en pull !

Jamal m'enlace et m'attire à l'intérieur. Je me débats.

— Non ! Laisse-moi profiter du spectacle ! Je n'ai pas passé deux semaines aux sports d'hiver, moi, c'est ma première neige de l'année !

— Tu vas attraper la mort !

— La mort ne s'attrape pas ! Elle s'invite.

Victor bondit à son tour, m'attrape et m'oblige à rentrer. Je sens ses muscles tendus contre mes épaules, son parfum.

— Vous êtes des vieux cons.

Je pourrais presque me nicher dans son cou.

Jamal me lâche.

Pas Victor.

Il me fait basculer sur le côté, je pousse un cri et me retrouve portée comme une princesse entre ses bras.

Je ris, me défends, certes un peu faiblement mais je fais ce que je peux, alors il m'étreint plus fort. Je ne sais pas où regarder, surtout pas dans ses yeux, mais en même temps j'ai envie d'en profiter, passer mes mains derrière sa nuque, me hisser jusqu'à ses lèvres...

Reprends-toi, Déborah, va vers la lumière !

Il me pose sur le canapé et je fais mine de réajuster mon pull, geste stupidissime.

— Tu t'es mal rasé, tu as une grosse touffe de poils sous le menton.

Ça, c'est pour le rouge à lèvres sur les dents.

Il se tâte, sourcils froncés.

— Au moins, il a de la barbe ! lance Jamal.

— Toi, tu prêches pour ta paroisse ! je réplique.

— Qu'est-ce que ça signifie ?

— Que tu as trois poils qui se battent en duel sur les joues.

On sonne.

— C'est la pizza ! Je vous préviens, pas de tiramisu. J'ai dû changer de fournisseur. Celui de la première fois ne veut plus me livrer. Je crois que la fugue de Gertrude a été ébruitée.

Avec les pizzas, il y a de la bière.

On écoute de l'électro, je suis sommée de raconter mon entrevue avec Jaunard, et nous mettons au point un plan pour démasquer son imposture capillaire.

— Il nous faudrait une canne à pêche, suggère Jamal.

— Tu veux pêcher sa perruque en pleine classe ? Façon saumon du Grand Nord ?

— Bien sûr que non, je ne suis pas débile ! Mais si on arrivait à lancer l'hameçon dans la cour...

— C'est pas cool.

Ils se tournent vers moi.

— Il a une haleine de steak faisandé, la peau suintante, des marbrures sur les joues, une perruque trop mal faite qui a l'air de clignoter, mais il m'aide. Il sacrifie une heure par mois pour que je ne m'écroule pas. Je n'aimerais pas qu'il soit humilié.

Silence.

— Tu as raison, on a 3 de QI. Parlons plutôt de Tania.

Je me marre. C'est bon, les rituels. La déconnade. Les private-jokes. L'humour partagé. Misère, que c'est bon.

— Et Éloïse, alors ? Tu as le droit de nous en parler ?

Je m'exécute, leur dis notre réconciliation. Ils m'écoutent. Ces mecs sont incroyables. Enfin, surtout Victor. N'importe quoi. Pour fêter ça, je décapsule une septième bière.

— C'est bien d'être sincère, dit Jamal, pensif.

— Les gens que tu aimes, finalement, c'est tout ce que tu leur dois : la sincérité... je lui souris.

— Trinquons à Éloïse ! propose-t-il.

On descend notre bibine en chœur, et ça fait des grands slurp.

— Elle est mignonne, Éloïse, dommage qu'elle soit avec Erwann... lâche Victor.

— Pourquoi ? Elle t'intéresse ? répond Jamal, les yeux en balles de ping-pong.

— Non, je pensais plutôt à toi.

Victor et Jamal se dévisagent.

Je bois une nouvelle gorgée de bière, ça m'empêchera de dire une connerie.

Jamal prend une inspiration et attrape un bout de croûte de pizza froide dans mon assiette.

— C'est gentil, mais c'est pas trop mon genre.

— Ah. Alors, c'est quoi ton genre ? demande Victor.

— Le genre sévèrement burné.

— Le genre quoi ?

— Le genre jambes poilues, pectoraux et roubignolles ! Le genre masculin, quoi !

Victor reste deux secondes stupéfait, immobile, puis éclate de rire, et un instant, j'ai peur qu'il ne le croie pas, j'ai peur de ce qui va suivre, de l'incompréhension, de l'embarras mortel, j'ai vraiment peur. Il rit de plus belle, en prime.

— Le genre masculin ! Putain, la honte !

Je suis une branche morte. Prête à craquer.

— Oh la la, Jamal, je me sens très très con, mais alors, plus con qu'un rétro ! Ah, quel con ! Tu savais ? me demande-t-il.

Je hausse les épaules.

— Évidemment.

Victor mord sa lèvre.

— Putain, la honte, la honte, la honte. Et en plus, je pose la question. La honte, la honte, la honte. Vite, ressers-moi une bière !

Jamal est pâle, il me lance un sourire timide. Je reprends de l'air et lève ma bière.

— Aux amours de Jamal !

Nous retrinquons.

Ça, c'est fait.

Quand je repars vers 1 heure du matin, la rue est assourdie par une couche de neige immaculée. Elle enveloppe les voitures, recouvre les poubelles, chapeaute les réverbères. Mes chaussures crissent en écrasant les flocons tout neufs et des brassées vierges assaillent la terre en escadrons serrés.

Victor a insisté pour me raccompagner. On se met en route et j'écoute le silence sublime.

— Tu n'as pas trop froid ?

Il lorgne mon manteau.

— Tiens.

Et me tend son foulard.

En réalité, les bières agissent comme une sorte de chauffage intérieur. Je suffoque. Mais je prends le foulard et l'enroule autour de mon cou. Il est encore chaud de Victor.

Je suis certaine qu'il va débriefer sur Jamal mais pan, prends-toi ça dans les dents.

— Adèle devait venir ce week-end.

Pense-t-il sérieusement que je vais relancer cette conversation ?

— Ses parents ont refusé.

Plutôt danser nue avec des pompons de seins dans un marécage infesté d'alligators obsédés mangeurs d'hommes, c'est clair ?

— En fait, ça m'arrange, soliloque-t-il.

Minute. Hein ?!

On croise un couple d'une cinquantaine d'années, bras-dessus, bras-dessous, ils rient en glissant sur le trottoir. Ça aurait pu être mes parents dans quelques années.

— Vous êtes ensemble depuis combien de temps, tous les deux ?

Les alligators repartent en boudant. Ma curiosité malsaine (ou plutôt mon *masochisme*) a gagné.

— Cinq ans. J'étais en quatrième, elle en troisième. Elle a sauté une classe.

Tellement surfait.

— Elle a l'air sympa.

Que quelqu'un aille me chercher un inhibiteur de connerie ! Viiiiiite !

— Très sympa. Exigeante aussi. Passionnée.

Ou un sérum ?

— Mais… je ne sais pas, on s'éloigne l'un de l'autre.

— Vous habitez à deux cents kilomètres.

Victor me jette un coup d'œil sceptique.

— Je plaisante, j'avais compris, je me rattrape.

— Elle veut devenir comédienne, fait trois heures de sport par jour, et a élu son miroir meilleur ami de l'année.

Je me tais, j'aimerais pouvoir convaincre mon cœur d'arrêter de pépier.

— Pffffff... Je ne sais pas... souffle-t-il.

Ses cheveux sont parsemés de neige. On arrive devant chez moi. Non, mon cœur fait pire, il se prend pour Céline Dion façon envolée lyrique à faire saigner les tympans.

— Victor...

Il se plante devant moi. Merde, putain de bordel de merde, qu'il est beau.

— Je ne suis pas sûre d'être la meilleure personne à qui t'adresser, pour tes problèmes de couple.

On reste à se regarder sans broncher. Les flocons tombent entre nous, fondent sur mes joues, se prennent dans ses longs cils.

— Excuse-moi.

Il s'éloigne.

— Bonne nuit, Déborah.

— Bonne nuit...

Mon père n'est pas rentré.

Je me prends les pieds dans le tapis, m'étale par terre, et réalise que je suis passablement éméchée.

Je ne reste pas longtemps étalée, néanmoins. La langue grasse d'Isidore est très dissuasive.

Je me traîne jusqu'à la salle de bains, me démaquille en gros, vise la poubelle avec mon coton plein de fond de teint, il retombe sur le carrelage mais je le laisse là et cours m'affaler sur mon lit.

Le plafond chavire.

Je me relève, allume la lampe de mon bureau, prends une feuille.

Maman,

Il est 1 h 37 du matin.
Je suis amoureuse d'un garçon de ma classe.
Il a une copine, à la fac, jolie, brillante. Elle veut devenir comédienne. Je n'ai aucune chance.

Bisous,
Déborah

Je siffle.

Isidore me rejoint devant la porte, je dévale l'escalier, et titube jusqu'à une petite boîte jaune couverte d'un duvet blanc. La boîte jaune avale ma lettre.

Jaune comme le T-shirt de Jamal.

Jamal qui a dit la vérité à Victor.

Je rentre une heure plus tard, après avoir écumé le quartier endormi dans la nuit blanche.

Je sers un bol de croquettes à Isidore (il faut exorciser le froid), me penche sur lui et embrasse sa tête qui pue le chien mouillé.

Puis je me fais un chocolat chaud. Mes mains sont gelées, et autour de ma tasse fumante, elles piquent, écarlates.

Je ne lave pas ma tasse, je ne me lave pas les dents. Je vais me coucher. Isidore continue à se bâfrer.

Quand il arrive enfin, ses griffes balafrant mon parquet, je sombre.

CHAPITRE VINGT

SUR LA JUNGLE ET LE DÉSERT, SUR LES NIDS SUR LES GENÊTS SUR L'ÉCHO DE SON ENFANCE DÉBORAH ÉCRIT TON NOM

Le jeudi suivant, une lettre m'attend.
L'écriture est un peu indolente, le stylo léger, mais pas de doute. C'est ma mère.

Ma main transpire quand je la décachette.

Mon soleil,

Qui est ce garçon ?

Je t'aime.
Maman

PS : Pardon.

Je barbouille une quinzaine de pages. Tout y passe : Victor, son foulard, ses cils de fille, ses yeux quand il rit, nos révisions, Jamal, sa tante richissime, nos soirées, Éloïse qui m'abandonne pour Tête d'ampoule, Victor Hugo, les cadavres exquis, et les post-it. Ce n'est plus une lettre, c'est un paquet.

Deux semaines après, nouvelle enveloppe timide.

Mon soleil,

Oublie les post-it, c'était une lubie. Elle m'est passée.
Peux-tu m'en dire plus sur ces cadavres exquis ?

Je t'aime.
Maman

PS : Pardon. Pardon.
PPS : Pardon. Vraiment.

OK.
Elle est dans son univers. Je m'attendais à quoi ?
L'important, c'est qu'on communique.
Et que les post-it soient derrière nous.
J'envoie un message à mon père pour le prévenir.
Il répond aussitôt : « Tant mieux. »

Je poste un nouveau paquet le soir même.
Dedans, une trentaine de cadavres exquis.
Le PS : « Il n'y a rien à pardonner. Je veux que
tu rentres. »

Mon soleil,

Tes cadavres exquis sont merveilleux.
Envoie-m'en d'autres, s'il te plaît !

Je t'aime,
Maman

PS : La distance, c'est mauvais. Cinq ans de rela-
tion, à ton âge, c'est le bout du monde.

Je reste dix minutes devant sa réponse.
Ma mère m'a répondu.
Pour de vrai.

Dès lors, ma vie se résume à une longue attente.
Les lettres sont des portes ouvertes sur un long couloir sombre et rythment ma vie. J'en étudie chaque mot, me penche sur chaque virgule, je me figure ma mère, traçant les voyelles, son petit bout de langue sorti pour mieux s'appliquer. Est-elle toujours aussi cernée ?
La quatrième lettre ne contient qu'une phrase.

Je participe à un atelier de mosaïque.

Si lapidaire !
Fait-elle une rechute ?
Je me ronge les ongles.
Oublie d'aller promener Isidore qui fait pipi dans la salle de bains.
Pour me faire pardonner, je lui achète un os en caoutchouc.

La suivante est plus longue.

Mon soleil,
Les gens d'ici sont tristes.
Je ne veux pas être comme eux.
Je veux aimer vivre.

Je t'aime,
Maman

Je pleure.

Je respire mieux.

Je dors.

Je rachète un os à Isidore.

Je refais des crêpes.

Conjurer le sort.

Avancer.

Vivre.

Entre deux lettres, la routine se déplie, confondante et bousculée.

Éloïse s'est inscrite à un cours de salsa, dont elle m'apprend un soir les rudiments, et prépare ses vacances d'été (celles d'hiver ne sont pas encore pas-sées...) avec Erwann.

— On hésite entre la Thaïlande et les États-Unis. T'en penses quoi ?

— En Thaïlande, il y a des éléphants, des tigres, des temples et des massages.

— OK. Thaïlande. Tu as raison. C'est plus sexy. Plus bohème.

— Plus mieux.

Éloïse recrache sa soupe par les trous de nez.

— Tu as eu combien au bac blanc, au fait ? demande-t-elle.

— 11,9 de moyenne. Et toi ?

— 10,1. Tout juste !

— Tu ne veux pas photocopier quelques-unes de mes fiches ? Les révisions sont plus faciles.

— Bon... OK... Si tu y tiens. Je ferai même un effort, je les lirai ! Ouais, tu sais quoi ? Tu as raison.

— J'ai *toujours* raison.

— C'est chouette, la Thaïlande.

Éloïse, quoi.

Je travaille avec Jamal et Victor. Jamal scintille de décontraction. Oui : il rayonne. Une tension dont je n'avais pas conscience s'est évaporée entre nous trois, parce que Jamal s'est délesté, que je ne porte plus son secret comme un petit baluchon rempli de plomb.

Le veinard.

J'ai rendu son foulard à Victor.

J'essaie de ne pas le dévorer des yeux à la dérobée.

Je voudrais terrasser mon envie de le toucher, bâillonner les rêves où l'on s'embrasse des heures, où l'on se baigne, main dans la main, dans des baies aux eaux limpides, dans un clair de lune qui souligne son profil.

Pendez-moi.

Je voudrais être libre.

En même temps, le frôler, le faire rire, me délecter de son odeur, qu'il soit là, tout près, simplement, trempe ses lèvres dans mon café, dise mon prénom, me procurent une émotion si intense que je pourrais en pleurer.

Monsieur Jaunard assure que je raisonne bien, il faut juste que je pousse ma réflexion. Ses maîtres-mots : « pourquoi » et « comment ».

— Vous devez fouiller les mots, en extraire la quintessence. Pour cela, il faut croire en vos capacités, mademoiselle Dantès, croire en vous.

Avec Jamal et Victor, on a inventé une chanson, baptisée : le mantra de la perruque.

Faut croire en toiiiiiiii !
Faut croire en toiiiiii, Débo !
La quintessence descend du ciel,
et inonde des pages de copie,
tu te relis, tu t'émerveilles,
pourquoi, comment, mais c'est la viiiiiiiiiiiiiiiiiiiie !

L'autre jour, Leïla est rentrée plus tôt que prévu et nous a trouvés, Jamal et moi, en train de beugler le mantra de la perruque dans le salon. On avait trouvé un karaoké en ligne et on changeait toutes les paroles pour « faut croire en toi ». Victor nous regardait comme si on venait de lui avouer notre vraie nature : humain à l'extérieur, ver solitaire à l'intérieur. Une statuette de femme en terre cuite avec des seins comme des pommes de pin me servait de micro.

Leïla a moyennement apprécié l'usage peu orthodoxe que je faisais de sa figurine.

— Déborah, repose cette maternité du Ve siècle tout de suite.

— Elle sait qu'elle ressemble à un micro, ta maternité ?

Jamal était très en forme.

— Darling, le champagne était infect, le buffet indigent, et j'ai un début de migraine. Ma patience a des limites.

J'ai demandé pardon à la figurine et l'ai reposée dans sa vitrine.

La conclusion est évidente.

Les révisions à outrance ont un effet chimique : elles entament les neurones.

En anglais, je commence à maîtriser enfin mes verbes irréguliers. Et surtout, madame Quivron me fait jouer des sketchs. Vous avez bien lu. Dans la salle de classe vide, je m'approche d'elle assise à son bureau, et prends sa commande comme si j'étais serveuse dans un resto de la 5ᵉ Avenue. Ou alors, on est de vieilles amies qui nous recroisons après dix ans dans la queue du cinéma.

La première fois qu'elle a évoqué ces improvisations, j'ai failli régurgiter ma cole-slow.

— Allons, Déborah ! Je vous effraie tant que ça ?

C'est-à-dire qu'avec son mascara bleu lagon, ses boucles qui imitent la choucroute de Marie-Antoinette et ses bagues en forme de dés à coudre, madame Quivron est effrayante.

N'empêche : mes progrès sont fulgurants et je n'ai plus peur de baragouiner comme si je mâchais des patates brûlantes.

Mon seul problème, jusqu'à présent, s'est situé au niveau dentaire. Lors de notre deuxième session, je n'ai pas osé lui dire : « You've got a slice of salad on your teeth. »

Je l'ai laissée repartir avec son sourire tâché.

Madame Chemineau, elle, me parle de liberté. Et de pardon.

— La notion n'a été qu'effleurée en classe, se justifie-t-elle.

Me prendrait-elle pour une idiote ?

À la fin de notre première session, j'ai grommelé :

— J'ai pardonné à ma mère, vous savez.

Il lui a fallu une seconde de plus pour ranger son cahier dans son cartable.

— Je suis heureuse pour vous. Pardonner demande une grande force. Et c'est la meilleure façon d'être libre.

La fois d'après, on a parlé de Freud.

Comme elle a cours juste avant notre « colle », le mardi, madame Chemineau ramène sa boîte de pique-nique et un thermos de café. Elle m'en offre dans un gobelet en carton apporté exprès.

Lors de la troisième séance, je pose sur la table deux éclairs au chocolat, tout juste choisis à la pâtisserie du coin. Madame Chemineau lève un sourcil interrogateur.

Je dégaine deux assiettes en carton.

On les savoure à la petite cuillère, dans le calme de la salle de classe vide, tandis que la pendule marque les secondes.

— La dernière fois que j'ai acheté un éclair au chocolat, c'était le jour de Noël…

Je lui raconte la catastrophe.

— Vous avez un chien ?

— Un clochard déguisé en chien.

— Je vois. Puis-je vous suggérer quelque chose, Déborah ?

— Bien sûr.

— Si j'étais vous, j'appellerais le service dans lequel votre mère est hospitalisée, et je demanderais si elle a le droit de manger de la nourriture extérieure. Livrée par vos soins, au hasard.

On est assises l'une à côté de l'autre, sur nos tables griffonnées par des générations d'élèves du Clapier.

Je la dévisage.

Elle hoche la tête.

Madame Chemineau est géniale.

— Merci.

Elle sourit une demi-seconde, tapote la commissure de ses lèvres avec une serviette en papier, et se racle la gorge.

— Nous en étions à Aristote...

Ma mère est très intéressée par nos cadavres exquis. Je lui ai demandé pourquoi mais elle ne répond pas. Je lui en recopie une dizaine par lettres.

Jamal et Victor acceptent d'en produire tous les samedis.

Ma routine s'épaissit, rassurante.

Les vacances arrivent.

Le quartier se vide.
Les Parisiens se ruent au ski.

J'observe le ballet de Marius et Cosette.
Je pleure Gavroche.
Victor, je t'aime.
Hugo, veux-je dire.
Enfin, l'autre aussi.
Bref.

Jamal m'envoie une photo de lui avec un type pourvu d'une copieuse mèche blonde. Ils sont hilares, en combinaison de ski, à la terrasse d'un café.
« Naaaaan ?!! » je lui envoie.
« Si. »
Jamal a un mec.
Parfois, l'univers est juste.

Victor est chez Adèle.
Aucune nouvelle.
L'univers a ses chouchous.
Je me souviens que Jamal est orphelin.
J'ai failli l'être aussi.
Sans rancune, l'univers.

Et puis, le jeudi, je reçois :

Mon soleil,
Les éclairs au chocolat étaient divins.

Pense faire la visite de contrôle chez le véto pour Isidore.

Bisous,
Maman

Je fixe la lettre de longues minutes. J'aimerais encadrer cette lettre magique.

Je la fourre sous le nez de mon père aussitôt qu'il franchit la porte.

— Super !

— C'est tout ce que tu trouves à dire ?

— Désolé j'ai eu une sale journée, ma chérie. C'est bien qu'elle t'écrive.

— Elle m'écrit depuis deux mois.

Mon père se mouche bruyamment. Dans un mouchoir *en tissu.* Cet homme s'est perdu dans une machine à remonter le temps, une famille l'attend quelque part, au XIXe siècle.

— Je ne savais pas. Elle ne me répond pas, à moi.

— Mais tu ne vois pas la différence ? Tu ne saisis pas ?

Il relit la lettre, les rides creusées par la concentration, fourre son mouchoir replié dans la poche de sa veste en tweed.

— Non.

— Elle parle d'Isidore !

— Et ?

— Enfin, papa ! Elle est là ! Avec nous ! Elle n'est plus enfermée en dedans d'elle-même, elle pense à

nous, elle pense au chien ! Elle sort de la boucle !
Elle revit !

On dirait que je viens de cracher un rat mort sur
le tapis tant mon père est hagard.

— Tu as raison !

— Bien sûr que j'ai raison !

— C'est pour ça !

— Pour ça que quoi ?

Il va se chercher une bière au frigo et revient avec.

— Tu aurais pu m'en proposer une.

— Une quoi ?

— Une bière.

— Tu bois de la bière ?!

— Je vais avoir dix-huit ans. Je bois de la bière.

— Et tu te drogues ?

— Isidore ! Attaque !

La queue du chien-putois me dit qu'il m'aime mais
il ne bouge pas d'un millimètre. Je vais prendre une
bière dans le frigo. Je m'assois en face de mon père
et bois au goulot.

— Tchin. C'est pour ça que quoi ?

Il me scrute encore pire que tout à l'heure. Je
suis couverte de bubons suintants qui explosent en
monstrueux jets de pus. Je ne vois que ça.

Il secoue la tête et s'occupe de sa bière.

— Le psychiatre m'a appelé, aujourd'hui.

Mes poumons font grève d'air.

— Il est question que ta mère sorte la semaine
prochaine.

— La semaine prochaine ? je répète en parfaite abrutie.

— Mmmmh. Ton impression par rapport à la lettre est juste. Ta mère va mieux, elle fait des ateliers, paraît-il.

Ma mère va mieux. Elle va rentrer.

— Le seul hic, c'est qu'elle ne veut pas me voir. Donc je ne pourrai pas aller la chercher.

Je le fixe.

— Et dès qu'elle sera là, tu pars.

— Oui.

— Pour toujours.

— Oui.

Ma mère doit sortir mardi.

Je prends rendez-vous pour Isidore le samedi matin.

Je suis obligée de le pousser aux fesses pour qu'il entre dans le cabinet, et il grimpe quasiment sur mes genoux dès que le vétérinaire arrive.

— Bonjour, mademoiselle !

Le Dr Brahimi pèse le chien de la honte.

— Il a minci, c'est bien. Il sort souvent ?

— Une fois par jour, deux fois si j'ai le courage.

— Parfait. Vous pouvez aussi l'emmener en forêt si vous en avez l'occasion, au bois de Vincennes, par exemple, il sera ravi.

— Bonne idée.

— Vous avez fait un boulot fantastique avec ce chien.

— Pardon ?

— Il était malade, abîmé, déprimé, et vous l'avez remis sur pied.

Se fout-il de moi ? Et son lard ? Son poil terne ?

— Ça fait plaisir. On voit tellement de gens qui délaissent leur animal, se lassent passé la phase « J'ai un nouveau jouet ».

Isidore a son vaccin, il tremble et pose sa tête sur mon genou.

— D'ailleurs, regardez comme il vous adore.

Je dégaine le chéquier de mon père, règle, et repars avec Isidore qui trottine, soulagé de quitter l'enfer.

Mon chien.

CHAPITRE VINGT-ET-UN

DÉBORAH DEMANDE UN ESPOIR

Plus on approche de mardi, plus je sue des mains.
Le lundi soir, en rentrant du square, j'entends un
« Déboraaaaaah ! » braillé depuis l'autre bout de la rue.

Je fais demi-tour au galop et me jette dans les bras
de Carrie.

— Ça fait une éternité, ma caille en sucre !
Comment tu vas ? J'ai vu ton père. Pourquoi tu n'es
pas venue me voir après… après…

C'est vrai, ça, pourquoi ?

— Je ne sais pas.

Je fais un bruit de cheval avec ma bouche.

— J'ai mis des jours à lire Hugo. J'ai bossé. Je ne
sais pas.

— Tu l'as fini ?

— Quoi ?

— Hugo.

— Oui.

— Et ?

— J'ai pleuré comme une madeleine à la fin, si je
peux me permettre ce jeu de mots.

— Ta maman va comment ?

— Mieux. Elle rentre demain.

— Génial ! Déborah, viens boire un thé. Il y a une dédicace, donc du monde, mais ça me ferait plaisir de papoter cinq minutes avec toi.

Je pénètre dans la librairie où il fait bon, où la lumière est douce, et où je manque d'avaler ma propre luette sous le coup de l'effarement.

Derrière une table, entourée de piles de livres, devisant cérémonieusement avec des gens qui patientent pour obtenir une signature, il y a...

LADY LEGGING.

— Un thé vert ? me glisse Carrie en m'embrassant sur les cheveux.

— C'est qui ?

— Anastasia Verdegris. Auteure de romans fantasy fabuleux et habitante du quartier. Elle est venue lancer son petit dernier chez moi. Sympa !

De fantasy ? Avec ses jambières fluo ?

Je ne moufte pas.

— Tu devrais essayer, je suis sûre que ça te plairait.

Lady Legging rend son livre à un admirateur, sourit au suivant.

Quelques exclamations chouchoutesques fusent au moment où Isidore est repéré. Lady Legging lève la tête, l'aperçoit, suit la laisse du regard, remonte jusqu'au bout, et passe de la poigne crispée à... moi. Déborah dans le rôle de l'amant surpris par le mari jaloux, dans le plus simple appareil, sa honte comme une corde autour du cou.

Le visage de Lady Legging s'écarquille du menton jusqu'à la naissance des cheveux. Et là, pour ne pas aggraver mon cas, car bon sang de bois, quel intérêt, je lui fais un petit signe de la main à la manière de la reine d'Angleterre perchée sur son carrosse. Lady Legging me fixe et la file tout entière se retourne pour connaître l'objet de sa stupéfaction.

Carrie revient avec une tasse de thé brûlant.

— Tiens, mon pilon doré.

Le temps suspend son vol.

Carrie constate enfin que je suis l'inattendu point de mire de l'attroupement.

Intervention.

— Anastasia, je vous présente l'une des plus fidèles lectrices de cette librairie, Déborah.

Je voudrais fermer les yeux. Ça m'éviterait de supporter les mirettes psychédéliques (ces pupilles ! Que dis-je, ces frisbees, ces siphons de baignoire, ces trous noirs !) de Lady Leg... d'Anastasia Verdegris. Devant son public vibrant de vénération, elle ne va pas manquer l'occasion de révéler l'intense activité défécatoire d'Isidore. Je serais elle, j'utiliserais même un mégaphone, monterais sur la table et haranguerais la foule jusqu'au périphérique, histoire de me venger avec le panache exigé.

— Et que lit-elle, cette grande lectrice ?

— Dumas, Hugo, Saint-Ex, Hemingway...

Qui a glissé un bouchon dans ma trachée ? Pourquoi est-ce que je parle avec cette voix de souris agonisante ?

— Et Verdegris ?

— Pas encore.

Anastasia-Legging hoche la tête. On peut entendre mon thé s'évaporer.

— Eh bien, c'est l'occasion ! Choisissez-un poche, mademoiselle. Je vous l'offre et j'écrirai un mot tout personnel sur sa page de garde. Carrie vous le glissera dans un joli *sac en plastique réutilisable.*

Et elle se penche à nouveau sur son ouvrage.

L'intimité d'Isidore est sauve, et mon honneur avec. Moonwalk ?

Je dors très mal.

Ma mère de retour à la maison, c'est la normalité qui reprend son cours.

Mais quelle normalité ?

Son rapatriement est aussi la porte ouverte à ses cernes, sa tristesse imprégnant jusqu'au tissu des coussins, sa silhouette maigre qui erre dans le salon bourré de magazines dépecés.

Guérit-on de ce genre de maladie ?

Quand on vient à bout d'une infection, le taux de globules blancs diminue. Mais une TS ? Où est le curseur ?

Et si... elle recommençait ?

Ma nuit est hantée par sa silhouette étendue dans la cuisine, le gaz solide dans ma gorge, le bruit du volet arraché.

Parfois, au cours de cette litanie de souvenirs difformes et d'images grotesques, Adèle danse en tutu de mousseline sur mon lit, ou habillée en tragédienne grecque.

Je suis heureuse que ma mère réintègre l'appartement pendant les vacances.

Je vais pouvoir rester avec elle.

La surveiller.

Mais je ne veux pas la surveiller.

Je veux reprendre notre vie d'avant.

En mieux, tant qu'à faire. On peut toujours rêver.

Vers 3 heures, j'allume la lumière.

Je relis la dédicace de Lady legging.

À Déborah,
En espérant que ce livre n'équivaudra pas, dans son panthéon foisonnant de lectures, à l'objet de litige de nos premières rencontres,
Fantasyquement vôtre,
Anastasia Verdegris

Si on m'avait dit un jour que je trouverais du réconfort auprès de Lady Legging et de son humour...

Je me lève tôt, prépare le petit-déjeuner et mange face à mon père en écoutant la radio. Avant de partir, il me prend dans ses bras et me serre, lui, l'empoté des câlins.

— Je vais signer les papiers de sortie de ta mère, et ensuite je file. Elle t'attendra à 11 heures. J'ai commandé un taxi, il est payé. Vous n'aurez qu'à monter dedans et vous laisser guider jusqu'ici.

Son menton tremblote.

— Merci, papa.

Il enfile son manteau, s'y reprend à deux fois pour passer son bras dans la manche.

— À partir d'aujourd'hui, mon téléphone sera allumé 24 heures sur 24 heures.

— OK. Mais je n'en aurai pas besoin… Enfin, j'espère.

— Non. Tu n'en auras pas besoin. C'est seulement si tu en as envie.

Éloïse m'envoie une photo de crottes de lapin. Ce chapelet champêtre est un cataplasme sur mon cœur. Je me mets en route avec des enclumes aux pieds.

J'arrive tout juste à l'hôpital quand une dame me prévient par téléphone que la voiture nous attend.

Le ciel bleu m'oppresse.

Et puis, je la vois.

Elle est dans la salle d'attente, avec son sac à main, une minuscule valise que mon père lui a apportée, son manteau péruvien et une vieille robe mauve.

Dès qu'elle m'aperçoit, elle se lève d'un bond. Elle a maigri ; dans ses traits, je lis une inquiétude aussi vaste que l'océan. Je lui souris et ses épaules retombent.

Je franchis les dernières marches, je me jette sur elle, elle me serre mais pas comme mon père, elle me serre comme si sa vie en dépendait et c'est bon d'être là, dans ses bras, contre elle, si vivante, de respirer son odeur, sentir ses mains qui caressent mon dos.

— Plus jamais, mon soleil, je te le promets, murmure-t-elle. Plus jamais.

Dans le taxi qui embaume le parfum synthétique (j'hésite entre citron moisi et orange frelatée), ma mère ne dit rien. Elle prend ma main et entrecroise ses doigts aux miens. Son silence me convient.

Que dire, de toute façon ? Faire des reproches, demander pourquoi ? Que pourraient les mots, là, tout de suite ?

Et puis, je la connais. Elle ne répondra pas.

L'île lointaine. Toujours.

Je regarde les arbres et compte les voitures bleues.

Si on en croise treize, tout ira bien.

On en croise dix.

Ce jeu est débile.

En bas de notre escalier, j'insiste pour porter sa valise. Ses bras sont aussi épais que des baguettes chinoises. J'ai peur qu'elle se casse.

Quand je pousse notre porte, Isidore gémit si fort qu'on dirait qu'il joue du trombone. Il se rue sur ma mère, qui papouille son gras-double.

La fenêtre du salon est ouverte à l'espagnolette. Une seule explication possible : mon père est revenu en loucedé et a enfin changé le volet. Il a même laissé entrer l'air, parce que ma mère aère tout le temps, sinon, elle étouffe.

Elle n'en saura rien.

Je crois qu'on appelle ça l'élégance.

Je redoute le moment fatidique où la valise posée à terre, on se dévisagera sans savoir quoi se dire, mais sitôt débarrassée, ma mère se frotte les mains.

— Est-ce que ça t'embête si je dors dans le salon ?

Je m'attendais à tout sauf à ça. Qu'est-ce qu'elle mijote, encore ?

— J'ai besoin de ma chambre pour entreposer des choses. J'ai suivi des ateliers et...

Elle m'observe. Je lui rends son regard.

— Tu dormiras dans le canapé ?

— Je préférerais installer le lit... ici.

— Si je jure de ne pas mettre de miettes, on pourra manger sur ton lit ?

Un ange passe. Un ange ventripotent, que dis-je, obèse morbide, qui avance comme une limace et met dix ans à débarrasser le plancher.

Ma mère prend des médicaments. Son traitement a été diminué mais elle continue à en prendre. Ses petites pilules tissent un filet de sécurité, une balustrade autour de son moral, si jamais. Je craignais que la chimie n'altère le bon fonctionnement de ses neurones, mais je suis heureuse de constater que ce n'est pas le cas : elle jette un coup d'œil infinitésimal à la cuisine et me devine aussitôt.

Parce que oui, je déteste toujours autant cette foutue cuisine.

— Mon lit sera notre nouvelle table.

— Ça me va. Tu veux déménager maintenant ?

— Tu as le courage ?

— J'ai fait tous mes devoirs, mes potes sont en vacances, et j'ai besoin de faire du sport.

— C'est parti.

J'ai un peu sous-estimé l'ampleur colossale du chantier. On y passe l'après-midi. Le bureau du salon migre vers la chambre de ma mère, ainsi que la table de la cuisine, que l'on cogne une bonne dizaine de fois contre les divers chambranles de porte, avant de nous résoudre à la désosser. Je cours à la cave chercher la boîte à outils de mon père, lance un « b'jour » à la gardienne sortie voir qui ose rompre sa tranquillité, et remonte en un clin d'œil en réprimant mon majeur qui se démène pour pointer.

Les « poc », « bang », « merde », « aïeuh » se déversent dans un flot continu.

Le canapé se retrouve contre le mur du salon, à la place du bureau.

Peu à peu, l'ancienne vie de ma mère s'efface. La mienne aussi. Je n'avais pas fait attention, mais mon père a emporté ses vêtements. Il reste bien sûr des traces de lui, mais elles sont désormais minimes. En catapultant notre appartement, ma mère se réapproprie l'espace. Elle nous inscrit dans une nouvelle ère. Et je la construis avec elle.

Nous faisons une pause bananes-biscuits. Je suis maintenant en débardeur et ma mère a troqué sa robe contre un vieux T-shirt troué et un short en éponge.

Je commence à pousser la commode hors de sa tanière mais un sillon apparaît dans le plancher et ma mère me stoppe, horrifiée. Comment faire ? Ces vieux machins en bois brut pèsent des tonnes. Je termine de vider une deuxième bouteille d'eau.

— Et si on lui enfilait des chaussettes, à cette commode ?

Ma mère applaudit.

On met deux heures à manœuvrer le bateau qui lui sert de lit.

Elle m'a proposé les meilleures retrouvailles possibles. Nous sommes toutes les deux dans l'action. Je transpire, je me concentre. J'envisage le bon angle d'attaque. Je dis : « Donne-moi le marteau » ou « Décale-toi d'un centimètre vers la gauche ». C'est simple, pragmatique. Évident.

Lorsque la nuit est tombée, l'appartement est transformé et j'ai le dos en compote.

— Je crève de faim… je gémis, étalée sur le lit qui m'a causé tant de soucis.

— Je peux faire des croques-from…

— Et si on commandait des pizzas ? je propose plutôt.

Je prends une douche bien méritée, reste des heures sous l'eau chaude pour me délasser, me recentrer, enfin, me sentir mieux, puis pendant que ma mère prend la sienne, je transporte sa valise dans le salon. Elle a dû sortir sa trousse de toilettes, quelque chose. Les fermetures se défont et un torrent d'images découpées se déverse sur le sol.

Des tas et des tas et des tas de photos, des sourires, des bouches boudeuses, des mains, des jambes seules ou en paires, des cheveux blonds, des dents, des crânes chauves, et des yeux, gros, en amande, bleus, marron, ahuris, fâchés.

Je frissonne.

Une débandade de membres, de tronçons de corps, une obsession digne d'un serial killer. Automatiquement, je pense au *Silence des agneaux*.

Ma mère est folle. Mon père a raison, ma mère est folle.

— J'avais peur que tu aies jeté mon stock alors je l'ai recommencé, lance-t-elle dans mon dos, si bien que je sursaute. Il n'y avait pas grand-chose à faire mais pendant les ateliers, ils m'ont permis d'utiliser des ciseaux à bouts ronds.

Elle est enroulée dans une serviette éponge, trempée.

— C'était important pour moi. Le découpage m'a permis de tenir.

— Je... je m'en doute, je bafouille.

Ces fragments humains empilés dans sa valise m'effraient, ils sont même terrorisants.

J'aimerais lui demander ce qu'elle compte en faire, si elle a développé un bizarre syndrome de Diogène, comprendre ce qui lui passe par la tête, mais je n'y arrive pas.

Elle soupire, essore ses cheveux sur le tapis du salon. L'eau dégouline et dessine une petite marre. Elle ne s'en aperçoit pas. Elle continue à entortiller ses cheveux.

— J'ai un projet, je ne peux pas t'en parler maintenant, c'est trop tôt, j'ai besoin de... m'y affronter, me tester, voir si je suis capable, tu comprends ?

— Non, pas vraiment, maman.

Isidore se lève et se dandine vers moi.

— Il faut que je le sorte, il va finir par s'oublier dans un coin.

Je m'apprête à sortir quand ma mère me rattrape. Elle est en pyjama.

— Déborah !

J'ai les épaules à la hauteur des oreilles. Ma mère s'approche.

— Je tiendrai ma promesse, d'accord ? Je vais m'en sortir, je fais tout pour.

J'acquiesce, un nœud à la trachée.

— Dépêche-toi, je commande les pizzas !

Au moment où je suis dans la rue, au bord de la crise de panique, les ongles entamés jusqu'à l'os, mon téléphone sonne.

Je crois que c'est mon père, mais non.

C'est Victor.

— Hey…

Je ne devrais pas me métamorphoser en gelée de coing pour un « hey », pas vrai ? Cette réaction primaire fait de moi un pétoncle. Un turbotin perdu au fond de la mer, au mieux.

— Salut.

Voilà. Distante. Qui maîtrise (mouahahahaha, pitié !).

— Tu l'as rapatriée ? Tout se passe bien ?

— Elle est là, et elle est… bizarre.

— Mais encore ?

Je lui raconte le déménagement de notre appartement et surtout, les découpages humains.

Le square est fermé, il fait nuit. J'en fais le tour avec Isidore qui lorgne les buissons de l'autre côté des grilles d'un air malheureux.

— Tu vas devoir faire ici, mon gros.

— Pardon ?

— Scuze, je suggère à Isidore de déposer son paquet sur le trottoir, rapport au square fermé.

Victor rit.

Je colle mon téléphone à mon oreille. J'imagine ses yeux et brusquement, l'atmosphère parisienne de ce soir de février se réchauffe, s'embellit, je peux presque entendre les passereaux chanter.

N'importe quoi.

Les passereaux roupillent.

— Ta mère pose peut-être des jalons, quelque chose qui fait le lien entre… eh bien, l'hôpital et chez vous, qui crée une forme de cohérence, un trait d'union entre ces deux univers. Une logique qui ne te paraît pas logique mais qui l'est pour elle, une continuité. J'ai lu plein de trucs sur Internet, c'est pas facile d'être dans ce genre d'établissements.

— Je crois que je préfère ne pas avoir de détails.

Il a lu plein de trucs sur Internet ? À propos de ma mère ?!

— Je ne t'en donnerai pas, mais bon, fais-lui confiance, reprend Victor.

J'inspire.

— J'essaie mais c'est difficile.

— J'imagine… Elle a besoin de toi, de ta confiance, de ton amour.

— Et toi ? Ça va ?

Tout plutôt que l'entendre parler d'amour. Même filial.

Victor se tait. Pousse un gros soupir.

Le monde s'évanouit.

— Je suis chez ma tante, en Bourgogne. Il fait moche.

— Pas mieux.

— Et… vous me manquez, toi et Jamal.

— Dis-le, que tu t'emmerdes.

— Non, je ne m'emmerde pas. Vous me manquez. Je… pense à nous, à nos soirées, à nos révisions, à… Je pense à toi.

Je suis morte.

Je suis au paradis.

La seule explication possible à cette phrase.

Victor pense à moi.

— Moi aussi, je pense à toi.

— C'est vrai ?

— Oui, parce que je t'aime.

— Moi aussi, Déborah, je t'aime.

Bonjour,

Nous informons notre aimable lectorat que les quatre dernières lignes de dialogue sont un pur fantasme de Déborah Dantès. Cette conversation n'a pas eu lieu dans la vraie vie.

Nous reprenons donc la vérité là où nous l'avions laissée, et prions notre aimable lectorat de nous excuser pour la gêne occasionnée.

— Non, je ne m'emmerde pas. Vous me manquez. Je... pense à nous, à nos soirées, à nos révisions, à... Je pense à toi.

Je suis morte.

Je suis au paradis.

La seule explication possible à cette phrase.

Victor pense à moi.

Je ne répondrai pas que je pense à lui.

JE NE SUIS PAS IDIOTE.

— Tu rentres quand ?

— Samedi soir.

— On se voit lundi, alors ?

— Ouais. Bien sûr. Et s'il y a quoi que ce soit, tu m'appelles ?

— OK.

Fuis-moi, je te suis, suis-moi, je te fuis.
Et toc !
Je suis nulle.

Une demi-heure plus tard, je suis de retour.

Dans notre nouveau salon, j'essaie d'adopter une gestuelle habituelle, alors que je pense à Victor qui pense à moi, il pense à moi et je devrais moins penser à lui, parce que sinon, je vais finir par manger des brocolis crus et me sécher les cheveux au lave-vaisselle.

Ma mère a rangé ses découpages dans de grandes boîtes en carton.

Il y en a sept, remplies à ras bord.

Mais *tout va bien.*

Nous attaquons nos pizzas.

Pendant que je m'empiffre, je raconte à ma mère l'escapade de Gertrude.

Elle rit beaucoup.

— Sa tante sait qu'une mygale se promène parfois en liberté chez elle ?

— Non.

— Elle est vraiment plus grosse qu'une assiette, cette Gertrude ?

— Et poilue, et monstrueuse.

— À l'hôpital, une des patientes, Justine, était totalement arachnophobe. Un jour, elle s'est mise à hurler, mais à *hurler* à cause d'une araignée qui mesurait un millimètre. Je l'ai prise dans ma main et l'ai mise dans ma chambre. Par la suite, Justine m'a toujours appelée « Maître ».

Je hoche la tête. Que suis-je censée répondre ? La relancer ? Faire semblant qu'elle ne me parle pas de son séjour en HP ? C'est plus fort que moi, je paniqu…

— Déborah ?

— Oui ?

— Tu voudrais faire bidonville ?

— Faire bidonville ?

Vous avez remarqué comme je répète systématiquement les phrases quand je perds mes moyens ? N'est-ce pas le comble de la crétinerie ? Du pathétisme (oui, ce mot existe, mon Grand Robert me l'a dit) ?

Cette expression, inventée par la mère de ma mère, désigne le fait de rassembler les matelas de toute la famille et de dormir ensemble dans une pièce. Quand j'étais petite, faire bidonville avec mes parents constituait la plus pure définition du bonheur. Ma mère m'aidait à installer mon matelas dans leur chambre, on lisait ensemble, et je m'endormais pendant que mes parents continuaient à bouquiner. Parfois, la nuit, je me réveillais et j'écoutais leur respiration. J'étais au cœur de la vie, de l'important, de l'essentiel, protégée, nous étions ensemble, soudés ; c'était magique.

Y a-t-il un âge pour faire bidonville ?

— OK ! Mais il faudra supporter les grognements et productions olfactives d'Isidore… On ne peut pas faire bidonville sans lui.

— Pas de problème ! sourit ma mère. Ah, il y a autre chose, aussi. On m'a conseillé de faire du sport. J'ai repéré un cours de yoga dans le quartier. Tu aurais envie d'essayer ?

Je l'examine, dans un parfait mimétisme de la truite broutant une algue au fond de la rivière.

— C'est à cinq minutes.

— Et ouvert pendant les vacances ?

— Visiblement, oui. Je peux appeler demain pour vérifier.

Ma mère me propose d'avoir une activité avec elle.

Je ne vais pas m'en remettre.

J'avance en survêt' informe, dans un gymnase glacé qui fleure bon le plastique et la transpiration. Une envie de flaque me prend. Si j'étais une flaque, personne ne ferait attention à moi. Je serais tranquille. Pas de TS, pas de Victor. Rien. Calme plat.

Glou. Glou. Glou.

Ma mère me lance un coup d'œil interrogateur et je souris.

Je suis ici pour la rassurer.

Hum.

J'attrape un tapis, m'assois dessus, et attends. Il empeste, ce tapis. De grands lambeaux bleus arrachés se recroquevillent et laissent voir la mousse, à l'intérieur.

Ce paillasson a dû avaler des litres de sueur et je m'apprête à m'allonger dessus. Rien qu'à l'idée, mon estomac fait le tourniquet.

Mais ce n'est là qu'un infime désagrément comparé au reste.

La moyenne d'âge avoisine les soixante-dix ans. Avec un peu de chance, il y en a sûrement une qui se coincera le pied derrière le lobe de l'oreille avant la fin du cours. Ça fera de l'animation.

La prof arrive et, comment dire… Je suis face à un hobbit affublé de jambières rose bonbon. Frodo avec une perruque et une tenue sportive moulax.

Et vas-y que je tends la jambe, que je la fais passer sous mon aisselle et ressortir sous le menton, que j'inspire hiiiiiiiiiiiiiiiiiiiiiiiiiiiiiin, que j'expire pfffffffffffffffffff. Et on enchaîne : la position du héron ventripotent, le mulot crucifié, le bouc unijambiste. Oui, c'est bien, ton mollet doit entrer en fusion avec ton esprit. C'est bon pour ton karma.

J'aime ma mère, j'essaie d'adopter un visage neutre, voire encourageant, mais la vérité est simple : le yoga, ce n'est pas pour moi.

Il reste une demi-heure et j'en ai déjà ras-le-shorty de me centrifuger la colonne. Je commence à avoir des visions pas très bouddhistes : attraper le hobbit et lui faire bouffer ses jambières. Cul sec.

Pour clore la leçon, Pinky hobbit suggère de se mettre sur le dos, tendre les jambes, les lever, basculer, et toucher le sol avec ses orteils 100 % caoutchouc, derrière la tête. C'est bon pour le karma. Et on tient, on tient, on tient.

Ah bah non.

Y en a une qui tient mais alors pas du tout, là. Qui se lâche complètement même. Grande braderie, liquidation totale, on vide le stock, prix imbattables.

Dans le silence du gymnase, un hurlement anal s'élève.

Résonne.

Dure.

Et personne ne se marre.

Les mémés sont stoïques, alors qu'aucune, aussi sourde soit-elle, ne peut avoir raté cette symphonie sphinctérienne en ut majeur.

Rester digne.

Digne.

Oh mon dieu.

J'ai besoin d'aide.

Je me tourne vers ma mère et la découvre, de l'autre côté de la salle, agitée d'étranges convulsions, le visage coincé sous le torse. Elle tressaute, écarlate. La dentition éclatante.

C'est la fin.

Je ne me contrôle plus, je me laisse gagner par un furieux fou rire, je m'étouffe, je lâche la position (mais pas le reste, *moi*). Je m'écroule et admire le plafond en essayant de reprendre mon souffle.

Je rampe hors du tapis sous le regard hargneux de Pinky hobbit. Ma mère me suit, me relève, m'entraîne en courant, on attrape nos sacs, et on s'enfuit en gloussant pendant des kilomètres. J'essuie encore quelques larmes qui perlent quand on arrive chez nous.

Finalement, ce n'est pas si mal le yoga.

CHAPITRE VINGT-DEUX

DÉBORAH PREND SES AMIS COMME ILS SONT (ET PARFOIS, ÇA CRAINT...)

Je n'ai jamais envoyé autant de SMS à mon père. Il connaît notre emploi du temps de la journée heure par heure. Me raconte ce qu'il déjeune, quand il a des réunions. Et fait l'impasse sur sa Brésilienne, enfin, je veux dire Élizabeth.

Il habite désormais dans le 11ᵉ. Pas trop loin.

La veille de la rentrée, je reçois un coup de fil de Jamal.

Il est amoureux de son blond à mèche, raison pour laquelle j'ai eu si peu de nouvelles, mais hé, c'est pas comme si je n'avais pas l'habitude, hein ? Je suis d'humeur bienveillante, je le pardonne.

Le blond nommé Théo embrasse bien et l'univers clignote de joie.

Je suis heureuse d'entendre sa voix claire.

On prévoit de déjeuner ensemble lundi, je décalerai Élo.

Victor est en couple.

Éloïse est en couple.

Jamal est en couple.

Je suis la seule à être seule.

D'ailleurs, aucune nouvelle de Victor, qui ne doit plus penser à moi, tout compte fait. J'aimerais arrêter de me ronger les ongles dès que mon téléphone vibre. Cesser d'imaginer sa bouche, la sensation de ses lèvres, les balades qu'on pourrait faire ensemble, les séances de cinéma, les... *stop*.

Pour me calmer, je regarde Isidore.

Le spectacle de la déchéance canine est mon bromure à moi.

Je propose à ma mère de regarder *Young Frankenstein*, et on se poile en se repassant la scène du « Freshly Dead » une bonne vingtaine de fois. C'est mon rôle, désormais : la faire rire, survivre, vivre, revivre, lui maintenir la tête hors de l'eau, comme à ces mannequins-troncs jaunes qu'on s'entraîne à ramener sur le bord, à la piscine.

Elle est en arrêt maladie et va donc rester seule toute la journée, avec Isidore.

On est dimanche, 22 h 56, je ventile mal.

J'entre dans ma chambre, ressors.

Elle lève le nez de son livre. Elle m'a piqué mon Lady Legging.

— Vachement bien, ce bouquin ! C'est Carrie qui te l'a conseillé ?

— Oui. Anastasia Verdegris habite dans le quartier.

— Non ?! Génial !

Pince-moi-je-rêve, ma mère vient de prononcer le mot « génial ».

— Tu voulais me dire quelque chose ?

— Oui, non, juste…

Quoi ? *J'ai très peur que tu recommences ?*

— Ne t'inquiète pas pour moi, j'ai mille choses à faire.

C'est plus fort que moi, mon sourcil gauche fait la ola.

— Je t'assure. Pas de souci.

Je dépose un baiser sur sa joue.

Quarante-cinq minutes plus tard, je m'apprête à éteindre la lumière quand mon portable bipe.

C'est Élo.

« Tu peux te lever 30 minutes plus tôt ? Je t'attends en bas de chez toi à 7 h 30, jouable ? Stp stp stp stp stp. »

« C'est quoi l'urgence ? »

« Pas par sms. Demain. Je t'en supplie, stp stp stp. »

« Tu me rembourseras mes 30 mn de sommeil volé, tu t'en rends compte ? »

« Merci, merci ! Oui ! Au centuple. À demain. Merci. Je t'ai dit merci ? Merci. Tu sais quoi ? Merci. Schmouk schmouk. »

Isidore attend que ma mère se soit endormie.

Puis, comme tous les soirs depuis mardi, dès qu'elle ronfle, il se dirige de son pas traînant dans ma chambre, et s'affale au pied de mon lit en poussant un gros soupir de satisfaction.

Je me prépare sans bruit, ma mère dort. Elle a le sommeil lourd en ce moment, rapport aux médicaments, mais je ne veux prendre aucun risque. Je me faufile dehors alors que notre immeuble somnole encore.

Il est si tôt qu'il fait nuit.

Je m'attends à retrouver mon cabri bronzé et reposé mais quand je franchis la porte cochère, je tombe nez à nez avec le spectre d'Éloïse : blafard, creusé, défait.

— Qu'est-ce qui se passe ?

Je l'embrasse sur la joue et en récompense, suis aspergée par un torrent de larmes. Éloïse est une fontaine romaine, ça jaillit de tous les côtés, ça glouglloute, éclabousse et c'est intarissable. L'incurable optimiste qui régnait jusqu'à présent à l'intérieur d'elle est morte.

Je la force à entrer dans le premier café ouvert sur le chemin du Clapier.

— Deux whisky ! je hurle.

Éloïse se fige.

— Je blague. Deux cafés, s'il vous plaît !

Ça marche.

Elle se déride.

Elle s'affale sur une banquette qui fait couic, n'enlève pas son manteau, attrape mes mains.

— Il y a ta mère, ton père fan du Brésil, Victor et Sarah Bernhardt, il y a tout ça, et... Déborah, je vais ajouter une couche. C'est la catastrophe, la merde, la fin de ma vie, l'anéantissement de ma jeunesse, la mort instantanée mieux que le café soluble, le...

— Arrête de chouchougner, Élo, je ne comprends rien.

— Je ne chouchougne pas.

— Si, tu chouchougnes ! Tu te vautres en plein dans la chouchougnerie !

— Oui, mais c'est normal !

— Pourquoi ?

Le serveur pose deux expressos sur notre table. Éloïse me dévisage sans broncher, attend qu'il s'éloigne, sort de sa pétrification et se remet à pleurer.

— Oh la la, le mot est atroce, il me rend difforme ; rien que le dire, j'ai envie de vomir.

— Adèle peut toujours courir pour le titre de Sarah Bernhardt. Tu le rafles haut la main ! Maintenant, si tu ne me dis pas tout de suite ce qui se passe, je m'en vais.

— Je suis enceinte.

— Un parasitage auditif, certainement, pourrais-tu répéter ?

Élo s'approche et souffle :

— *Je-suis-en-cein-te.*

On s'admire dans tout notre dépouillement linguistique.

Devant mon mutisme effaré, elle remet ça, et glou, et glou, et glou. Elle va finir par provoquer une inondation si elle continue.

— De combien ?

— Je… je ne suis pas sûre. Un mois, un mois et demi ?

— Tu as oublié ta pilule ?

— Je ne prends pas de pilule. La capote s'est déchirée. Mais bon, je me suis dit, une fois, c'est pas grave.

— Tes parents sont au courant ?

— T'es malade ? Ils me tueraient.

— Erwann ?

— Non.

— Tu ne lui as pas dit ?

— Non. Il est sympa, marrant, mais il a... comment tu dis déjà ?

Je l'observe, pas sûre de comprendre.

— Ah oui : le tubercule en hibernation. J'aime être avec lui, mais je reste lucide.

— Première nouvelle. Bon, il a peut-être le droit de savoir. Même s'il s'agit de ta décision.

— On verra. Oh la la... Débo, je fais quoi ?

— D'abord, tu termines ton café. Tu veux être mère à dix-huit ans ?

— Non.

— Tu es sûre ?

— Pourquoi ? Pas toi ?

— On ne parle pas de mon utérus, que je sache !

— Non mais tu ferais quoi, à ma place ?

— C'est facile de dire « Moi, à ta place ». J'en sais rien ! Je préférerais avoir vécu un peu avant d'être maman. Faire mes études, voyager, trouver un père qui n'ait pas le cerveau au niveau de l'entrejambe, qui désire cette paternité. Mais peut-être est-ce le cas d'Erwann.

— Il est bien trop immature !

— Tu ne veux pas élever un enfant seule ?

— Mais enfin, pourquoi tu me demandes ça ?!

Éloïse est à fleur de peau, elle rebondit sur la banquette. Je jette un coup d'œil à la ronde et baisse la voix.

— Ne t'énerve pas. Qu'est-ce que tu crois ? On s'en débarrasse, et hop, c'est fini ?

Éloïse blêmit.

— Ça ne m'est jamais arrivé, je poursuis, mais avorter n'empêche pas la souffrance, les doutes, enfin, bref, j'imagine qu'il faut réfléchir.

— Je n'arrête pas ! J'ai pas dormi de la nuit ! Tu me vois avec un bébé ? Au secours !

— Alors, le principal problème est réglé.

— Le... Le *principal* ?

— Oui. Pour le reste, on va trouver. Viens, je t'invite, pour fêter ça.

Je règle les cafés et on sort dans le froid et la nuit.

Je tamponne les yeux d'Éloïse à une centaine de mètres du lycée, la dépose devant sa classe, et me réfugie aux toilettes. J'ai besoin de calme pour penser.

Je pianote sur mon téléphone, trouve un planning familial. Problème : nous ne sommes ni l'une ni l'autre majeures.

La sonnerie retentit, alors je tire la chasse d'eau, histoire de ne pas faire courir de rumeur intempestive sur ma présence prolongée aux toilettes. Dans un état de fébrilité avancé, je rejoins Jamal et Victor.

Ils ont, l'un et l'autre, transmuté.

Deux semaines de vacances et on dirait qu'ils ont échangé leurs personnalités. Ou plutôt leurs corps, enfin, ce détail infime qui fait que l'on brille ou non de l'intérieur.

Jamal est bronzé, souriant, sûr de lui. Il traite Victor en égal, et non avec cette tête de têtard extatique qu'il pouvait avoir, parfois, quand Victor parlait.

Le revirement saute aux yeux : il n'est plus amoureux. Il s'est libéré.

Victor, lui, est pâlot, cerné, et même un peu courbé.

Un instant, j'ai le fol espoir qu'Adèle se soit débarrassée de lui, mais le voir si mal me fend le cœur.

Est-ce que, moi aussi, je me détache de lui ?

Laisse-moi rire.

— Débo ! claironne Jamal.

Il m'enlace, me soulève de terre, me plante un smack sonore sur la bouche, et me repose. Victor le fixe avec des yeux comme des bombes à graines. Ce smack le chamboulerait-il ? Je suis au bord de demander à Jamal de recommencer, histoire d'approfondir l'expérience.

— Eh ben ! Tu as l'air en forme ! je lance plutôt.

— Le sport et l'air de montagne, il n'y a que ça de vrai ! roucoule-t-il.

— Moi aussi, je veux aller au ski.

— Oh, je ne parlais pas de ce sport-là.

J'éclate de rire.

— Et toi, Déborah, ça va ? demande Victor.

L'évidence est une avalanche qui me laisse pante-
lante : inutile de palabrer, même blanc comme un œuf
dur, Victor reste mignon à croquer. Sa barbe est plus
fournie. Il semble sortir de deux semaines en forêt,
à vivre à la sauvage. Son sex-appeal est monstrueux.

Pour la liberté, on repassera.

— Un peu stressée par cette première journée mais
ça va aller.

— Elle est seule ?

« Elle » désigne donc ma mère.

Victor a trifouillé Internet, dit « elle » comme s'il
la connaissait, comme si on était proches. On est
proches. Mais pas tant que ça, si ? Il m'embrouille.

Le *clac-clac* de talons annonce l'arrivée de madame
Chemineau.

— Jamal, je ne vais pas pouvoir déjeuner avec toi,
ce midi, j'ai un petit souci.

— Grave ?

— Ça dépend pour qui…

On entre en salle 234.

Soit je cacarde de la cafetière, soit Victor étudie la
morphologie de ma nuque avec une application toute
scientifique.

La matinée file. À la fin du cours d'anglais, je me
propulse telle la sagaie aborigène hors du Clapier et
je cavale.

Je grimpe nos escaliers en petites foulées et crache mes poumons sur le palier. Derrière la porte, Isidore supplie le dieu des chiens de lui ouvrir. Je l'exauce.

— Déborah ?! appelle ma mère depuis sa chambre.

La jauge d'angoisse tapie au fond de ma poitrine, gonflée à bloc, désenfle brusquement.

— Ouais !

Elle arrive. Elle est toujours en pyjama.

— Tu portes des lunettes ? je m'exclame.

— Oui, depuis ce matin. Quand je lis, seulement. Ça va ?

— Je me suis dit que je pourrais venir déjeuner avec toi.

Elle cale ses poings sur ses hanches.

— Tu me surveilles. Je n'aime pas beaucoup ç…

— Tu te trompes. J'ai besoin de toi.

J'entre dans la cuisine, à laquelle, enfin, je me réhabitue, et mets une casserole d'eau à bouillir.

— Menu du jour : soupe-coquillettes ?

— Parfait, mais j'aurais pu me faire à manger !

— Je sais. J'ai un service à te demander. Un service immense, maman, un service très délicat. Et il va falloir que tu acceptes.

CHAPITRE VINGT-TROIS

PETIT À PETIT, DÉBORAH FAIT SON NID

Ma mère dit oui.

Sur-le-champ.

— Pas de souci.

Elle verse les pâtes dans la casserole – m'évinçant définitivement de la cuisine maudite, et reprenant ainsi son statut d'adulte du foyer –, touille l'eau avec une fourchette qui grince si fort sur la paroi que mes poils se dressent.

— Tu peux compter sur moi. Je ferai tout ce qui est en mon pouvoir pour l'aider.

Elle ajoute sans se retourner :

— Moi aussi, j'ai avorté.

Il me faut plusieurs secondes pour peser l'importance de ces quelques mots, le trésor qu'ils recèlent.

— Avant toi. J'étais étudiante. Fauchée. Simone Veil était passée par là, heureusement. Je suis tombée enceinte et j'ai avorté. Je connais. J'accompagnerai Éloïse au planning familial, je l'aiderai, et je peux même prendre rendez-vous. Le mieux serait qu'elle passe à la maison après les cours et que l'on discute toutes les trois. Si tu es là, elle sera peut-être moins stressée.

Ma mère remonte ses lunettes sur son front. Touille et touille l'eau frémissante.

— Avec... Avec...

Les mots s'ensablent dans ma bouche.

— Non. Pas avec ton père.

Dans la casserole, l'eau s'évapore dans un doux friselis.

— Éloïse va être chamboulée, tu sais. Peut-être pas dans l'immédiat, peut-être pas dans les prochaines semaines. Mais ce genre d'événement est un boomerang qui te hante pour toujours.

Les griffes d'Isidore sur le carrelage m'apaisent. Je le caresse pour endiguer les spasmes de ma main.

— Ça fait presque vingt-cinq ans et j'y pense encore. Souvent. Je me demande quel petit être aurait gambadé près de moi, un petit être qui n'existera jamais... Que j'ai choisi de ne pas rencontrer.

La cuillère tourne.

La porte fermée à triple tours depuis ma naissance s'entrouvre.

J'écoute les cours d'une oreille distraite. Je prends des notes sans réfléchir.

Ma mère a avorté.

Le soir, j'entraîne chez moi une Éloïse monochrome. La grisitude est sa couleur.

Elle d'habitude si fanfaronne ressemble à un faon perché sur le lit de ma mère, avec ses pattes freluquettes et ses grands yeux craintifs. Elle s'assoit en tailleur et grignote son sablé au chocolat du bout des dents, comme une précieuse au temps de Molière.

— Nous pouvons aller au planning familial, ou alors, je t'emmène chez mon gynécologue. Je prendrai les frais à ma charge.

— Je ne peux pas accept…

— Tu peux et tu vas. J'espère. Le planning familial est super. Mais je connais mon gynéco. C'est un type bien. Et de mon côté, je préférerais qu'on en passe par lui.

Je me ressers en sablés. Mes efforts sont vains : il neige des miettes sur la couette. Je les chasse d'un frottement vigoureux. Ma mère est trop absorbée par sa discussion pour noter quoi que ce soit. Grattera bien qui grattera le dernier.

— Mais comment ça se passe ?

— Tu vas avoir des entretiens avec lui. Légalement, il te faut un temps de réflexion entre ton premier rendez-vous et la mise en œuvre de ta décision.

— La mise en œuvre ?

— L'opération, si elle doit avoir lieu.

— On va m'opérer ? frémit Éloïse.

— Je n'en sais rien, ça dépendra de l'avancée de ta grossesse.

Élo se met doucement à pleurer. Ma mère pose sa main sur la sienne.

— Je serai là, Éloïse, tu n'es plus seule. Tout va bien se passer.

Je vais faire un thé dans la cuisine, talonnée par Isidore qui me suit comme mon ombre.

Je me sens de trop.

Quand je reviens, Éloïse a séché ses larmes.

— Et si mes parents apprennent que vous m'avez aidée ? Ils pourraient…

— Quoi ? Me casser la figure ?

— Non… Je ne sais pas… vous faire un procès ?

— À quel motif ? J'ai le droit de t'aider, de t'assister. Tu as besoin d'un adulte majeur et Déborah ne sera majeure que dans quelques semaines.

Éloïse la dévisage. Ma mère n'est plus la petite âme perdue qui a voulu en finir avec la vie. Elle est noble, un chevalier revêtu d'une armure chatoyante qui brandit haut l'épée de la justice. Élo peut s'appuyer sur elle, puiser sur sa frêle épaule du réconfort, des conseils, de l'énergie. Le rapport de forces s'inverse.

Ma mère sera son guide inébranlable.

Je suis tellement fière.

Je passe les semaines suivantes dans une sorte d'euphorie mêlée d'incertitude et d'angoisse, alchimie des plus curieuses.

Quelques jours après la rentrée, mon père m'invite à déjeuner. Il m'attend à la sortie du lycée, dans son veston en tweed alors qu'il pleut des savons.

— Je crois que tu es la réincarnation d'un gentleman anglais, je lui glisse en entrant dans le restaurant qu'il a choisi.

Il sourit.

— Alors ? Comment vas-tu ? Et comment va ta mère ?

Je suis contente que notre discussion débute sur ce thème. Il est là pour prendre des nouvelles. Essentielles.

— C'est ta culpabilité qui te titille ?

Quand vais-je apprendre à me taire ?

— Non. C'est l'intérêt. J'aime ta mère, Déborah. Pas d'amour au sens où tu peux l'entendre, mais le sentiment reste fort. Elle n'est plus ma compagne, mais elle ne quittera jamais mes pensées.

— Merci de m'épargner les détails. Écoute, elle va vachement mieux.

Nous commandons, mangeons dans un relatif silence, à l'image de notre relation. Mais désormais, le bruit des fourchettes qui raclent les assiettes est plein. De non-dits, de sentiments, de pudeur. De mon père.

Il avale sa soupe à l'oignon et je grignote ma salade de chèvre chaud.

— Tu as choisi ton orientation pour l'année prochaine ?

— Oui et non. J'ai demandé une hypokhâgne et une fac de lettres, dans l'ordre. Je...

Je le regarde par en dessous.

— Tu as le temps, ma chérie. J'ai beaucoup réfléchi et je crois qu'on vous demande de prendre des décisions très tôt, alors que l'âge de l'entrée dans le monde du travail recule, avec ces satanés stages. Je me figure que se jeter à l'eau doit être assez angoissant.

— Je te confirme.

— L'un ou l'autre sera très bien. Tu verras bien.

— Quelqu'un a pris possession de ton corps, ou quoi ?

— On a tous le droit de progresser et de changer d'avis. Même à mon âge. Même moi.

— Je suis heureuse de l'apprendre.

— Mmmh. Ta mère prend-elle toujours ses médicaments ?

— Oui.

— Elle voit un psy ?

— Oui.

— Elle dort ?

— Oui.

Cette volubilité paternelle va finir par m'affoler.

Il pose ses couverts, se tamponne la bouche avec sa serviette en tissu.

J'ai un flash. Dans une autre vie, mon père a habité la lande anglaise. Avec des chiens et des pantalons de velours. Un prétendant de Jane Austen, dans sa calèche en partance pour Bath.

— Déborah ?

— Ouais.

— Tu... tu veux un dessert ?

J'aimerais lui parler de l'avortement mais ce n'est pas à moi de le faire. Dommage.

— Non, merci. Je suis gavée, au bord de me déboutonner.

Mon père se raidit légèrement.

— Déborah ?

— Oh, ça va, je n'ai dit aucune grossièreté !

— Est-ce que… tu… tu aurais envie de rencontrer Élizabeth ?

— Je veux bien un smoothie, finalement. Le détoxifiant serait idéal. Un truc vert, avec des herbes qui purifient et donnent bonne mine.

Je me racle la gorge.

— Pardon, papa. Je…

— C'est moi. Tu n'es pas obligée de me répondre tout de suite.

Il prend une inspiration.

— Nous n'avons pas encore parlé de divorce, avec ta mère, puisqu'elle refuse tout contact. Mais un jour, la confrontation sera inévitable. Tu seras bientôt majeure. Je… Ce que je voudrais… Je…

Le smoothie arrive. Un magnifique smoothie vert clair avec une paille. Je le goûte. Exquis. Je le repose.

— J'aimerais que tu te sentes libre d'habiter où tu veux. Y compris avec moi, enfin, nous, Élizabeth et moi, si tu en as envie. Ou de temps en temps. Je serais très heureux de t'aménager une chambre.

J'attrape mon smoothie, cale la paille dans ma bouche, et penche le verre pour boire.

Alors que j'ai la paille dans ma bouche.

Le smoothie arrose gentiment mon pantalon.

Je scrute, effarée, la tache froide et verdâtre qui s'étend sur mon jean, et cours aux toilettes où je m'asperge d'eau froide et de savon que je ne parviens pas à rincer.

Rencontrer Élizabeth.

Vivre avec elle et mon père.

Frotter le smoothie vert.

Je reviens à table trois minutes plus tard.

— Désolée.

— Pas de mal. Tiens, ils te l'ont changé.

— Ah, c'est sympa ! Je vais essayer de ne pas en mettre partout, cette fois.

Nous repartons sans avoir abordé le sujet à nouveau.

Mais le *sujet* est décortiqué et trituré en boucle dans ma tête.

Je suis toute jouasse de retrouver Jamal et Victor, et en même temps, soulagée de moins les voir. On se croise en cours, on papote, ils font des fiches, me les passent. Je leur file les miennes. Mais maintenant, je révise surtout à la maison, pas loin de ma mère.

Je leur envoie aussi des comptes rendus détaillés de l'activité maternelle. Car en dépit de ses inopinées confidences sur son IVG, ma mère reste toujours aussi distante. Pour y pallier, j'analyse son comportement, et Jamal et Victor agissent en qualité d'experts. C'est-à-dire qu'ils n'y connaissent rien mais donnent leur avis.

Présentement, sur les mandalas.

Car ma mère a abandonné ses découpages pour passer ses journées à colorier des mandalas, ces dessins hypnotiques sur lesquels les moines bouddhistes méditent. Et que les enfants de quatre ans massacrent à l'école.

Au début, je n'y ai pas accordé trop d'attention.

Puis, je suis tombée sur un bouquin posé à plat sur son lit, qui expliquait une théorie psychanalytique à base d'inconscient et de contemplation, et aussi la signification mystique de ces cercles.

— C'est tout indiqué : elle se recentre ! a clamé Victor.

— Donc, je ne m'inquiète pas ? De son côté obsessionnel ?

— Je dirais que non. Fais-lui…

— … confiance, je sais !

Le soir et le week-end, Jamal et moi écoulons des tonnes de messages. Il me parle de Théo (avec lequel il discute retrouvailles en avril), de Victor, de ce qu'il ressent et a ressenti.

De Gertrude, bien sûr.

Il a droit à une photo d'Isidore par jour.

Victor, lui, pianote plus que jamais sur son téléphone, accessoire greffé à sa main droite, mais en dehors de nos discussions de groupe, ses messages me sont rarement adressés.

Je ne veux pas imaginer ce qu'il dit, ni à qui.

Je l'observe, me contente de profiter de chaque seconde en sa compagnie, même si elle me crève la poitrine à coups de tournevis et engendre des secousses oculaires telluriques si bien que j'ai de foudroyantes (et malencontreuses) éruptions lacrymales. Je m'approche, je m'éloigne, je joue à « trois pas en avant, trois pas en arrière, trois pas sur le côté, trois pas de l'autre côté ». En espérant ne pas me rétamer.

Prendre la tangente a du bon : je me défais de ma peau de Tantale.

Lui parler a du bon : j'ai ma dose, et le soleil est plus haut.

Entre les deux, je flotte.

Et puis, je rêve. Dans mes rêves, je suis libre. Pas libre de lui, non, libre de l'aimer. Dans mes rêves, j'embrasse Victor si bien qu'il ne s'en remet pas et tombe en pâmoison sous la maestria de mes muscles linguaux. Il me dévore de ses yeux kawaï, me susurre qu'il m'aime et me veut.

Ne manquent que les cocotiers, le cocktail dans le verre givré, et la guitare.

Vive les rêves.

Le midi, je rentre à la maison ou je reste avec Éloïse.

Parfois, les deux entrent en collision, et on se réfugie chez moi.

Ma mère a pris rendez-vous avec son gynécologue, qui intervient en clinique. Elles y vont ensemble. Je suis conviée mais j'ai cours, Élo finit plus tôt que moi. Et à dire vrai, je ne me vois pas sécher pour m'incruster ou attendre dans une salle d'attente remplie de gros ventres.

Quand je sors du Clapier, mon téléphone est saturé de messages.

« Je suis au milieu d'un troupeau de femmes enceintes, il y a un nid ! »

« La nana en face de moi a un bide tellement énorme que son nombril est inversé. Il ressort. On dirait un furoncle. »

« Je t'ai dit que je me suis endormie en anglais ? Ma voisine m'a réveillée d'un coup de coude, figure-toi que j'avais déjà eu le temps de baver sur ma table. »

« Elles ont toutes des œufs de tyrannosaure à la place des seins. Effrayant. Je tends l'oreille pour vérifier que ça ne craque pas. »

« La vache, la fille assise à deux chaises de moi, ses boobs vont exploser. Je garde un magazine à portée de main pour faire un bouclier au cas où… »

« Je suis la prochaine, j'ai peur ! »

« Ça y est. On est sorties. J'ai rendez-vous très vite pour la deuxième consultation obligatoire. »

« Débo… je suis à 8 semaines. »

« Je vais passer sur le billard. »

« Ta mère est top. »

« Merci, mon crottin. »

« 8 semaines. »

Je la rassure, mais ne m'impose pas. Un lien se tisse entre elle et ma mère, qui m'échappe mais me convient parce qu'il est fort ; il aide Éloïse, qui a désormais une alliée.

Et il aide ma mère. Je le sens. Elle revit par procuration cet événement fondateur, cette faille dans son histoire, et ce retour en arrière la plonge dans l'introspection, la fait progresser.

Pourquoi et comment, je n'en ai aucune idée, mais un samedi matin, elle me dit :

— J'ai envoyé un message à ton père.

Ma cuillère rate ma bouche et mon müesli froid tombe sur mes genoux.

Aurais-je un problème moteur ?

— Il est encore trop tôt pour se voir, mais je voulais que tu le saches. Hier soir, j'ai repris contact.

— Maman... Je...

Elle lève un sourcil.

— Tu ne me félicites pas ?

On se sourit. Non, ma mère n'est pas folle. Juste un peu dérangée.

Et fragile.

Ça arrive.

Le mardi suivant, madame Chemineau m'annonce que je n'ai plus besoin de cours de rattrapage. Mes midis me sont rendus.

— Vous avez 13,8 de moyenne au deuxième bac blanc, des notes plus qu'honorables. Votre maman est rentrée. Vous allez voguer de vos propres ailes, d'autant que la fin de l'année promet d'être remplie avec la préparation du bac.

— Entendu.

— Mais si vous avez besoin d'un conseil ou d'une explication ponctuelle, nous répondrons présents pour vous aider.

— D'accord. Merci beaucoup.

— Voulez-vous partager avec moi un dernier éclair au chocolat, Déborah ?

Pour être honnête, nos tête-à-tête vont me manquer.

Éloïse a entériné sa décision. Ma mère m'a raconté qu'elle a beaucoup pleuré dans le cabinet, lors du second rendez-vous, si bien que le médecin lui a demandé si elle était sûre d'elle.

Elle l'était.

« Mais ça n'empêche pas, non, ça n'empêche pas… » a bafouillé ma mère avant de s'enfermer dans son ex-chambre, où j'ai entraperçu l'autre jour, l'espace d'une demi-seconde, un mur entier couvert de mandalas. OK, j'ai promis de ne jamais mettre les pieds dans son royaume, mais bon, si la porte est ouverte, je n'y peux rien !

Je suis allée dans la salle de bains, et pour me calmer, j'ai compté le nombre de cils sur ma paupière droite.

Une date est fixée, qui court vers nous, poussée par un vent favorable. Éloïse rapetisse à vue d'œil.

Le jour J, ma mère m'écrit un mot d'excuse bidon et je les accompagne à la clinique.

Éloïse nous attend en bas de chez nous. Elle serre ma main.

Son autre main tient celle de ma mère. Nous traversons les rues sans un mot, croisons des camions de livraison qui grincent, des jeunes cadres dynamiques qui se recoiffent. La clinique est à vingt minutes à pied. Je les laisse entrer les premières. Je ne suis jamais venue ici. C'est leur domaine.

Élo se colle à moi.

— Tu es bien à jeun ?

— Oui.

— On t'attend ici, d'accord ? On sera là quand tu te réveilleras. Ne t'inquiète pas, le docteur Pagès est un excellent gynécologue.

— Oui, oui…

Je l'embrasse et lui mets une tape sur les fesses. Ses yeux sont deux mugs exorbités.

— S'il m'arrive quelque chose, dis à Erwann que je l'aime. Et que je triche au Cluedo pour le laisser gagner.

— Promis. J'en viendrais presque à regretter qu'il ne t'arrive rien pour pouvoir lui sortir cette phrase mythique. À tout à l'heure, drama queen.

Ma mère et moi nous asseyons sur les chaises en plastique de la salle d'attente. Élo disparaît derrière une infirmière.

Dehors, de petits bourgeons timides se forment sur les arbres. Le mois de mars est déjà bien entamé. L'air s'allège.

— Merci, maman.

— Pour quoi ?

— Pour Éloïse.

Elle attrape une revue. Dessus, une fille en maillot sourit de ses dents trop blanches. Ma mère ouvre le magazine et fait défiler les pages sans les voir.

— Tu veux partir un peu pour les vacances de Pâques ?

— Toutes les deux ?

— Tous les trois. Avec Isidore. Je suis en arrêt mais j'ai le droit de me déplacer. J'ai repéré une petite maison à louer, près de Fontainebleau, dans un bled dont j'ai oublié le nom… Arion, je crois. On pourrait se faire cinq ou six jours là-bas ? Tu réviserais au calme.

Elle repose le magazine.

Les murs de la salle d'attente sont blancs, ornés de peintures bucoliques, et effectivement squattés par une ribambelle de femmes enceintes.

Je prends la revue à l'abandon.

« Comment bien embrasser et relancer son couple par le baiser. »

C'est pour moi, ça.

— J'aimerais inviter Victor et Jamal à la maison, samedi soir, ça t'embêterait ?

— Mon lit est dans le salon, ce qui signifie que vous allez être confinés dans ta chambre, c'est pas grave ?

— Non, on s'en fout. La seule obligation, c'est de commander des pizzas.

— Ça doit pouvoir se faire.

Ma mère hoche la tête.

Je n'ai jamais invité personne, à part Éloïse.

Et je lui ai parlé de Victor dans mes lettres.

Un peu plus de réel, petit à petit.

Je feuillette à mon tour le magazine, admire les poitrines sans seins et les visages sans rides.

— Et pour les vacances en forêt à trois avec Isidore, j'adorerais.

Quand Éloïse ressort, après qu'on se soit acheté des sandwichs et des pains au chocolat, elle est patraque, hâve, mais tout s'est bien passé.

Ce soir, elle dort chez nous. J'organise une pyjama-party post-opératoire. Nous attendons avec elle dans une chambre et après quelques heures, nous la ramenons.

La montée des escaliers est pénible mais nous finissons par en venir à bout.

Sitôt arrivée, Élo s'effondre sur mon lit et soupire d'aise. Je prépare à manger avec ma mère. Nous réveillons Élo pour le dîner.

— Désolée… marmonne-t-elle.

— Croques-fromage ?

— Je vais défaillir de bonheur.

— Tu en as parlé à Jamal et Victor ?

— De quoi ?

— De moi !

Je me cale contre mon oreiller. Nous sommes toutes les deux en nuisette sur mon lit. Le matelas d'Élo est préparé par terre, avec sa housse de couette constellée de mouettes. Isidore est couché en boule dessus.

On a dix ans.

— Hey, miss Univers, le monde ne tourne pas autour de ton nombril ! Un peu de glace ?

— Tu les vois beaucoup moins à cause de moi. Donne-moi le pot.

— Je les vois moins parce que je l'ai décidé. T'inquiète, ils passent la soirée de samedi ici.

— Génial. Quand vas-tu déclarer ta flamme au beau gosse mal rasé ?

— Jamais. C'est mort. Cuit. Moisi.

— Tu es sûre ?

— Oui.

— Pourtant, je trouve qu'il te reluque plus qu'avant.

— La faute aux hormones de grossesse qui te montent à la tête.

Éloïse se resserre une cuillère, que dis-je, une tractopelle de glace aux noix.

— En parlant d'hormones, ça va ? Tu as mal ?

— Pas trop.

— Tu te sens comment ?

— Ta mère a été géniale.

Je fais oui.

Éloïse enfonce sa tête dans le pot de glace.

— Tu l'as dit à Erwann ?

— Non.

— Pourquoi ?

— Par lâcheté. J'ai eu peur qu'il ne comprenne pas. Ou qu'il m'oblige à le garder.

Je note un niveau aquatique anormal aux abords de ses paupières.

— J'ai vu son petit cœur battre. Pom-pom, pom-pom, pom-pom. Bien sûr, huit semaines, c'est rien du tout, mais...

Je rampe sur mon lit et la serre dans mes bras. Ses sanglots réveillent Isidore, qui lève la tête et les oreilles.

— T'es crevée, mon cabri des neiges, allez, mets-toi au lit, je bouquine une demi-heure, OK ?

Éloïse se laisse glisser sur son matelas, je lui tends un mouchoir, elle s'essuie les yeux, je l'embrasse sur le bout du nez.

— Allez, hop, j'éteins tout sauf ma lampe de chevet.

Elle se roule dans la couette comme un nem. Sa voix est étouffée par la grosse épaisseur de tissu.

— Débo ?

— Ouais ?

— Merci. Pour tout, pour ta mère, d'être là, de t'occuper, enfin... merci.

— Non, c'est moi qui te remercie. J'ai appris des choses sur ma mère que je n'aurais peut-être jamais su.

— Oui, mais...

— Tais-toi et dors.

— D'accord.

Deux secondes après, son souffle ralentit.

J'écoute la nuit.

Je suis chez moi, avec ma mère, vivante, ma meilleure amie apaisée, mon chien de la honte que j'aime.

Le monde est beau.

CHAPITRE VINGT-QUATRE

DÉBORAH NE
SE DÉCOUVRE PAS
D'UN FIL

La soirée avec Victor et Jamal se passe bien. On mate un film sur mon ordi, collés tous les trois dans mon lit. Jamal se débrouille pour placer Victor entre nous. Mon corps vibre sans discontinuer pendant une heure et demie. Je n'ai aucun souvenir de l'histoire. Seulement de cette promiscuité magique, de la chaleur et du parfum de Victor, de l'ivresse d'être contre lui.

On termine un pot de glace. Avec une seule cuillère.

Parfois, je me cale mieux, je bouge, et je crois sentir Victor qui se rapproche. Quand bien même il s'agit du fruit de mon imagination, je m'en fous. Pendant une heure et demie, je l'ai rien que pour moi.

Je peux mourir en paix.

Ma mère est discrète, elle reste enfermée dans son ex-chambre. La curiosité me taraude, je suis écartelée entre la fidélité à ma parole et mon insatiable désir de savoir. Je lutte, mais enfin, qu'est-ce qu'elle fout là-dedans ?! Dans un accès d'optimisme forcené, j'ai même consulté Internet pour connaître le prix d'un périscope. Par la fenêtre, je pourrais voir…

Elle nous apporte les pizzas dans ma chambre.

Elle ne dévisage presque pas Victor.

Et ne fait aucun commentaire après.

Je ne sais pas quoi en penser.

Les vacances arrivent à toute allure.

Victor, de plus en plus cerné, part à Londres avec Adèle.

Jamal rejoint Théo pour deux semaines, à Courchevel. Je le quitte en état de panique vestimentaire (« Je mets le pantalon jaune ou le rouge ? ») et de survoltage inquiétant.

Éloïse, elle, part à Tenerife avec ses parents. Et elle emmène des *révisions*. Elle a décrété qu'elle voulait sauver la face.

— J'ai tout avoué à Erwann, lâche-t-elle à mon oreille le vendredi soir, dernier jour de cours.

— Et ?

— Il a pleuré.

Elle fait une drôle de tête.

— De chagrin ?

— En fait, il croyait qu'il ne pouvait pas avoir d'enfant à cause d'une maladie qu'il a eue, quand il était en Afrique.

Ah oui, parce qu'Erwann a grandi en Afrique.

— Donc il a pleuré de joie ?

— De soulagement, de joie, appelle ça comme tu veux. En tout cas, il m'a dit que c'était le plus beau jour de sa vie.

— Il est vraiment très con.

— On est d'accord. Mais il embrasse super bien. On ne peut pas tout avoir.

— Essaie d'avoir ton bac, toi. Après, tu verras ce que tu fais de langue-man.

Mon père dépose la voiture le dimanche matin, et au lieu de flanquer les clefs dans la boîte aux lettres, il tape à la porte.

C'est du moins ce que je subodore quand, en me levant, je le découvre dans la cuisine en train de boire un café avec ma mère.

Il fait mine de m'embrasser mais je le repousse et tords ma bouche à l'opposé.

— N'approche pas. Mon haleine est mortelle dans un rayon d'un kilomètre.

Mes parents s'esclaffent.

Ensemble.

Je manque de sortir mon téléphone pour les prendre en photo mais mes dix-huit ans approchent et je suis responsable. Raisonnable. Enfin, un mot en « able » m'interdit de les photographier.

Je me sers un café et repars me doucher. Quand je sors de la salle de bains, mon père est parti.

Il a déposé un paquet pour moi.

Des bouquins, des carnets.

Tous achetés chez Carrie.

Mon père a donc un sens de l'observation. Il m'avait jusque-là échappé.

La maison dans la forêt est humide mais je suis comblée.

Ma mère fait du feu.

Nous enchaînons les longues promenades au cours desquelles Isidore enjambe des troncs pourrissants, soulève les fougères de sa truffe noire, et fouille la terre à la suite des sangliers qui laissent leurs empreintes de groins bien visibles. Il a déterré un éclat de souche qu'il trimballe partout comme un doudou.

Les oiseaux sont légion, ils se racontent des histoires de vers de terre et de faucons, et pépient toute la journée, emplissant le ciel de leurs chants.

Un merle habite tout près. Je l'écoute en buvant du thé.

Pendant la journée, je lis, révise mes cours, annote, transpire, envoie une lettre à ma grand-mère.

J'ai commencé Anastasia Verdegris.

C'est brutal. Déconcertant.

En résumé, très loin de sa dégaine fleurie/fluo/chandail à trous et à froufrous. J'aime l'héroïne, courageuse, malmenée, le monde est original (enfin ! Pas de chevaux et de chevaliers pseudo-médiévaux !), complexe, bref, je tombe des nues devant cette maturité, et me dépouille de mes ridicules préjugés (look de vieille mémère = vieille mémère…). C'est à la limite du risible : depuis quelques mois, n'ai-je pas encore intégré que la vie est vaguement plus tortueuse qu'elle m'en a l'air ?

Un soir, alors que nous dégustons des crêpes au coin d'une flambée pétaradante, ma mère lâche cette phrase cocasse :

— Je suis contente d'avoir vu ton père. La cicatrisation va être lente mais elle est en route.

Malgré le terme médical, le message est clair.

Elle remonte la pente.

Un coup d'éponge supplémentaire sur le *Tableau de la femme dans la cuisine*. C'est ainsi que j'ai nommé mon souvenir. Ma stratégie de mise à distance.

Ma mère a apporté avec elle de grands pots de colle, deux valises dont le ventre émet des bruits de vaisselle qui s'entrechoque, et son barda sous le bras, elle investit une troisième chambre. Un jour, alors qu'elle vient de s'enfermer aux toilettes, je monte au deuxième et entrouvre la porte. Dans la valise, je trouve du carrelage. Sur une table, une toile cirée, et dessus… un début de mosaïque.

En forme de mandala.

Je referme la porte sans bruit.

Ma mère a fait de la mosaïque à l'hôpital.

Victor a peut-être raison : elle tisse un lien, elle se rassure comme elle peut. J'essaie de ne pas flipper.

Je reçois des messages d'Élo qui m'interrogent sur des concepts en philo, ou des dates en histoire. Elle travaille donc pour de vrai. Je lui réponds avec sérieux et précision. Nous ne parlons pas de la pyjama-party et ce qui a précédé. J'y pense pourtant souvent.

Je n'oublie pas les paroles de ma mère. Ce qu'elle vient de vivre est un traumatisme qui bouleverse pour la vie. Première conséquence : Élo se reprend en main, un effet positif. Mais je me promets de rester vigilante. Mon petit doigt me dit qu'elle va avoir besoin d'aide, ces prochains mois.

Les six jours de félicité forestière passent trop vite.

J'aurais voulu profiter plus des oiseaux qui s'égosillent dès 5 heures du matin, des révisions sur mon transat, blottie sous trois couvertures qui embaument le feu de bois, avec pour seul plafond la dentelle des arbres qui bourgeonnent. La truffe humide d'Isidore qui fait baver l'encre de mes fiches. Le vent dans les feuilles naissantes, le ballet langoureux des branches.

Isidore essaie de monter dans la voiture avec son morceau de souche qui s'effrite et pue le champignon. Je le lui prends et le balance dans les fougères. Il court le chercher et revient avec en remuant la queue. Je le laisse monter dans la voiture avec son morceau de souche.

Quand nous rentrons à Paris, je suis reposée. La débauche de verdure m'a apaisée. Je garde la délicieuse odeur de l'humus dans les narines.

Le mardi soir de la deuxième semaine, je reçois un message de Jamal.

« Théo part vivre à New York l'année prochaine… Je suis ravagé. Je suis La Nouvelle-Orléans après le passage de Katrina. »

« Je note que tu postules au titre de drama queen de l'année, en concurrence avec Éloïse, et que tu as des chances de l'emporter. Tu bénéficies désormais d'un alibi majeur pour t'enfuir à New York à chaque vacances, je ne saisis pas ce qu'il y a de triste là-dedans. »

« Do you believe so ? »

« Tu vois ? Tu es déjà bilingue. Bien sûr, que je believe so. Qu'il soit en Suisse ou aux US ne change rien, à part psychologiquement, mais hey ! Qui dompte la matière et assoit son ascendance sur son mental à la manière des sadhous ? »

« Moiiiiiiiii ! »

S'ensuit un déluge de cœurs, de sourires hilares, de mains qui applaudissent.

Mes doigts tapent tout seuls et j'assiste à mon naufrage en direct.

« Sinon, tu as des nouvelles de Victor ? »

« Oui. Il rentre de Londres vendredi. Il est allé au studio Harry Potter. »

« Quel veinard. »

« Si le sous-texte crypté de ta question était : est-il toujours avec Adèle, je suis navré de t'apprendre que oui. C'est vache de me mettre dans la peau de l'annonceur de mauvaises nouvelles. »

Je lui envoie un majeur brandi.

Ma nouvelle signature, merci mamie Zazou.

« Sinon, Débo, ton anniversaire, c'est bien le 7 mai ? »

« Oui :) »

« On le fête samedi, chez moi ? Soirée Cadavres-pizzas ? Tu te sens d'abandonner ta mère ? »

« Je te dis vite ! »

Le mercredi, quand je me réveille, ma mère est partie.

Je m'accorde une pause amplement méritée.

Je passe la journée devant une série.

Je commence *Persuasion* de Jane Austen, offert par mon père.

Je suis dans la lande, et guette le moindre indice. Le capitaine Wentworth aime-t-il toujours Anne ? Le suspense est intenable. Et pourquoi le capitaine prend-il les traits de Victor ? Il est roux, bon sang !

Ma mère s'absente longtemps, si bien que je commence à m'inquiéter. Je lui envoie des messages mais elle ne répond jamais à son téléphone.

Peu à peu, le plafond devient gris.

Je pose mon livre.

Je vais dans le salon.

J'écoute Barbara.

J'ai le mal d'amour.

Oh la la, mais pourquoi la vie est-elle si compliquée ?

Mon père, brutalement, me manque.

Et Jamal.

Et Victor.

Je suis étalée en travers du lit avec un trou dans la poitrine, qui grandit et m'engloutit.

L'appartement est silencieux. Isidore est dans ma chambre.

Je voudrais que Victor sonne, entre, se presse contre moi dans ce grand lit. M'enlace.

Le lit est vide.

Le plafond est noir.

Il est 18 h 07. Ma mère n'est toujours pas là.

Elle rentre avec trois sacs de courses.

Elle me tire d'une sieste dans laquelle je ne me suis pas vue sombrer.

Je me réveille aussitôt. Je suis sur son lit. Elle est debout et je ne lui ai pas connu ce sourire depuis... depuis... depuis...

Depuis ses retours de voyage.

Je la dévisage, ahurie.

— Ça va ?

— Oui, très bien. Une ratatouille ? Pas brûlée ?

— Avec plaisir. Ça va ?

— Tu me l'as déjà demandé, Déborah. Je t'ai répondu oui, très bien.

— Ah. Pardon.

Cette figure rayonnante !

— Tu as gagné au loto ?

— Non. Et toi ?

— Non plus.

Autant demander à une armoire normande de réciter du Neruda.

— Maman ? Ça t'embête si je sors samedi soir ?

— À une condition.

— Euh, laquelle ?

— Tu descendrais m'acheter un Verdegris chez Carrie ?

Lundi matin, dernière ligne droite.

Au bout, il y a mon bac. Ma délivrance.

Quand je descends de chez moi pour me traîner au Clapier, il ne fait plus nuit. J'ai encore, un peu, le bruissement des arbres dans les oreilles.

Je pousse la porte cochère et rentre en plein dans Victor.

— Bah !

Oui.

Vous avez bien lu.

C'est ma réplique.

« Bah ! »

— Salut.

S'il était possible d'imaginer un électrochoc positif, cataclysme de l'ordre du millième de seconde provoquant un tsunami dans le corps, – boum, shake it, shake it, les artères à la place des poumons, les jambes qui naissent à l'arrière de la tête et le vagin qui bave sur l'épaule droite –, je serais la victime consentante de cet électrochoc.

— Qu'est-ce que tu fais là ?

— Je t'attendais.

— Tu m'att...

J'avance et Victor se cale sur ma vitesse.

— Tu as rasé ta barbe.

— Œil de lynx !

— Andouille.

— Tu aimes ?

Mes sels, un fouet clouté, quelque chose !

— Je ne sais pas. Laisse-moi le temps de m'habituer.

— Ça me paraît fairplay. Tu as passé de bonnes vacances ?

— Super ! Et toi ?

— Tiens, je t'ai rapporté ça.

Il me tend un paquet.

— Laisse-moi deviner, tu as le même pour Jamal.

— Pas cette fois.

— Je l'ouvre maintenant ?

— C'est mieux, non ?

Je commence à déchirer le papier. Et m'arrête en découvrant ce qu'il y a dedans.

— Dis quelque chose, je t'en supplie.

— Euh...

Je pince les lèvres pour ne pas rire.

— C'est spécial, quand même.

— Mais encore ? me presse Victor qui se penche au-dessus de moi pour admirer son cadeau.

Je lève la tête vers lui.

Regarde à nouveau le cadeau.

Une coque de téléphone avec une photo du chien-clochard dessus.

Vé-ri-di-que.

Un coque Isidore.

— Ça y est, je sais : j'adore.

Victor m'offre un grand sourire. Je me remets en route.

— Attends.

Je farfouille dans mon sac, trouve mon portable. Victor me le prend et ajuste la coque. Ses sourcils froncés quand il se concentre… Qui pourrait y résister ?

— Comment tu as fait ?

— Quand on est venus chez toi, le samedi avant les vacances, j'ai pris des photos d'Isidore. Sache qu'il a été très coopératif. C'est un excellent modèle canin.

— Je n'en doute pas une seconde.

— Je n'avais pas d'idée précise en tête. Et puis, à Londres, je suis passé devant un magasin qui fabrique des coques sur mesure. Et là, paf, eurêka.

Il a pensé à moi.

À Londres.

Alors-qu'il-était-avec-Adèle.

— Bon, c'est un brin kitsch, j'admets, glisse-t-il.

— Magnifiquement kitsch. En fait, il faudrait que tu me prennes en photo avec ma coque. Et Isidore.

— Et on referait une coque de toi, Isidore, et ta coque d'Isidore.

— Voilà.

— Ça vaut un voyage à Londres.

— N'est-ce pas.

Nous arrivons devant le Clapier.

Je suis pathétique mais j'aperçois Tania et sa faran-
dole de dindes devant l'entrée. Elles me voient arriver
en compagnie de Victor, je veux dire *seule avec Victor,*
et je m'efforce de réprimer un sourire sardonique
comme dans les mauvaises séries, quand le héros prend
sa revanche.

Jamal aussi a un cadeau.

Une boule à neige avec nous trois dedans.

— Vous vous êtes passé le mot des cadeaux photos ?

— Pourquoi tu dis ça ?

Un peu gênée (pourquoi suis-je gênée ?), je lui
montre ma nouvelle coque de téléphone.

— Un téléphone chien de la honte, c'est la classe,
non ?

— Il est trop fort, ce Victor !

— Et moi, mauvaise copine, comme d'habitude,
je n'ai rien pour vous.

Je ne feins pas, je *suis* mal.

— Oui, mais c'est normal. C'est bientôt ton anniversaire, on ne fait que préparer le terrain, que tu
n'aies pas une attaque le jour J.

Victor sourit.

Qu'est-ce qu'ils complotent, tous les deux ?

CHAPITRE VINGT-CINQ

DÉBORAH VEUT DES BAISERS CHAUDS COMME DES SOLEILS, FRAIS COMME DES PASTÈQUES

Nous sommes vendredi.

Je descends les marches du Clapier avec Jamal. Sur le boulevard, la soupe sonore des voitures nous enveloppe aussitôt.

Victor arrive en courant. Il traînait derrière.

Je m'éloigne déjà à grands pas.

Il me regarde partir.

— À demain ?

— Ouais !

— 20 h 30 chez moi, c'est clair ? hurle Jamal.

— Ouais !

Dans deux mois, j'aurai les résultats du bac.

Je saurai ce que je fais l'année prochaine.

Je ne verrai plus Victor au lycée.

Samedi, quand je me lève, la maison sent bizarre. Le sucre.

Dès que je pose la main sur ma poignée de porte, ma mère sort de sa chambre, bondit dans la cuisine, et revient avec un plateau fumant. Dedans, il y a des gaufres et de la chantilly.

C'était ça, l'odeur sucrée : ma mère m'a préparé des gaufres.

— Bon anniversaire, mon soleil !

Sur le plateau, il y a une petite rose rouge plantée dans un verre, et deux paquets.

Encore gonflée de sommeil, je me laisse embrasser et m'installe dans son grand lit. Jamais ma mère n'a fait ce genre de choses avant.

— Un café ?

— Oui, merci.

Elle disparaît, revient avec deux tasses. Son visage ne cesse de s'épanouir, depuis quelques semaines.

Ça en devient suspect.

Je mords dans la première gaufre, tiède, et la saveur lactée envahit ma bouche.

— Oh, la vache !

— Merci… J'avais peur de les rater, depuis le temps que je n'en ai pas fait. La cuisine, c'est comme le vélo, ça ne s'oublie pas. Tu ouvres mes cadeaux ?

Je bois une gorgée de café qui me râpe la langue.

Le premier contient trois jolis carnets à la couverture dessinée.

— Pour tes cadavres exquis.

— Ils sont magnifiques.

L'autre paquet, plus mince, est une pochette de bijou.

— J'ai les mains toutes grasses…

Ma mère le prend et en sort une chaîne en argent au bout de laquelle pend un petit renard. Un adorable petit renard.

— En maternelle, ton animal totem était le renard. L'autre jour, je suis passée devant cette boutique et j'ai remarqué ce collier. Il te plaît ?

— Il est sublime.

Je me penche pour que ma mère l'accroche autour de mon cou.

— Je me suis renseignée, et chez les Indiens, le renard symbolise la ruse, bien sûr, mais aussi, la capacité à s'adapter, à réagir vite, notamment face à une situation compliquée.

Je me redresse, touche le minuscule pendentif, de mes doigts pleins de chantilly. Ma mère poursuit.

— Je t'ai considérablement compliqué la vie, mon soleil. Et tu as su t'adapter avec brio. Je déclare que le renard est désormais ton animal-totem.

Je souris.

Je mords dans ma gaufre.

Je souris encore.

« Leïla fait des siennes. 21 h ? » m'envoie Jamal l'après-midi.

« On n'est pas obligés, tu sais… »

« Trop tard. »

« OK. »

Ma mère reste enfermée dans sa chambre-atelier pendant toute la journée. Elle n'en sort que pour grignoter des restes.

Je bosse.

Je me prépare pour ma soirée avec Jamal et Victor. On sonne.

Un grand type en combinaison me tend un bouquet de fleurs. Dix-huit roses jaunes.

C'est mon père.

Quand elle découvre le bouquet, ma mère a une mimique tristounette qui s'évanouit vite.

— Tu fais quoi, ce soir ? je l'interroge.

— Je vais m'occuper.

Je continue de la scruter.

— Tout va bien, Déborah, je t'assure.

Elle triture sa frange.

— Tu es très jolie. Surtout avec cette ravissante paire de chaussures.

Ma mère m'a prêté une paire de bottines à talons.

— Ne m'attends pas, je risque de rentrer tard.

— Je m'en doute ! Amuse-toi bien. Et ne fais pas de bêtises. Tu es majeure, maintenant !

J'embrasse le museau puant d'Isidore avant de sautiller dans l'escalier.

Je suis majeure.

J'arrive à 21 h 02.

Je sonne et aussitôt, Jamal m'ouvre.

— Tu m'attendais derrière la porte ou quoi ?

— Ouais. Ça va ? Tout est OK avec ta mère ?

— Pourquoi tu parles tout bas ? Ne me dis pas que Gertrude est à nouveau de sortie !

— Mais non, t'inquiète.

— Dis donc, fais voir ton haleine.

— Non.

Jamal se redresse.

— Tu... Vous avez bu en m'attendant ?!

Des ricanements.

De fille.

Jamal rougit.

Il attrape ma main et s'enfuit dans le couloir, je suis obligée de trottiner pour le suivre.

— Qu'est-ce que...

Je résiste.

D'un coup dans le dos, il me propulse dans le salon.

Mes tympans se crèvent à moitié quand une musique tonitruante explose, des lasers verts et rouges se mettent à balayer le plafond en formations serrées, et une masse non-identifiée d'être humains anormalement concentrés au mètre carré crie à en faire trembler les murs :

— JOYEUX ANNIVERSAIRE !

Je cligne des yeux. Mon cerveau est en gelée, mes oreilles pleurent.

Sous les acclamations suraiguës, je m'acclimate à la pénombre lacérée de lumière.

Victor est près de l'entrée avec Éloïse qui me saute dessus de tout son poids.

Je m'écroule sur Jamal qui rebondit sur le chambranle.

— Bon anniversaire, ma Débo adorée ! Wouhou ! Bon anniversaire !

Je rigole grassement.

Je reconnais les copains d'araignées du Nouvel An. Erwann et sa bande.

Cinquante personnes me balancent des confettis qui me rentrent par les trous de nez, beuglent comme des loups en congrès.

On se croirait dans un stade de foot, il y a des fanions, des drapeaux multicolores, et la plèbe scande mon nom. Je suis Maximus dans le Colisée, la jupette en moins.

— DÉBORAH ! DÉBORAH ! DÉBORAH !

On me traîne devant un buffet pachydermique, on me glisse un verre dans les mains, on me tapote partout, on m'embrasse. Je suis saoule avant d'avoir posé mes lèvres sur le verre, mais je ne me gêne pas pour le vider et me remettre de mes émotions.

— Depuis quand manigancez-vous cette *chose* ? je crie pour me faire entendre.

Ça danse déjà au milieu du salon. Et *pom, pom, podom-pom-pom, pom, pom, podom-pom-pom.*

— On a commencé à picoler vers 18 heures ! rétorque Éloïse dont les pommettes sont deux tomates.

— On se prépare depuis avant les vacances, intervient Jamal.

— Une idée de Victor, ajoute Éloïse en soulevant dix fois ses sourcils.

J'avale trois brochettes de bonbons, des chips et un morceau de pizza. Pas d'Adèle à l'horizon. Merci, merci, merci.

Éloïse me raconte comment, avec Jamal et Victor, elle a fomenté cette aberration : une fête surprise pour mes dix-huit ans. Les messages, les mails, les courses, la sono qui défonce. Elle braille. Jamal m'entraîne sur la piste, je voltige, fais quelques invraisemblables loopings, retourne me sustenter, repars tournoyer et agiter mon booty. La bière m'hydrate et m'oblige à passer trois fois par la case toilettes.

Parfois, un inconnu me colle un baiser sur la joue et lève son pouce.

Ils ont affiché des posters de moi sur tous les murs de l'appartement, à part sur le chemin qui conduit de l'entrée au salon, pour ne pas éventer la surprise. En me soulageant aux toilettes, je fais donc face à mon double qui pose en tutu à sept ans. D'autres sont plus récents. Moi à la manucure avec Élo, moi en train de jouer de la guitare avec un balai.

Rien ne m'est épargné.

Je cherche Victor du regard, l'aperçois de façon fugace. Il discute. Éloïse danse comme une déesse et Erwann la filme. Ses copains la portent et la lancent en l'air, puis se ruent sur moi, m'attrapent et me projettent. Le plafond se rapproche hhhhhhuuuuuuuuuuu ! Je retombe dans plein de mains crispées et hop le plafond se rapproche huuuuuuuuuuu !

— ARRÊTEZ, JE VAIS VOMIIIIIIR !

Ils renoncent à la troisième fois.

Je fais semblant de ne pas remarquer un ou deux mecs qui se massent les épaules et les biceps. Eh oui, les gars, me porter n'est pas gratuit. Ma cellulite et moi vous souhaitons un prompt rétablissement.

Victor arrive au moment où j'engloutis la fin de la pizza. Il est plus de minuit. Je me tourne vers lui, mes bajoues gonflées à bloc. Il me tend un verre que je prends sans regarder.

— Alors ?

— Aloquoi ? Attends, foqche… chkuze…

Je termine ma bouchée intersidérale.

— Voilà-merci. Vous pouvez répéter la question ?

Il se gondole.

— Ça fait quoi d'être majeure ?

— C'est vraiment ton idée ?

— Quoi ?

— Ça…

D'un mouvement souple du poignet, je désigne le bazar ambiant.

Victor tend son verre pour faire *tchin*. Je m'exécute.

— Bon anniversaire !

Il boit cul sec et je l'imite. Avant d'avoir pu authentifier le contenu de ce qui se déverse dans mon gosier, j'ai vidé mon verre. Je crache aussitôt mes poumons brûlants. J'ai la gorge carbonisée et mes yeux en feu coulent tout seuls. L'air qui sort de mon nez est à 97 degrés, je grille de partout.

Victor se penche vers moi.

— Ça va ?

— Mais… Hhhhhhhexpire… C'était quoi, ce truc ?

— De la vodka mais je croyais que tu le savais !

— Au secours, je suis en train de mourir d'un incendie interne !

— Il faut que tu manges quelque chose !

— J'arrête pas !

Pour la deuxième fois de ma vie, Victor me prend la main. Je pèse dix grammes, je nage le crawl au-dessus du parquet comme ces petits ballons d'hélium qui s'enfuient dans le ciel dès qu'on les lâche.

Il me pousse dans un coin du buffet et me tend une part triangulaire de pain surprise. Je la lui arrache et l'enfourne en entier.

— Plus aucune bactérie dans le tube digestif, elles ont été calcinées sur place, mon Pompéi à moi ! je lance avec une voix rauque.

— Merde, je suis désolé, Débo.

— Tu as voulu me tuer, avoue !

Une chaleur sournoise se répand dans mon corps, sorte de liquide enflammé qui se mêle à mes globules rouges et m'amollit gentiment.

— Jamais de la vie… C'est bien la dernière chose que je voudrais.

Je ris bêtement.

Quelqu'un augmente le volume – comme si c'était possible –, et la musique fracasse les murs, inonde l'immeuble. Une quarantaine de personnes se déhanchent sur la piste et font tressauter le parquet.

— Pourquoi tu te marres ?

— Parce que ta réponse est drôle.

— Pas du tout ! Je suis très sérieux.

La musique s'éteint brusquement et un gâteau rose pâle s'encadre dans la porte, porté par Jamal et Éloïse qui entonnent le cantique de la vieillesse.

— Joyeux anniversaire… Joyeux anniversaire… Joyeux aaaaannnnnniiiiiiiiversaire, Déborah ! Joyeux aaaaaannnnniiiiiiiversaaaaiiiiiire.

Le gâteau est couronné de dix-huit bougies scintillantes, dont la lumière cuivrée éclaire le visage d'ange d'Élo. Dessus est écrit : « 18 ans – Déborra ».

Il faut que je l'accepte.

Dans ma vie, rien ne sera jamais parfait.

Les danseurs se rassemblent autour de nous, referment le cercle, je suis au milieu, gourde ankylosée, je prends une inspiration, croise le regard de Victor, ce regard si vivant, si pétillant, je fais un vœu, un vœu, un vœu, et souffle de toutes mes forces.

Les hourras succèdent au noir. On remet les lasers en marche, la musique, et Jamal coupe le gâteau avec une pelle à tarte en argent.

— On a le droit de connaître ton vœu ? murmure Victor au creux de mon oreille.

Son souffle léger est un poison qui soulève tous les poils de mes bras.

— Oui.

— Et donc ?

— Que ma mère aille mieux. Qu'elle soit heureuse.

Impassible, Victor me dévisage. Il ne sourit pas. Il sort de sa poche un attirail de torture : ouvre-boîtes, scalpel, aiguille, pince, et ouvre mon crâne pour comprendre comment il fonctionne. C'est l'effet que me font ses yeux.

— Tiens !

Élo se plante devant moi avec une cuillère à soupe de troll et m'oblige à goûter le fraisier. Elle me tartine le visage de crème. Jamal me tend une serviette.

— Mmmmmmmh, entouré de pâte d'amande !

Élo se rengorge.

— Confectionné sur mesure par le pâtissier du coin de la rue. Ses créations sont une tuerie, non ? En revanche, pour l'orthographe, on repassera, n'est-ce pas, Déborrrra ?

— On s'en fout. Il est pâtissier, pas prof de français. Donne cette part entamée aux invités et passe-moi le reste du gâteau.

On se marre.

Je retourne danser, accepte un autre verre de vodka. Le monde sautille et tangue à mon rythme. Je suis sur un bateau magique en partance pour l'âge adulte, je vogue, évite les creux, les rafales, surfe sur les vagues monstrueuses, m'apprête à affronter la pleine mer, et j'espère très fort que le vent du large me portera là où je veux aller, même si ma destination reste à ce jour indéfinie. Pour oublier ce détail, je danse.

Vers 3 h 30 du matin, je me réduis à un cerveau brumeux et deux pieds cloqués d'ampoules. L'appartement s'est vidé de moitié.

Victor parle à deux types tatoués dont un exhibe une patte de mygale sur le cou.

Élo quitte le lieu du crime avec Erwann.

— Vous êtes trop mignons, tous les deux... je baragouine.

— C'est moi ou le sol n'est pas droit ?

— C'est toi.

Jamal surgit à grandes enjambées déconstruites, brandissant un paquet enveloppé dans du papier rose rehaussé de pandas violets.

— On a oublié le cadeau !

— Merde ! Le cadeau !

Éloïse, déjà sur le palier, fait demi-tour.

— Bon anniversaire !

Le truc pèse une tonne.

Dedans, il y a des bouquins.

Des carnets.

Une réservation d'hôtel à laquelle je ne comprends rien et...

Un billet pour deux personnes, direction Londres.

— NAN !

— Siiiiiiiiiiiii !

Je suis hilare.

— Mais qui est la deuxième personne ?

— Ça, c'est toi qui décides ! tonne Jamal.

— Vous êtes fous ?!

— Pas autant que toi mais on essaie de se maintenir au niveau, rit Victor.

Je fais la tournée des bisous. Élo manque de m'étouffer, Erwann me remarque pour la première fois de sa vie, Jamal essaie de me briser les côtes, et Victor... m'effleure du bout de sa barbe qui repousse.

— Comme on ne savait pas ce que tu avais prévu cet été, on a tout calculé pour la fin août, explique Jamal.

— C'est parfait. Je ne fais rien cet été.

— Quoi ? Hein ?! Non ?! Tu plaisantes ?! Impossible ! No way ?!

Même Erwann y va de son cantique outré. Ils sont marrants, eux, tout le monde n'a pas la chance d'avoir une petite vie bien réglée, où chaque tronçon est rangé dans la bonne case, avec des parents organisés qui planifient leurs vacances avec trois ans d'avance.

Dans les six minutes qui suivent, je suis Cendrillon au bal. Les propositions pleuvent : « Viens avec moi à Courchevel », « On peut aller dans la maison de campagne d'Erwann en juillet »...

Seul Victor ne dit rien. Je me tourne vers lui.

— Je pars aux États-Unis quelques jours après la dernière épreuve du bac, se justifie-t-il. Un mois et demi. Avec ma mère.

J'enfonce l'ongle de mon pouce dans la première phalange de mon index. La douleur va endiguer la tristesse qui déborde.

— C'est Adèle qui doit être verte, lance Jamal, inspecteur en espionnage.

— Elle est censée nous rejoindre à New York.

Eh ben moi, je serai dans le 9ᵉ arrondissement de Paris avec Isidore, on ira voir la Seine et on mangera des glaces en prenant des photos des touristes en douce, et toc.

Sept compagnons de mygales franchissent l'entrée, nous bousculent, remercient Jamal et partent tituber à leur aise dans l'escalier.

— Bon, on y va, il est vraiment tard, annonce Erwann.

Élo le suit, se fondant dans son petit groupe de copains.

Je me retrouve coincée entre Jamal et Victor.

— On t'aide à ranger ? je balbutie.

— Non, merci. Leïla rentre lundi et la femme de ménage que j'adore, Jessie, vient demain à 10 heures. On va remettre cet appartement à l'endroit.

— Tu es sûr ?

— Positif. Tu la raccompagnes ? lance-t-il à Victor.

Je ne savais pas Jamal si paternaliste.

— Tu me prends pour quoi ? aboie ce dernier.

On pouffe. Et on s'esquive, non sans avoir remercié trente fois Jamal pour tout.

Dehors, les rues sont douces.

Je tente un numéro d'équilibriste sur un fil imaginaire, sans succès. Victor attrape mon coude et me serre contre lui.

— À nous deux, on devrait réussir à marcher droit !

Dans cinq minutes, nous serons chez moi et je le quitterai.

— Un mois et demi aux États-Unis, c'est pas mal, quand même, je murmure.

— Oui, mais ajoute l'élément « avec ma mère dépressive » et tu envisageras le tableau sous un angle très différent.

— Ton père ne vient pas ?

— Il a du boulot. Il n'aime pas les États-Unis. Il ne supporte plus ma mère.

— Bienvenu au club.

Nous dépassons un café fermé. L'intérieur est mort, les chaises empilées. Le comptoir poli.

— T'es déjà allée à New York ?

— Non, je n'ai jamais mis le pied sur le continent américain. Ni à Londres, d'ailleurs. Je connais l'Italie, l'Espagne, l'Allemagne, la Belgique. On a traversé la Suisse aussi, une fois.

— Mes parents adoraient nous emmener en voyage quand on était petits. J'ai vu plein de pays.

— Ma mère voyageait seule.

Je lui raconte ses excursions printanières.

— Toujours à la même époque ?

— Oui, j'imagine que c'est le meilleur moment.

— Peut-être...

Mon immeuble est au bout de la rue. Je prie très fort un être supérieur omniscient pour qu'il le déplace. Mon immeuble se détacherait de la rue dans un bruit de tonnerre, fendrait l'asphalte, extirperait ses longues jambes maigres et fatiguées des entrailles de la ville, et s'éloignerait en vacillant.

On serait obligés de lui courir après, tout droit, sans jamais s'arrêter.

Marcher pour toujours avec Victor dans la plénitude de la nuit devrait m'être accordé. J'ai mérité.

Mais non, on est déjà au pied de mon immeuble, ce sale feignant vissé à son bitume.

— On est arrivés sans encombre, merci, je lui dis.

Il se penche sur moi et pose ses lèvres sur les miennes.

Cette fois, je ne rêve pas.

Ses lèvres sont chaudes, ses bras m'enlacent, la tête me tourne et le monde disparaît. J'embrasse Victor, je suis Victor, je suis nous, nous sommes moi, nous sommes deux bouches affamées qui s'attendent et se trouvent enfin. Je m'agrippe à lui, il me tient plus fort, je ne pense plus, je suis, je suis, je suis, je suis l'océan, la houle qui fait chavirer les navires, vivante, immense, la faille qui creuse la terre jusqu'à son centre et pulvérise les châteaux forts, le volcan qui craquelle, crache, crevasse et fracasse, j'exulte, infinie, je vibre, je m'embrase, je rayonne. Tout est possible et je vois clair.

L'univers a un sens.

Victor se détache, s'éloigne.

Il m'abandonne, renonce, pose son front sur le mien.

— Bon anniversaire…

Et il s'en va.

Je reste à le regarder se fondre dans l'obscurité ; le goût de sa bouche, sa peau sous mes doigts, son dos, son être tout entier, j'essaie de les garder, encore un peu, qu'ils ne s'enfuient pas, ne se diluent pas, s'accrochent, tangibles, je les fige mais déjà le moment s'étire, se déchire. Il est passé. Il *est* le passé.

Sa silhouette reparaît sous le halo d'un lampadaire, se perd, et tourne au coin de la rue.

CHAPITRE VINGT-SIX

DÉBORAH
EST COMME
UNE BOULE
DE FLIPPER
QUI ROULE

Je passe la plus magnifique nuit de ma vie. La pire, aussi.

Mon lit est trop chaud, j'ai des fourmis partout, je reconstitue chaque seconde du miracle, brode dix suites différentes, trente mille lendemains, je me retourne, je vais faire pipi, je reviens, replonge de toutes mes forces dans mon souvenir et le regonfle comme un ballon de baudruche crevé, qu'il revive, qu'il revive, je somnole et me pose mille questions.

Pourquoi ?

Et Adèle ?

Victor est-il un vil séducteur ?

Est-ce qu'il… m'aime ?

Pouah.

Je sombre, remonte à la surface.

Caresse Isidore, pétris son gras.

M'endors enfin.

Quand j'ouvre un œil, un jour mesquin gribouille mes volets.

Je regarde l'heure sur mon téléphone.

J'ai un message.

« Pardon. Je ne sais pas ce qui m'a pris. Ou plutôt, je le sais trop bien, j'en avais envie. Mais il y a Adèle et je ne peux pas. Je suis désolé, Déborah, je suis un connard désolé. »

Je relis ces mots-poignards jusqu'à ce qu'ils m'aient vidée de mon sang.

Le dimanche est infect. Mes papilles sont tapissées d'un goût de lait avarié, le sol se dérobe, comme mes idées. Je reste au lit, téléphone éteint, lumière éteinte. Moral éteint.

Ma mère passe une tête à 14 heures.

— Tout va bien ?

— J'ai la gueule de bois.

— Ah. Tu veux éponger avec un plat de pâtes ?

— OK.

Je me traîne jusqu'à la cuisine, mâchouille sans entrain. Si ma mère me décode, elle ne dit rien. Elle respecte mon teint calcaire et ma mine rancie.

Elle débarrasse même la table et va promener Isidore. Je rampe jusqu'à ma chambre et n'en bouge plus, épinglée à mon lit.

Je respire dans le vide de l'appartement.

J'essaie de lire mais pas moyen.

Je suis une limace, grasse et spongieuse, mes pas luisent sous la lune.

Qui voudrait d'une limace ?

Pas Victor.

Il a choisi Adèle.

C'est si logique. Si prévisible.

Comment ai-je pu y croire une seule seconde ?

— Tu es sûre que ça va ? insiste ma mère en rentrant de sa balade.

— Ça ira mieux demain, t'inquiète.

— Je peux faire quelque chose pour toi ?

— Si tu as un remède contre le chagrin d'amour, oui, sinon, je crains que non.

— Je suis désolée, mon soleil.

Je transpire. Mes cheveux me collent au crâne.

Vers 17 heures, quelqu'un sonne.

Puis on frappe à ma porte.

— C'est Jamal ! me prévient ma mère.

— Dis-lui que je ne suis pas visible...

— Trop tard.

Jamal pousse doucement ma mère pour entrer.

Elle m'étudie en levant un sourcil mais je lui fais signe que tout va bien. Alors elle tapote l'épaule de Jamal, et referme derrière lui.

— Ça sent le fauve, là-dedans.

— Ouais. Tu découvres ma vraie nature.

La corde de mon volet roulant couine.

Je plisse les yeux. Trop de lumière.

Jamal laisse la fenêtre grande ouverte et s'assoit à côté de moi. Je prends conscience de ma chemise de nuit à motifs lapins, pinacle de ringardise, ma coupe de droguée en cure de désintox.

— Ne fais pas de blague sur ma tenue, s'il te plaît.

— Je n'en avais pas l'intention.

Quelque chose dans sa voix, une inflexion, légère, tendre comme une feuille de printemps, me surprend.

Il sait.

— Victor m'a appelé.

Je regarde mes pieds. En imagination, parce qu'ils sont planqués sous ma couette.

— Il est compliqué ce mec, quand même, poursuit Jamal. Pour un mec, je veux dire.

Je daigne enfin poser mes pupilles mouillées sur lui.

— Hein ?

Jamal m'offre un sourire fragile.

— J'ai très envie de te dire un truc, Débo, mais j'ai peur que tu ne t'en remettes pas. Que tu me tabasses à coups de brosse à cheveux ou que tu te mettes à chanter *Les Moulins de mon cœur*...

— Aucun risque.

Il se penche vers moi, chuchote comme un honteux secret :

— Je crois que Victor est vraiment amoureux de toi.

— Comme une pierre que l'on jette – Dans l'eau vive d'un ruisseauuuuu ! – Et qui laisse derrière elle – Des milliers de ronds dans l'eauuuuu !

— Stoooooooop !

Jamal rit. Pas moi.

— J'apprécie ta pitié mais je n'en veux pas.

Il reprend son sérieux.

— Je suis sincère. Il n'y a que lui pour ne pas s'en rendre compte. Et toi, bien sûr. Vous allez bien ensemble.

— Arrête, s'il te plaît.

Mon ton est vilain et cassant.

— Mais…

— Jamal, arrête ! Tu veux voir son message ?

D'un geste brusque, je lui flanque mon téléphone sous le nez.

— Il-y-a-Adèle-il-ne-peut-pas.

— Il-a-envie.

— Mon-cul-c'est-du-poulet !

La figure à deux centimètres l'un de l'autre, nous feulons comme des chats enragés.

Jamal se recule, se réinstalle bien droit. Soupire.

— Il m'a dit qu'il avait fait une grosse connerie. Qu'il n'avait pas pu s'empêcher.

— Je suis au courant, merci, j'étais là, je te rappelle.

— Il n'a pas pu s'empêcher parce qu'il en avait envie, Débo !

— Et alors ? S'il a envie d'une glace, il prend une boule chez le glacier et part sans payer ?!

Jamal fait une moue, lèvres pincées en avant.

— Je ne vois pas le rapport.

— Le rapport, c'est que c'est trop facile ! Je m'en fous de son envie. Je m'en fous de son baiser. Je le veux, lui !

J'attrape mes joues à deux mains et les malaxe comme une furie, roulant des yeux.

— Je ne viens pas de dire ça... Réveillez-moi !

Je m'allonge dans mon lit et tire la couette jusqu'à mon front.

— Tu vas finir étouffée, il fait 27 degrés.

— Tant mieux, bon débarras.

— Tu as fait vœu de connerie, ou quoi ?! s'agace Jamal. C'est normal qu'il culpabilise, qu'il soit paumé ! Il connaît Adèle depuis hyper longtemps !

— C'est ça, plains-le, ne te gêne surtout pas pour moi !

Je glisse un œil hors de ma cachette. Jamal fait semblant de se laver le visage à sec, paumes ouvertes.

— Excuse-moi. Déborah ? Excuse-moi...

L'épuisement et le chagrin ont raison de ma mauvaise humeur. Je me mets à braire comme un ourson perdu.

— Débo...

La digue craque, se fendille, je tente de colmater les fissures, d'empiler des sacs de sable, circonscrire ma tristesse, ne pas céder, tenir bon mais trop tard. Déjà, je hurle à la mort et hoquette, la figure trempée.

— JE NE... NE DIS RIEN À PER... À PERSONNE, JE... GÈRE TO... TOUT !! TOUT ! JE GAR... DE MON SECR... SECRET... JE FAIS SEM... SEMBLANT QUE C'EST... PAS GRA... GRAVE... ET... LÀ, JE PEUX... JE PEUX PLUS ! ÇA FAIT DES... MOIS QUE JE... SOUFFRE EN SIL... EN SILENCE... ET TOUT LE... MONDE

S'EN... FOUT... ET JE PEUX... PLUS... JE NE PEUX... JE NE PEUX PLUS DU TOUT !

Jamal fait cesser ma logorrhée ; il me prend dans ses bras, écrase ma figure contre son torse. Je me déverse pire qu'une giboulée de mars, je crie, je sanglote, j'évacue des mois de tension, d'attente désabusée, de doigts croisés, d'espérance, de coups d'œil furtifs, de roucoulades imaginaires, de déceptions et de sclérose du bon sens à l'état pur.

— Chut... Chut... Il n'est pas méchant, il ne joue pas avec toi, c'est tout ce que je voulais dire, Débo. Pardon de n'avoir pas été plus attentif.

— Bouuuuuuuuhhhhhhhhhhh...

Isidore gratte à la porte de ma chambre, si fort que Jamal se lève pour lui ouvrir. Je cherche un mouchoir pour me moucher. Le chien de la honte déboule, se dandinant au rythme de son plumet miteux, me lance une œillade attendrie, et s'élance sur mon lit d'un bond au ralenti.

Son ventre distendu a le temps de ballotter dans les airs, ses oreilles au vent.

Il atterrit, un CRAC gigantesque retentit, et je suis aussitôt happée vers le centre de la Terre.

— AAAAAAHHHHHH !

Ma mère se rue dans ma chambre.

Je suis trente centimètres plus bas, le derrière coincé dans les lattes brisées de mon sommier. Isidore est assis sur moi avec un objectif : pratiquer un gommage du visage à l'aide de sa langue au parfum de boulette de viande digérée. Je ne peux même pas me débattre : je suis pliée en deux, coincée, tranche de dinde dans mon matelas-sandwich, et Jamal se cogne les cuisses à force de rire.

— IL A CASSÉ MON LIT ! CE GROS PLEIN DE SOUPE A CASSÉ MON LIT ! je brame, incapable de décider si je dois rire ou pleurer. LE THÉORÈME DE LA SCOUMOUNE M'EN VEUT PERSONNELLEMENT !

Je serre les poings pour beugler plus fort mais je suis immobilisée.

— Le théorème de quoi ?!

Jamal redouble de rire et ma mère pince les lèvres pour ne pas l'imiter. Elle inspire, à la limite du sérieux :

— Calme-toi. Il a bien fait, de toute façon, il était temps d'en changer.

— JE VAIS MOURIR VIEILLE FILLE ! BOOOOUUUUUUHHHHH !

C'est décidé, je vais pleurer.

— Je peux te prendre en photo ?

Jamal brandit son téléphone.

— Regarde ce qui me tient lieu d'amis ! Mes amis sont horribles, maman ! SORS-MOI DE LÀ !

Je me démène mais je suis prisonnière de mon sommier en morceaux. Jamal me mitraille.

— Souris, Déborah, bouge ton corps ! Ah non, c'est vrai, tu ne peux pas...

— SALAUD ! FOUS-LE DEHORS, MAMAN !

Ma mère craque.

Elle se bidonne à son tour pendant que Jamal réjoui frappe le mur de son poing, ses grandes dents déployées ; ils vont s'étouffer.

Isidore se joint à la liesse générale et décide qu'il est temps de courir après sa queue en imitant la toupie. Il m'écrabouille à chaque pas et les lattes meurent sous moi.

— AÏEUH ! AU SECOURS ! VITE, IL VA ME FAIRE ÉCLATER LA RATE !

Ma mère toujours hilare pousse Isidore, m'attrape et tire pour me hisser hors du piège.

— Quelle haleine ! Quelle horreur ! Couché, Isidore ! Couché !

Ce qui provoque de nouvelles rafales de rires, auxquelles je finis par me joindre, pantin mou arraché aux sables mouvants par ma mère et Jamal qui en rajoutent tant qu'ils peuvent, et « ho hisse, ho hisse, mais enfin mais bouge ! ».

Plop, je jaillis enfin du matelas anthropophage.

À peine debout, je file à la salle de bains pour évacuer les tonnes de bave récoltées au passage.

Je pue, je ris toute seule sous la douche.

J'ai presque oublié Victor, dis donc.

Je fais moins la maligne le soir.

J'ai appelé Éloïse et lui ai tout raconté.

Son enthousiasme a vite diminué.

— Depuis quand les mecs sont-ils compliqués ?

— Tout le monde n'a pas la chance de fréquenter un type avec le cerveau d'un bacille, je riposte.

— Tu as raison, concède-t-elle. Mais dans le cas de Victor, on confine à la médaille Fields de l'emmerdement.

— Wouah, Élo, depuis quand tu connais la médaille Fields ?!

— Depuis que je lis *Le Monde*, han, han.

— Nan ?!

— Ploie devant moi.

— Pardon, maître.

On respire toutes les deux dans le téléphone. Les ondes magiques tissent un lien entre nous et le silence n'y peut rien. Il l'enjolive. Je ne me sens pas obligée de parler. Elle est tout près, elle est avec moi.

— Sur une échelle de 1 à 10, 10 étant le maximum du niveau de douleur, tu dirais combien ? finit-elle par demander.

— Au niveau de l'ego, 5/10. Au niveau chagrin, 16/10.

— Merde, Débo.

— Arrête sinon, je vais repleurer.

— Merde…

— Arrêteuh.

— Zut. Crotte.

— Ouaip.

Jamal nous a aidées à évacuer mon sommier broyé. Je gis sur mon matelas à même le parquet.

— J'ai peur de retourner au Clapier, je lâche dans un souffle.

— Il reste un mois à tenir.

— Oui mais chaque minute passée avec lui sera comme un petit coup de perceuse dans mon cœur. Il va finir par se momifier comme une pomme séchée.

— Oh, ma Débo... Tu as répondu à son SMS ?

— Non.

— Pourquoi ?

— Je ne sais pas quoi lui dire. « C'est vrai, tu es un connard mais je suis amoureuse de toi ? »

— Tu pourrais.

— Mais il le sait !

— Peut-être... Je t'attends demain matin en bas de chez toi ?

— OK.

— On n'a qu'à aller à la bibliothèque le midi. Dernière ligne droite. On s'achète un petit truc à grignoter et hop, on bosse.

Éloïse me propose d'aller réviser.

Je répète, Éloïse me propose d'aller réviser.

— Et Erwann ?

— Il trouve que je suis sexy quand je travaille. Il viendra sûrement avec nous.

— Tu crois ?

— Oui. Il me regardera.

— Ah.

— On ne sait jamais, peut-être finira-t-il par ouvrir un livre.

— Tu as raison.

— À demain, Débo, essaie de dormir un peu, d'accord ?

— Ouais. Toi aussi.

— Bonne nuit, mon crottin.

— Bonne nuit, mon cabri.

CHAPITRE VINGT-SEPT

DÉBORAH
PEUT ESPÉRER
SURPRISES ET
ILLUMINATIONS

Le lundi, je suis réveillée bien avant l'heure, une harde d'éponges à récurer dans l'estomac. Ma mère est levée, elle aussi. Elle a préparé du café et m'attend dans la cuisine.

— Je n'ai pas très faim, je décline devant les tartines dégoulinant de miel que j'adore pourtant.

— Tu ne veux toujours pas me dire ce qui s'est passé ?

— J'ai le cœur brisé.

Ma mère donne un bout de pain à Isidore embusqué sous la table.

— Victor ?

— Mmmmh.

— Et Jamal ?

— Quoi Jamal ?

— Il est mignon comme tout, ce garçon.

— Je suis bien d'accord mais il ne me plaît pas. Et si tu veux tout savoir, il aime les garçons.

— Victor ?

— Au début oui, mais plus maintenant.

Je réalise soudain que je suis en train de tripoter une tartine à la confiture de myrtille. Et que je dévoile ma vie intime à ma mère. Nous parlons, face à face. Je ne suis pas mal à l'aise. Je dis la vérité et non, vraiment, aucune gêne. Plus besoin du filtre rassurant de la lettre, de la distance polie. Nous communiquons. Certes, de façon hachée, au bord de l'elliptique, mais l'essentiel y est.

Je commence à sourire quand la sonnerie retentit. Ma mère écarquille les yeux et va ouvrir.

— J'ai ramené des croissants ! chante Éloïse en plantant un gros bécot sonore sur ma joue encore imbibée de toutes les larmes de ma nuit.

J'avise l'heure. On a quinze minutes avant de se mettre en route.

Je picore un croissant.

Plus on approche du Clapier, plus je me décompose. Je suis faite de cire, je fonds sous le soleil du Sahara. *Flic floc*. Ma déchéance est inexorable.

— Je ne vais pas y arriver.

— Mais si. Lui aussi, il doit appréhender.

— Je m'en fous.

Mais Élo a raison.

J'aimerais être un petit neurone capable d'infiltrer l'esprit de Victor pour saisir la complexité de ses rouages, savoir ce qu'il ressent, voire acquérir la capacité d'infléchir le cours de ses pensées : « Embrasse Déborah, embrasse Déborah… »

La feuillaison est à son comble et les arbres en plein élan printanier exultent dans leurs habits verts.

Je les admire pour m'abstraire de la route, des pots d'échappement, et de l'imminent impact avec Victor. Je préférerais avoir affaire à un astéroïde version Armageddon.

Je vais devoir rester dans la même salle que lui, la même cour, longer les mêmes couloirs. Je vais être confrontée à sa démarche souple, sa touffe de cheveux, sa barbe de trois jours qui jaillira au coin d'un virage, me heurter à la possibilité de le croiser, à l'éventualité qu'il surgisse, passe à quelques centimètres de moi. Il sera partout et nulle part à la fois. J'aurai envie et redouterai de le voir.

La torture.

— Si tu avais un philtre d'amour, tu le donnerais à Victor ? interroge Élo à brûle pourpoint.

Je ne crois pas. Je ne voudrais pas qu'il m'aime pour de faux.

J'en suis là de ma réflexion quand je l'aperçois.

Il m'attend.

Impossible de faire demi-tour, il m'a repérée et se décroche du mur pour me foncer dessus.

— Je vais vomir.

— Courage, je te laisse. Force et honneur ! me glisse Éloïse.

Elle accélère et s'engouffre dans le Clapier. Victor est devant moi.

— Hey…

— Salut.

Non ! Tout sauf cet air boudeur empli de reproches que je lui offre ! Je veux être calme, sereine, ne pas donner l'impression de mendier.

Il reste là, un poil guindé. À triturer ses cheveux.

— Tu as reçu mon message ?

Je fais oui. Je me rappelle le goût de ses lèvres. J'essaie de ne pas les fixer en tendant les miennes comme une débile assoiffée.

— Tu ne m'as pas répondu.

Perspicace.

— Mais enfin, tu aurais voulu recevoir quel genre de réponse ? Une informative : « OK, *rodgeur*, bien reçu, copy that » ?

Victor me dévisage, la figure s'étendant comme un liquide en expansion.

— Une réconfortante : « Mais non, tu n'es pas un connard, c'est moi, there, there... » ?

Victor est décidément ahuri.

— Non, mais...

— Une supplique : « Oh non, pas ça, Victor, tais-toi, Darling, tais-toi, tu me tues, hush hush ! » ?

— Mais pas du tout !

Je parle plus fort.

— Une kamikaze : « Adieu, Victor ! Adieu, monde cruel ! » ? Ou bien une complaisante : « T'inquiète, c'était juste pour vérifier ton hygiène bucco-dentaire or il semblerait, au toucher, que tu honores la visite annuelle chez le dentiste » ?

— Débo...

— Ton message n'appelait aucune réponse, Victor. Il y a Adèle ? Eh bien, il y a Adèle, je n'ai rien à ajouter.

Je croise les bras et darde des yeux que j'espère flamboyants sur lui. Je crois discerner une once de tourment dans les siens. Mais je dois rêver.

— Tu as raison, excuse-moi. Je suis un imbécile.

Et une fois de plus, il s'en va. Il marche vite et se réfugie dans le Clapier.

Oui, tu es un immonde imbécile. Un trou de balle stellaire. Il ne me reste plus qu'à ramasser mon ego tombé en poussière par terre et en faire un saucisson en macramé.

Il n'y a presque plus personne alentour. Il est 8 h 07. Les cours ont commencé.

J'écrase une larme traîtresse qui tente de franchir la frontière de mes cils, et prends le dérisoire chemin du Clapier.

La semaine dure un mois.

Je lambine entre chaque cours, me force à ne pas zyeuter Victor toutes les cinq secondes, de paraître naturelle mais c'est l'horreur. Plus il est loin, plus il m'attire.

Il me manque aussi. Son humour, ses gestes. Lui.

Quand je ne tiens plus, je m'approche du petit binôme qu'il forme avec Jamal et m'exhorte à agir et réagir comme si de rien n'était. Résultat, je ressemble à un boa ayant avalé un mammouth et au bout de trente secondes, je m'enfuis.

Élo m'emmène à la bibliothèque tous les jours. Elle n'a pas un temps de concentration herculéen mais sa motivation est indéniable et je l'épie parfois de derrière un bouquin, perplexe.

D'où vient ce changement ? De sa récente expérience ? Des discussions qu'elle a pu avoir avec ma mère ? D'une prise de conscience globale ? Un peu tout ça mélangé ?

Elle me bluffe. Elle me bouleverse.

Mon cabri croquignole.

Jamal nous propose une soirée cadavres exquis mais je n'en ai pas la force. Je le lui avoue. Inutile de feindre.

— Gertrude te réclame. Tu veux passer dimanche ? On se fait un petit thé et on zigouille quelques grillons ?

J'accepte mais le dimanche est raté. Sans Victor, l'appartement de Jamal est trop grand.

C'est bizarre de vouloir quelque chose très fort, de l'obtenir un instant infime, de découvrir que c'est encore mieux que dans tous ses rêves, et puis paf, d'en être privé la seconde suivante.

Les jours se déroulent avec la lenteur du malheur. Pourquoi le temps se distord-il dans le mauvais sens ?

Je promène Isidore toujours plus loin, nous vadrouillons des heures, lui, moi et l'armée de sacs plastique qui gît désormais dans chacune de mes poches. Je ne m'endors qu'au milieu de la nuit, vaincue par le sommeil.

Une nuit, ma mère fait un raffut invraisemblable. Moi qui venais de m'endormir… Il est 3 heures du matin. Malgré la tentation, je reste au lit. Impossible de deviner ce qu'elle trafique. Le lendemain, quand je la retrouve dans la cuisine, elle est cernée mais ne dégage rien du cafard si prégnant *d'avant*.

Je l'étudie néanmoins avec attention.

Il faut croire que j'ai la discrétion d'un gorille dans une salle de bal parce qu'elle me lance :

— J'ai encore le droit d'avoir des insomnies, quand même ?!

La semaine éreintée se termine.

J'ai tout juste le temps de reprendre ma respiration qu'une autre m'accueille à bras ouverts. Puis une autre, qui court vers la fin du lycée. La fin de l'année. La séparation ultime que j'appelle et redoute.

Je déjeune avec mon père plusieurs fois mais je tais l'épisode Victor. Avec lui, la barrière d'intimité est du genre coriace. Je ne m'imagine pas lui raconter en appuyant mes propos de mouvements de fourchette flegmatiques que « j'ai roulé la pelle du siècle à un gars dont je suis amoureuse et au bout de dix-neuf secondes, il a changé d'avis ».

Je préfère lui expliquer que j'ai eu la confirmation de mon avenir glorieux : je suis admise en hypokhâgne l'année prochaine. Il a l'air soulagé. Il en faut peu pour être heureux.

Lors de notre deuxième déjeuner (soupe de lentilles/quiche aux aubergines et noix de pécan, smoothie bio carotte-banane-gingembre, je m'inquiète : mon père deviendrait-il un gourmet diététique ?!), il s'empare du sujet des vacances d'été.

— J'ai loué une maison en Dordogne pendant trois semaines. Élizabeth sera là, mais pas tout le temps. Ainsi, tu pourras choisir si et quand tu as envie de venir. Ça me ferait très très plaisir mais, je souhaite que les... que les choses se passent en douceur. Qu'elles viennent de toi.

Sa délicatesse me touche. Son envie de me retrouver aussi. Quant à son dessein de me présenter celle qui a remplacé ma mère dans son cœur... j'admets qu'il est normal. À moi de m'entrer l'idée dans le crâne. Pas facile. J'ai peur de la haïr. Et puis, que pensera ma mère ? Que je lui échappe ? Que je prends le parti de mon père ? Que je l'abandonne ? Impossible de lui en parler. Je n'en ai pas la force.

Ce que les parents peuvent être chiants.

— Crois-moi, j'ai hâte d'être en vacances, papa, mais avant, il y a le bac ; les vacances sont un chouïa irréelles pour moi. Pour l'instant, elles sont enfermées dans une petite boîte et nimbées d'un flou artistique.

— Tu peux te décider à la dernière minute.

Une autre semaine besogneuse s'estompe pour laisser place au week-end. Le temps s'étire. Je m'absorbe dans les révisions. Mes rêves me régurgitent Victor et son baiser. Ma vie se scinde en deux parties.

Le jour, j'oublie.

La nuit, je replonge.

Jamal passe de temps en temps à la maison. On s'interroge, on discute des sujets d'histoire, on cause anglais, on prend des corrigés, et on papote de Théo, vautrés sur mon matelas.

Il a très bien compris le tabou Victor.

Car je n'ai plus envie d'en parler.

Le nommer, c'est lui insuffler de la matérialité. Me rappeler qu'il est vivant et m'a dit non. Je préfère éviter et faire semblant qu'il n'appartient qu'au monde de mes rêves. La réalité est tout de suite moins laide.

Arrive le 27 mai, dernier jour de cours.

Le bac commence dans moins de deux semaines.

Malgré un ciel bleu qui dégage une chaleur de météorite en fusion, je suis blottie sous ma couette, collée à une série.

Il est 22 h 36.

On frappe à ma porte.

— Ouais !

Ma mère se glisse dans ma chambre comme un ninja. Sa façon de se bouger sans déplacer un gramme de poussière est flippante. Je me redresse d'un coup.

— Qu'est-ce qui se passe ?!

— Mais rien ! C'est dingue que tu t'inquiètes encore !

Je ne la quitte pas des yeux.

— Je retire ce que j'ai dit, pardon. Ce n'est pas dingue, c'est raisonnable, équilibré et justifié, rectifie-t-elle.

— Je préfère ça.

Elle s'assoit sur le bord de mon lit, tout près. Et il se passe un truc fou, elle me caresse le front.

Je suis tétanisée.

Ma mère n'est pas un prototype de démonstration d'amour tactile. Elle serait plutôt son antithèse.

— Déborah, j'ai quelque chose à te dire.

— Oh non… Tu as décidé de faire un tour du monde en trottinette ? Tu vas t'installer avec un maharadjah en Inde ? Tu te convertis au jaïnisme ? Tu… Tu as rencontré quelqu'un ?

— Respire.

Mes poings sont fermés. Ma mère les repère, les ouvre avec délicatesse.

— Rien de tout cela, même si le tour du monde en trottinette ne serait pas pour me déplaire.

Elle prend une large inspiration.

— Je voudrais que tu me rejoignes demain à la galerie Léviathan.

Je suis un bloc de marbre, incapable de faire vibrer mes cordes vocales.

— À 19 heures précises, et j'aimerais, si possible, que tu convies Jamal et Victor.

— Mais… en-quel-honneur-pourquoi-eux-pourquoi-
demain-t'es-sûre-je-croyais-que-c'était-une-lubie-qui-
t'était-passée ?

— Res-pi-re.

J'obéis.

— Tu connais l'adresse ?

Je vire écarlate.

— Oui.

— J'en étais sûre.

Elle se lève en tapant sur ses genoux.

— Demain. 19 heures, tous les trois.

— D'accord.

— Pas d'espionnage avant !

— Croix de bois, croix de fer.

— Parfait. Bonne nuit, mon soleil.

— Bonne nuit, maman.

Qu'est-ce que c'est que cette histoire, encore ?!

CHAPITRE VINGT-HUIT

LE TEMPS NE FAIT RIEN À L'AFFAIRE, POUR DÉBORAH

Je déserte notre groupe commun sur téléphone depuis ma soirée d'anniversaire. Mon come-back s'impose. Quand je tape : « Ma mère voudrait que nous soyons tous les trois à la galerie Léviathan demain, à 19 heures pétantes », mes doigts tremblent.

Jamal propose aussitôt que l'on se rejoigne à 17 heures, histoire de « commencer à élucider le mystère ». Le félon. « C'est pour notre santé. Éviter un choc anaphylactique émotionnel », plaide-t-il. Il s'acharne, l'infâme lascar. Je refuse.

J'ai promis mais c'est rien de dire que je me réfrène.

« Elle veut sûrement notre avis pour t'offrir un tableau ! » interprète Jamal.

« J'espère que non parce qu'ils vendent des croûtes. »

Victor finit par répondre. Il n'est pas sûr de pouvoir mais fera ce qu'il peut. Sa posture m'agace.

« Tu as poney ? Peinture sur œuf ? S'il te plaît, elle a insisté pour qu'on soit là, tous les trois. »

« RDV à 18 h 55 au coin de la rue de l'Université et de la rue du Bac ? », surenchérit Jamal.

« OK. »

Ouf.

Ma journée est une rêvasserie ininterrompue où je spécule en boucle sur la nature de la relation maternelle avec la galerie. Ma mère aurait-elle une sœur cachée ? Un ancien amant, prince d'un pays oublié ? Elle n'aurait pas proposé à Jamal et Victor d'être là. Rien de mélodramatique. Alors quoi, punaise ?! Jamal a peut-être raison. Elle veut acheter un tableau ou une sculpture. Elle qui colorie des mandalas et étudie la mosaïque ancienne, elle a peut-être des velléités d'embellir notre quotidien. Drôle de lubie, mais lubie tout de même. À part lorsqu'elle m'envoyait ses cartes postales, en voyage, et je connais son style destroy, ma mère n'a jamais exprimé aucun penchant artistique en dehors de son boulot de maquettiste. Je ne veux pas dévaloriser son travail, mais mettre en page des textes et choisir des polices et des couleurs adéquates est relativement loin de l'exécution du tableau de maître, quand même. Ça ne l'empêcherait pas de s'intéresser brusquement à l'art contemporain, OK, mais et le prix ? N'importe quelle bouse coûte le PIB de l'Éthiopie ! Elle a peut-être hérité… Dans ce cas, si son objectif est vraiment d'acquérir une « œuvre », j'espère que l'objet de son désir sera moins hideux que l'exposition de la dernière fois.

Je blablate avec Élo qui s'incruste à notre rendez-vous avec enthousiasme.

— En matière de bon goût, pardon, mais vous ne pouvez pas vous passer de moi. Je connais les manteaux péruviens de ta mère. Vous risquez de choisir un truc immonde genre : « artist's shit ». Et puis, je n'ai jamais foutu les pieds dans une galerie d'art, ce sera une expérience.

Transfigurée, je vous dis.

Elle termine plus tôt et se dissipe telle une brume en agitant sa main manucurée, m'abandonnant dans la vase jusqu'au cou. Je me mordille l'intérieur de la bouche, sursaute quand un prof me houspille, et finit par écraser en dépit de mon plein gré les ongles de pied de Tania au détour d'un couloir. Elle me repousse d'un violent coup de paume dans le thorax.

— Oh ! Dantès ! Tu te crois où ?

— Au pays des pétasses, visiblement !

Quelques « houuuu » fusent. Tania me toise et bombe le torse. Sa poitrine volumineuse se met en position d'attaque, soutenue dans sa tentative d'intimidation par un soutien-gorge que je subodore rembourré à l'escalope tant il est exceptionnellement tendu.

— Tu as dit quoi, là, Dantès ?

— Que tu es une pétasse, enfin, je l'ai laissé entendre, mais si tu as besoin d'une explication de texte, pas de souci, je suis à ton service.

Mon cœur est un rhinocéros au galop, *pataclop, pataclop, pataclop,* mais je réussis à me contrôler et à exécuter une révérence à la Louis XIV. Tania est cramoisie, au bord de se ruer sur moi pour m'écorcher et me faire souffrir dans le plus pur style médiéval tendance *Braveheart,* mais quelqu'un applaudit mon estocade. Brusquement, les applaudissements se propagent. Je profite de ce répit pour me tourner vers mon public en espérant que Tania ne va pas me morigéner à coups de talon de douze centimètres entre les omoplates, et salue une fois de plus bien bas.

Je croise alors le regard de Victor qui sourit.

C'est lui qui a applaudi.

Quand je me tourne à nouveau vers Tania, elle est à trois centimètres de moi, déformée par un rictus de colère que l'on pourrait confondre avec une crise de colique aiguë, et j'ai juste le temps de me dire qu'elle ressemble à un bouledogue atteint d'herpès fulgurant, avant que sa main, bien à plat, lancée à toute vitesse, s'abatte sur ma joue. Ma tête bascule en arrière, je me cogne contre le mur, et je m'effondre.

J'ouvre un œil vasouillard. Au-dessus de moi, le plafond beigeâtre crépi, et plus proche, le visage de madame Chemineau. Elle est rouge et ses bajoues pendouillent.

— Déborah ? Vous m'entendez ? Vous avez mal quelque part ?

J'acquiesce.

— Vous avez mal où ?!

— Je vous entends.

Mes mains raclent le carrelage.

Le brouhaha est épouvantable, un gruau de voix, cris, murmures, commentaires et apartés inaudibles.

Je suis allongée par terre.

Ma tête est posée sur un truc. Je la renverse en arrière. Victor apparaît dans mon champ de vision, le menton à la place du front. Je fais un bond pour m'échapper mais ses mains se plaquent sur mes épaules.

— Ne bouge pas. Tu es tombée dans les pommes.

Sa bouche est dans le mauvais sens. Quand je la fixe, j'ai l'impression que son menton est un nez poilu. Ses incisives du bas sont devenues ses incisives du haut. Il est atroce et comique. Je glousse.

Son nez poilu change d'angle.

— C'est inquiétant ?

Madame Chemineau me tapote la joue.

— Déborah ?

— Mais arrêtez donc de me claquer comme ça ! je proteste. Vous estimez que je n'ai pas été assez frappée pour la journée ?

— On dirait que ça va, sourit-elle à l'intention de Victor.

Il me regarde de traviole et je m'explique.

— C'est ta tronche. Regarde ma bouche. Tu vois ? On se transforme en martiens.

— Ah ouais ! Je jouais à ça avec ma sœur quand j'étais petit ! Souris pour voir ?

— Trêve de plaisanterie, nous interrompt madame Chemineau. Vous pouvez vous lever, Déborah ?

Je m'appuie sur mes coudes. Victor m'enlace et suit mon mouvement pour m'aider à me remettre debout.

Si elle savait quel fier service elle m'a rendu, cette tique de Tania ne m'aurait jamais, *jamais* giflée.

— Où est Tania ?

— Dans le bureau du proviseur.

Quand je suis enfin érigée à la verticale, un carillon résonne à l'arrière de mon crâne et je grimace.

— Tu as une bosse de la taille d'un œuf d'autruche derrière la tête, m'annonce Victor.

— J'ai prévenu votre mère, enchaîne madame Chemineau.

— Surtout pas !

— Je lui ai laissé un message et j'ai appelé votre père.

— Il faut la rappeler, elle n'a pas besoin de se déplacer, je n'ai aucun problème !

Il ne manquerait plus que ma mère décale notre rendez-vous !

— Calmez-vous, Déborah. Votre père l'aura fait, il est en route.

Victor me tend son téléphone.

— Tu peux doubler pour plus de sûreté.

Je le lui arrache et tombe sur sa messagerie, moi aussi.

— Maman, fausse alerte, ne t'inquiète pas, je te rejoins comme prévu à 19 heures, bisous !

Je n'éprouve aucune difficulté à marcher, mais quand Victor me propose de me « soutenir » jusqu'au bureau du proviseur, j'accepte comme si ma vie en dépendait.

Hin, hin, hin.

Tout le monde nous lorgne tandis que nous traversons la cour, et quand je dis « tout le monde », au Clapier, ça fait du peuple. À l'heure de la pause, pas un mètre carré n'est inoccupé, les grappes discutent, les pipelettes chicanent et étiquettent, à peine cachées derrière le tronc des platanes.

Je suis le trou noir du Clapier : les regards sont aspirés vers moi (et par ricochet, Victor), un centre d'attraction surpuissant vers lequel convergent des ragots que j'imagine volontiers plus délirants et stupides les uns que les autres (« Elle s'est battue », « Elle a volé le téléphone d'un prof », « Je crois qu'elle deale… », « On l'a trouvée en train de forniquer dans les toilettes. ») Je m'en moque. Quand je franchirai la porte d'entrée, je deviendrai à l'instant une ancienne élève. Qu'ils me matent et jasent tout leur saoul.

Victor m'assoit sur une chaise dans le couloir et madame Chemineau le renvoie en cours. Notre dernière heure de l'année. Dernière heure de la vie.

Je déteste qu'il me tourne le dos et s'en aille.

Sitôt que Victor a disparu, madame Chemineau me fait raconter mon altercation avec mademoiselle Louvian-la-tique. Elle conserve son sérieux mais ses yeux pétillent quand je décris ma révérence.

J'ai quasi fini lorsque mon père arrive.

Il court, essoufflé.

— Comment te sens-tu ?

— Juste un peu sonnée.

Il se plante droit et digne devant madame Chemineau et déclare, pincé :

— Qui est cette jeune fille qui a osé gifler ma fille ? Sait-elle que je pourrais porter plainte pour coups et blessures ?

Avant que madame Chemineau ait pu ouvrir la bouche, je lui attrape le coude.

— Oui, son père est avocat d'affaires. On s'en fout. Viens.

Mon père signe une décharge, je dis au revoir à madame Chemineau. Elle me tend la main et me répond « Merde pour le bac. J'ai confiance en vous. » Son décolleté fripé va me manquer.

J'attrape mon sac et je sors à l'air libre.

J'ai terminé mon année.

— Tu veux rentrer ?

— Oui, j'ai envie d'une douche.

— Je devrais t'emmener aux urgences. Ils auraient dû appeler les pompiers.

— Mais non. J'ai une bosse.

— Je ne vois pas le rapport.

— Le mal sort, le malin s'exprime, rien de vicieux… tu vois le genre ? Si je vomis cette nuit ou que je ne supporte plus la lumière, on pourra envisager une fracture du crâne.

Mon père ne rit pas du tout.

— Je blague, papa, je t'assure que ça va.

Nous traversons le boulevard. La porte du Clapier grince et du coin de l'œil, j'aperçois Tania avec un homme bronzé en costume. Probablement son père. J'entraîne le mien aussi vite que me le permet ma migraine. Il ne manque plus qu'un esclandre à ma collection de loose.

La baffe, la bosse, tout ça, je m'en fous.

J'étais sur les genoux de Victor, j'ai vu sa bouche à l'envers.

Et je le retrouve dans trois heures.

À 18 heures, je suis prête.

Et hyper stressée.

Mon père descend les escaliers avec moi. Il rentre *chez lui.*

— Tu fais un truc, ce soir ? je lui demande incidemment.

— Non, pourquoi ?

— Garde ton téléphone à portée de main, si jamais j'ai besoin de te joindre, d'accord ?

— Promis, dit-il d'un air grave.

Il doit croire que je parle de ma tête. Je ne démens pas. Au moins, il sera vigilant.

Pourvu que ma mère aille bien et n'ait pas pété les plombs sans que je m'en sois aperçue. Cette résurrection de la galerie Léviathan est très suspecte.

Éloïse m'attend en bas. Elle hoquette en découvrant mon père mais se reprend et le salue en papillonnant des cils.

Je lui explique qu'il va falloir que l'on marche lentement.

J'embrasse mon père, lui souhaite une bonne soirée, et en route pour la galerie.

Nous décidons d'y aller à pied. Je lui rapporte mon combat titanesque avec la tique à vernis.

Éloïse vibre d'émotion, pire que devant une finale de foot de coupe du monde. « Non ! NAN ?! Allez ?! » Un long type en imperméable s'écarte même de notre passage.

— Tu ne vas pas porter plainte ?

— Dans quel but ? Tu connais Brassens ? « Quand on est con, on est con... » Je partage ses opinions. Du moins en ce qui concerne Tania Louvian.

Élo se marre. Mon paracétamol fait effet. Mes cheveux cachent ma bosse.

Ce début de soirée est gris et lourd, je transpire. J'espère que mon maquillage ne va pas dégouliner en pâtés informes. Je suis heureuse d'avoir enfilé une robe légère. Oui. J'ai mis une robe.

Nous franchissons la Seine d'un pas bondissant, enfin, dans la mesure du possible.

— On peut embaucher des gros durs pour lui péter la gueule, suggère Élo.

— Tu regardes trop de films américains bourrés de biceps. Tania appartient au passé. Elle va faire une école de commerce, terminer sa métamorphose de pétasse larve en pétasse adulte, dégainer l'imparable panoplie tailleur-escarpins-brushing-gros-diams, écrabouiller les autres pour enquiller du flouze, épouser un pédant méprisant qui se prendra pour la huitième merveille du monde parce qu'il est riche, avoir des enfants peignés au gel, et mourir en étant passée à côté de sa vie. Bon vent. Je la plains.

— Je te trouve anormalement bienveillante envers cette nuisible.

— Je suis libre. Nuance.

Élo reste longtemps muette. Nous croisons des touristes en bermudas et chapeaux de paille qui léchouillent des glaces multicolores, des pigeons qui ramassent les restes, et des amoureux qui s'obstinent à cadenasser les ponts, persuadés que leur passage dans la capitale mérite d'être éructé à la face de l'univers.

— Tu as peut-être raison, murmure Éloïse lorsque nous atteignons l'autre rive.

Je l'observe.

Élo est toujours la même. Je projette peut-être mais elle est aussi différente. Plus ouverte, réfléchie. Mature.

— Ça va, toi ? je lui demande.

— Mmmmmh.

Elle serre mon bras contre ses côtes.

— J'y pense parfois. Souvent, pour être honnête. Je veux devenir une personne meilleure. Ne pas gâcher la liberté que je me suis octroyée.

— Ben merde, alors.

— Et je vais voir une psy que m'a conseillée ta mère. Je suis désolée, je n'ai pas osé te le dire, lâche-t-elle après une œillade coupable.

— On ne s'est pas juré la vérité, rien que la vérité, toute la vérité, je tempère, malgré l'éruption déceptive que je sens poindre.

— Tu n'es pas vexée ?

— Presque pas.

Éloïse m'embrasse.

Nous enfilons une rue où paradent antiquaires et boutiques coquettes. Droit devant, Jamal et Victor nous attendent. Ils se sont faits beaux. Victor porte une veste. Il se tient raide, pâle sous sa barbe. J'essaie de ne pas marcher comme si je flottais sur un tapis roulant invisible.

— Prêtes ? crie Jamal.

Je dois profiter de Victor, de ce moment, inscrire chaque détail dans ma mémoire : la forme de ses yeux, leur couleur sous le ciel pommelé, son pas nonchalant, les petits plis sur ses phalanges, les reflets dans sa barbe, sa manière de se pincer le nez quand il a envie de rire. Dans quelques heures, nous nous séparerons et plus rien ne sera comme avant.

Nous bifurquons dans la rue de l'Université. J'aperçois au loin l'emplacement de la galerie Léviathan.

Devant, un attroupement. Des gens agrémentés de coupes de champagne. Endimanchés. Parlant fort. Qui se tiennent droit.

— Chouette, un vernissage ! lance Élo.

Je peux entendre le timbre cristallin d'une longue liane en robe fourreau scintillante, plantée sur des talons qui concurrencent la tour Eiffel. Elle parle de son fils qui a la varicelle, de ses « croûtes immondes jusque sur les testicules, je ne peux plus m'approcher. » Sa compassion est renversante.

À côté, un type à moustaches grisonnantes vide sa flûte d'un trait. Il en tient deux autres dans la main.

Je distingue désormais un triangle de la vitrine, d'où se détache une profusion de couleurs, mais une foule compacte tassée à l'intérieur me masque l'essentiel de l'œuvre accrochée.

Ces tableaux n'étaient pas là, la dernière fois.

La vitrine s'agrandit.

Nous sommes devant.

La galerie Léviathan est pleine à craquer et sa lumière se déverse sur le trottoir, faisant étinceler les bijoux des femmes.

Élo, Jamal et Victor se taisent.

De dos, dans sa robe rouge, sa si belle et funeste robe rouge, serrant des mains et se faisant prendre en photo, il y a ma mère.

CHAPITRE VINGT-NEUF

DÉBORAH DÉCOUVRE CE QUI SIMPLIFIE LE MONDE

Jamal et Victor sont obligés de me pousser à l'intérieur de la galerie. Nous nous frayons un passage à travers la foule, le bruit m'agresse, les verres tintent, les conversations se chevauchent, j'ai la tête qui tourne.

Jamal me donne un coup de coude et désigne le mur sur notre gauche.

Le tableau est grand.

Carré.

J'ai déjà compris mais la vérité me paraît tellement irréelle que je plisse les yeux pour ajuster ma vue. Vérifier.

Sur le tableau court un pont fabriqué de dizaines, de centaines d'éléments assemblés. Des fleurs, des soleils, des oiseaux, des bouches, des insectes, des portes, des miroirs, des théières, des armoires, des vélos, des cailloux, un renard, des plumes, une chenille, des assiettes, des feuilles, des fauteuils, un violon, des poupées, des chats, des crânes ; et une machine à laver.

Les découpages.

Ma mère en a fait des collages. De mirifiques collages.

Je m'approche et les détails s'animent, il y a mille tonalités, clins d'œil, objets foutraques et trouvailles épatantes.

Sur la légende, je lis :

« La machine à laver vomit ses dents sous le pont aux fleurs. »

Notre premier cadavre exquis.

Je ne peux plus respirer.

Victor me tend un fascicule noir à couverture rigide.

Je l'ouvre.

C'est un catalogue.

Avec les collages de ma mère.

Une photo d'elle.

Le titre, le titre.

Le titre.

Tu es mon soleil.

Je le relis trois fois parce que les lettres s'emmêlent.

Il y a un texte aussi.

Les voix autour n'existent plus.

Le passé nous rattrape toujours.

Le mien l'a fait un soir de décembre.

Un passé coupable qui déchire et obscurcit tout. Le naufrage de mon âme.

J'ai cru que rien ne pourrait me pardonner mais des mots m'ont sortie de la fange.

Ces mots sont des cadavres exquis. Leur force évocatrice, leur richesse, leur diversité foisonnante, leur sous-texte fourmillant, leur monstruosité et leur légèreté constitutive m'ont indiqué le chemin. Ils ont tracé la route vers ma lumière, une renaissance, la rédemption. Le pardon.

Que Déborah, Jamal et Victor soient ici mille fois remerciés.

Ils en sont les brillants auteurs.

Je vous laisse découvrir leur univers.

Et je dédie cette exposition à ma fille, mon soleil.

Anna Carmin-Dantès

Une main se pose sur mon épaule.

Je me retourne. Ma mère est magnifique dans sa robe.

— Je… C'est…

Mon mascara m'arrive au menton. Élo me tend un mouchoir.

— J'ai beaucoup de choses à te raconter, souffle ma mère. Je t'emmène au restaurant après ?

— Euh…

— Sauf si tu préfères commander une pizza.

— Je vote pour la pizza.

Nous nous regardons.

Pour la première fois, je lis l'amour dans ce regard.

Le vrai amour.

L'une des deux femmes de la galerie, la plus âgée, qui arbore son chignon impeccable, surgit à ses côtés.

— Anna, j'aimerais te présenter un collectionneur russe. Il fait traduire Jacques Prévert, il est très impressionné par ton travail.

Ma mère me serre le bras, se détourne, happée. Élo, Jamal et Victor font corps autour de moi, ils sont ma bouée, mon rempart contre le monde.

J'attrape une coupe de champagne.

Nous nous faufilons et déambulons d'une œuvre à l'autre. Je déchiffre ces six derniers mois à l'aune des tableaux.

« La fouine a des yeux corbeaux et avale le soleil pour faire naître des chaises. »

Je reconnais certains des pieds et des bouches dégringolant de la valise de ma mère. Ils sont là, vitrifiés sous le vernis. Ils m'avaient tant effrayée.

Aujourd'hui, ils vivent au milieu de palmiers, éléments d'un grand tout où des chimères régurgitent des galaxies.

« La tempête en trompette sonne les glas des rosiers perdus et s'affiche dans son costume de bain pour chanter les oiseaux des morts. »

Nous nous penchons, avides de croquer tous les détails, remarquer ici un chapeau de paille orné d'un tournesol, ici un squelette agenouillé devant une femme tronc.

— Oh ! Là ! s'écrie Jamal en pointant le coin supérieur du tableau. Une araignée !

Je souris.

— Et un labrador ! ajoute Victor.

Je me tourne vers Victor.

— Mais pas LE labrador...

— Non. Il n'y a que toi qui aies sa photo.

Une clochette, un mouton, une montagne, des cheveux, un ruban, des poumons, des planches, une cabane, des fleurs, encore.

« Le mouton de ma peur s'irrite sur les rocailles. »

— Ah, ça, c'est le jour où Gertrude a fait sa mue. Vous vous souvenez ?

On glousse tous les trois bêtement.

Le tableau suivant est dans les tons jaune et bleu, avec des griffures vertes. C'est comme une fractale : les petits découpages s'entremêlent pour créer un être ou un objet plus grand, qui lui-même fait partie d'une autre constellation, et répond ou s'enchâsse à un ensemble différent.

« Le parc à mains éclate au soleil, les murs s'invitent et les sapins grondent contre l'or du temps. »

— Ça, c'est le jour où Déborah a fait du play-back avec la statue de Leïla, celle qui a plusieurs siècles, commente Victor.

« La mer, gourmande et intrépide, soulève sa robe de malheur et roule des yeux d'escarbille le long du plancher des atours. »

— Je ne me souviens plus de celui-là.

— Mais si, c'est quand on a essayé de faire une tarte au citron et qu'on a fait brûler le torchon !

JE SUIS TON SOLEIL

441

— Dis donc, c'est dangereux les soirées, avec vous… commente Éloïse. Vous m'inviterez ?

J'aime les étoiles de mer, le cerf dévoré par un ours en boutons de bois, les étincelles, partout, et la mer irisée de poubelles, de sacs, de diamants, de bouteilles, de perles, de billets et de pièces d'argent.

« Les joues du mourant s'envolent en riant et le ciel s'accroupit sur la mare aux histoires pour pisser un train de pivoines écarlates. »

— Vous faites peur.

Jamal me tend une nouvelle coupe. Je serre la brochure de présentation contre moi. Elle vaut ces six mois. Elle vaut la faille, l'abysse.

« Où dansent les oursins quand ils s'aiment ? »

Celui-ci est sombre, dans des teintes noir et rouge foncé. Il y a des yeux, des ombres, des corps, du charbon, du minerai, des lances, des boucliers, et au milieu, des explosions de lumière.

— Le jour où Victor a voulu nous faire une démonstration de hip hop et qu'on a dû faire chauffer un coussin garni de noyaux de cerises pour qu'il puisse remarcher !

J'éclate de rire.

« Ma main affamée pense au coquelicot de Jacqueline, la mer est verte dans son giron. »

— Bande d'obsédés ! grogne Éloïse.

— Jamal n'a jamais voulu nous dire qui était Jacqueline ! je rigole.

— Mais c'est personne ! Ça m'est venu, c'est tout !

— Arrête. Personne ne pense « Jacqueline » comme ça, dit Victor. Tu es un gros pervers, point barre. Je le dirai à Gertrude.

Je sonde la foule qui pioche sans vergogne dans les plateaux de petits fours. Ils mangent, avalent, mais quelques-uns regardent. Certains admirent.

Ma mère s'est remplumée parce qu'elle créait, parce qu'elle avait un but. Aujourd'hui, elle sourit, elle qui n'aime pas les gens, elle saute à deux pieds dans le grand bain de la galerie, elle assume. Elle porte.

Je la cherche. Elle se dirige vers l'autre fille de la galerie, la brune qui pensait qu'elle était femme de ménage. Je me glisse à toute allure entre les pique-assiettes et la rattrape in extremis.

— Maman ?

— Oui ?

— Je voudrais prévenir papa ?

Elle me dévisage, interloquée par ma proposition.

— Ça lui ferait du bien de savoir, de comprendre. D'avoir les clefs, ça lui ferait du bien, je débite de peur qu'elle m'interrompe.

La brune arrive.

— Anna ?

— Un instant !

Puis, au creux de mon oreille :

— Appelle-le. Et propose-lui de dîner avec nous.

Jamal, Victor et Élo partent quarante-cinq minutes plus tard.

Mon ventre se tord quand le trio s'éloigne.

Victor me file entre les doigts.

C'est la vie.

J'ai perdu.

Je suis un sac de béton posé sur le bitume.

Non, je suis un soleil.

Moi aussi, je veux irradier.

À contre-courant arrive mon père.

Je le prends dans mes bras.

Il ne dit pas un mot.

Il reste raide, alors que je l'entraîne de tableau en tableau, prenant soin d'éviter ma mère.

Un serveur en veste blanche lui tend une coupe mais il la refuse.

Il se sauve.

Je lui cours après.

Nous attendons ma mère dans un café tout proche.

Mon père est blafard. On dirait qu'on vient de lui apprendre qu'il est le dernier humain sur Terre.

— Depuis quand fait-elle des collages ?

— Aucune idée.

Il enfonce son front dans sa main, coude sur la table du bar sélect où nous avons échoué.

— Quelle honte… Quel mari minable.

— Ce n'est pas de ta faute si maman est une énigme.

Il savoure une gorgée de bière, s'éponge le front avec son mouchoir en tissu. *My lord.*

— Peut-être... Mais peut-être que si. Il faut une oreille pour faire des confidences. Sans écoute, on se tait.

La bière est délicieusement fraîche et amère.

Mon père attrape le catalogue, lit le texte, serre les lèvres, feuillette lentement.

— Ses tableaux lui ressemblent. Torturés, lumineux, exacerbés, sublimes. Ils sont ta mère.

Nous restons là, sans rien dire.

Je m'immerge dans l'atmosphère si particulière de Paris la nuit, ses passants élégants, les banquettes chics où l'on se confie, alangui, les effluves de cigares crapotés sur la terrasse auréolée de bambous, les décolletés de soie et les sourires trop blancs.

Je m'adosse contre mon dossier moelleux. Je m'oublie.

Ma mère entre dans le café à 23 h 10.

— Désolée.

Mon père se lève et d'un revers de main, balaye son verre de bière qui se répand.

— Zut !

— Je ne savais pas que le renversage était un sport familial, je lance.

J'en profite pour raconter à ma mère encore debout la chute de mon smoothie au resto. Meubler. Slalomer. Ne pas entrer dans le vif du sujet.

— Vous voulez aller à la maison ? répond-elle.

— Je... j'aimerais mieux pas... lâche mon père.

Il choisit le terrain neutre. Ma mère s'assoit.

Elle se commande une bière et se carre dans sa chaise en velours rembourrée. À côté de moi. Face à mon père.

L'examine. Sourit.

Mes parents.

Ils ne vivront plus jamais ensemble.

— Quand je t'ai rencontré, j'étais en première année de lettres modernes.

Ma mère se jette à l'eau.

Ma pinte me tient lieu de mât et je m'y accroche.

Mon père hoche la tête.

— Ce que tu ne sais pas, c'est que j'avais déjà fait un an d'études auparavant. J'étais aux Beaux-Arts.

Mon père se fige.

Vingt-trois ans de vie commune cousus de secrets.

— Je dessinais pas mal, j'avais une patte très personnelle. Mais ce que je préférais, c'était le collage. À la Prévert. J'étais très douée en collage.

Je veux bien la croire.

Ma mère s'exprime doucement, d'un ton plus grave que la normale. Elle est calme.

Elle se délivre.

— Je pouvais passer des nuits, des jours sur un collage. Découper des formes, les repérer, les marier, construire. J'ai rencontré des collectionneurs, éclusé les galeries pour voir ceux de Prévert. À l'ancienne. L'ambiance aux Beaux-Arts était à la fois agréable et mortifère. Je ne me sentais pas à ma place, pas assez dans le rang. Mais j'étais folle amoureuse d'un type. Yvan.

Mon père ne bronche pas.

— L'année a avancé. Mes collages s'affinaient. Mon trait aussi. Les exercices devenaient de plus en plus intéressants et j'aurais probablement continué sur ma lancée, j'aurais eu une vie tout à fait différente, j'aurais été une autre Anna. Je ne t'aurais pas rencontré, Paul. Seulement, parfois, la vie se charge de l'aiguillage, qu'on le veuille ou non. Et au printemps, je suis tombée enceinte.

Évidemment.

Ma mère parle tout bas, désormais.

Pour protéger son secret.

Son petit fantôme.

— J'ai hésité, mais Yvan n'était pas amoureux, il était insouciant, dragueur, léger. J'étais perdue. Seule. Coincée. J'ai fini par avorter.

Elle pleure sans bruit, sans renifler.

Toutes ces années après.

Les yeux de mon père brillent aussi. Ils sont pleins de tendresse, de stupéfaction.

Il n'a pas menti : il n'est plus transi d'amour. Mais le lien entre eux existe, j'en suis certaine. Il l'aime autrement et je me sens tout à coup sereine. Il sera là pour elle.

— Je ne suis jamais retournée aux Beaux-Arts. Tout me paraissait dérisoire. Mes parents n'ont rien su. J'ai prétexté une peine de cœur et j'ai déménagé. J'ai voulu effacer. Recommencer. J'ai presque réussi.

Elle s'essuie le nez.

— Mais chaque année, au printemps, je devais fuir, m'enfuir pour me recueillir. Bercer ce passé. Faire la paix avec lui.

L'ambiance feutrée du bar est un écrin.

— Je suis restée rongée à l'intérieur. Jusqu'à ce que tu me quittes, Paul. Jusqu'à ce que je doive me faire face. Que je plonge, frôle la mort. Et que je réalise qu'il y avait Déborah. Une nouvelle vie qui n'effaçait pas le passé mais qui en était la continuité. La continuité parfaite. Il m'a fallu du temps.

Elle inspire une goulée d'air qui fait siffler sa trachée.

— Je vous demande pardon.

Mon père attrape sa main, la mienne. Je prends celle de ma mère.

Nous sommes une famille. Éclatée, biscornue, mais une famille.

Le secret est brisé.

Ma mère a refoulé une partie de sa vie, rangée dans un coffre fermé à quintuple tour.

La serrure a commencé à s'éroder lorsque, fin août, par un hasard tordu, elle a croisé la route d'Irina, propriétaire de la galerie Léviathan et ancienne élève des Beaux-Arts. Irina et son chignon serré l'ont reconnue. Se sont récriés. L'ont invitée à boire un café. Ont voulu connaître les raisons de son départ précipité. Ma mère a éludé, romancé.

Et lorsqu'Irina lui a demandé si elle continuait ses splendides collages, ma mère a dit oui, mais sans exposer. Pour elle, le plaisir.

Un petit mensonge, un réflexe de survie.

Avec un enthousiasme très peu professionnel, Irina, fan de son travail, a passé commande.

En rentrant, ma mère a noté le numéro d'Irina sur un post-it et l'a scotché au miroir de l'entrée.

« Pour se donner du courage. »

Ouvrir la boîte. Faire sauter les gonds.

J'aurais pu deviner. Les voyages, les cartes dessinées, maquettiste… Elle tournait autour sans jamais affronter, mais elle avait tout exprimé.

Le premier trimestre s'est dévidé et ma mère est restée tétanisée.

Elle a continué à écrire le numéro, le placarder.

Elle n'était pas capable.

Les mâchoires de la culpabilité l'ont engloutie.

Et le départ de mon père a précipité la grande dégringolade.

Mon père a pleuré. S'est excusé.

Ma mère s'est excusée encore.

Nous nous sommes tous embrassés sur le trottoir de la rue du Bac, petit îlot d'amour boiteux.

Et puis mon père est parti, allégé de son fardeau.

Je suis rentrée avec ma mère.

— Et maintenant ? lui ai-je demandé sur le chemin. J'imagine que si beaux que soient tes collages, tu ne vas pas en vivre ?

— Non. Mais j'ai participé à des ateliers à l'hôpital, et je me suis inscrite à une formation d'art-thérapie. Le collage est une technique délaissée à cause des ordinateurs. Mais agencer, coller et créer des formes, faire naître des monstres de papier ou des êtres divins est une activité captivante. Je suis sûre que je peux aider des gens.

— La mosaïque et les mandalas ?

— Même combat.

Ma mère a enfin trouvé sa place.

CHAPITRE TRENTE

DÉBORAH PASSE
SON BAC D'ABORD

Deux semaines plus tard, je franchis les grilles d'un lycée inconnu, les paumes aussi humides qu'une forêt vierge après un mois de mousson.

Au pied du mur, je suis.

Épreuve numéro un : la philo.

J'ai tellement le trac que j'éteins mon téléphone avant l'heure et me réfugie aux toilettes jusqu'à la dernière seconde. Si je croise Victor, je suis foutue, niveau concentration. Le savoir tout près est déjà un supplice.

Je cherche ma salle, les jambes en pâte de fruits.

Dégote ma table.

Pose mes affaires.

M'assois.

Essuie mes aisselles avec un mouchoir en papier.

Mon voisin le remarque et écarte sa chaise de quelques centimètres. Comme si la transpiration était une maladie contagieuse.

Quand je découvre l'intitulé, je manque de mourir étouffée par une fausse route de salive.

Sérieusement ?

« L'homme a-t-il besoin de l'art ? »

Je relis trois fois le sujet pour être sûre mais je ne divague pas.

Je ne veux pas m'avancer, mais il semblerait que le théorème de la scoumoune ait démissionné.

Pendant plusieurs semaines, je traverse une route embrumée où l'adrénaline est reine.

Je suis courbée sur mes feuilles durant des heures, le cerveau qui fume, j'ai des crampes, je me bourre de chocolat, je prends des douches de cinq heures pour me remettre.

Et je détale aussitôt l'épreuve terminée.

Rester dans ma bulle.

J'échange des messages avec Jamal. Il m'a bien cernée. Il va au lycée avec Victor et me laisse me télétransporter à mon aise, à mon rythme d'ermite.

Élo se jette sur les corrigés dès la fin de chaque épreuve.

J'évite.

Trop peur.

Quand je sors de la dernière épreuve, je cligne des yeux sous le soleil. Dracula n'a qu'à bien se tenir. Je sors d'un caveau après trois siècles de catalepsie.

Jamal m'interpelle mais je lui fais un petit coucou de la main et m'esquive.

Je rentre et lui envoie un message dans le bus.

« Pardon. C'est trop dur. Je ne peux pas voir Victor. »

Il me faut treize minutes pour monter mes escaliers.

Ma mère n'est pas là.

Elle est à la galerie, pour rencontrer je-ne-sais-qui, m'informe un petit mot griffonné en vitesse.

Je n'intègre toujours pas cette bizarrerie.

Ma mère expose dans une galerie.

J'ai un peu une nouvelle mère, quand j'y pense.

Je me fourre tout habillée sous ma couette.

Mon année est terminée.

Over.

Victor va retrouver Adèle, construire un petit bout de vie avec elle. Il est comme une vigne vierge autour de moi. Je vais devoir en détacher chaque petit bras, chaque ventouse, pour pouvoir à nouveau être libre.

Je suis un piètre jardinier.

Je vais en chier.

Je pleure en grattant Isidore sous les oreilles.

Quand ma mère revient enfin, elle pète le feu.

— Ah, ah, tu ne devineras jamais ce qui m'arrive !

— Non, en effet, avec toi, je m'attends à tout.

— Un type a acheté quatre tableaux. *Quatre !*

— Ils ne coûtent pas plusieurs milliers d'euros chacun ?

— Si. Incompréhensible.

— C'est un émir ?

— Non.

— Ton collectionneur russe ?

— Que nenni !

— Un amoureux transi ?

— On peut rêver.

— Mais qui ?

Ma mère fait un petit prout de bouche désintéressé.

— Une espèce d'avocat d'affaires très copain avec Irina, qui place sa débauche d'argent sur tout ce qu'il peut. Il est passé ce matin et il a flashé.

— Comment il s'appelle ?

— Louvian.

Je me fige.

— Non.

— Quoi non ? Il s'appelle Louvian, je te dis !

Je lève un sourcil.

— Louvian ?

— Louvian. Oui.

Ma mère me toise.

Misère, ce n'est pas une blague.

J'explose de rire.

— Ah ah ah ! C'est *É-NOR-ME !*

— Quoi ?!

— Il n'a pas fait le rapprochement ?

— Quel rapprochement ?

— Toi-moi-mère-fille ?

— On n'a pas vraiment eu l'occasion de deviser de ma progéniture. Tu le connais ?

Je lui résume mes relations avec Tania-la-tique, son caractère, son attitude, et comment elle m'a talochée en public.

— C'était ça les messages nébuleux le jour du vernissage ?

— Ouaip.

Ma mère se rembrunit.

— Tu crois qu'il m'a acheté les tableaux pour éviter des ennuis ?

— Ça m'étonnerait. La philanthropie n'est pas la devise de cette famille et je peux te dire qu'il n'a rien à faire de manants comme nous. Enfin, comme moi.

Elle se redresse.

— Tant mieux. Un petit verre de champagne ?

Elle brandit une bouteille.

— On fête la vente, et la fin de ton bac !

Je m'extirpe de mon lit, me mets un coup de brosse à cheveux, et entre dans le living-room-bedroom.

Nous tchinons à la vie.

Élo vient dormir chez nous le lendemain.

Elle fait de la spasmophilie, rapport à ses notes de bac.

— Je ne te reconnais pas. Où a filé ton insouciance ?! Tu es inscrite en fac de psycho ! Par le spaghetti-verge d'or, le ciel va nous tomber sur la tête !

Elle tente de me lyncher à coups d'oreiller mais Isidore s'interpose, dévoilant ses crocs jaunis de tartre tout en remuant la queue. Élo s'incline et rend les armes « à cause de l'odeur ».

Jamal n'avait pas prévu, seulement voilà, l'appel du large s'est fait pressant, et il a rejoint Théo qui visite des appartements à New York.

« Et tes résultats ? » je m'insurge.

« Je compte sur toi pour me les donner, darling. »

Victor, lui, est parti à Lille.

Avais-je besoin de le préciser ?

Il s'envole pour les États-Unis avec sa mère après-demain.

Jamal a prévu de séjourner à New York en simultanée.

Je le traite de snob.

Le jour des résultats, je suis avec Éloïse, chez moi.

On a décidé de découvrir le verdict ensemble. Le trajet jusqu'à mon ordinateur est pavé de tessons, de sables mouvants, de troncs d'Ents morts, et toutes sortes d'obstacles qui me forcent à marcher comme un limaçon.

Mes doigts moites glissent sur les touches.

Mention assez bien.

Élo l'a aussi.

Jamal a une mention très bien. Comme Victor.

Élo m'étreint, on rebondit comme deux petites grenouilles.

Éloïse part chez sa grand-mère.

Je bouquine dans mon lit toute la journée.

Je fais des brochettes de bonbons : chamallow/fraise tagada/fraise/brugnon/chamallow, je la mange. Chamallow/fraise tagada/fraise/brugnon/chamallow, je la mange.

— Tu es triste, mon soleil.

Je lève le nez de mon magazine.

Je suis aux toilettes. Assise sur la cuvette. Ma mère vient d'ouvrir la porte.

— Maman…

Elle insiste du regard.

— Oui, je suis triste. Victor s'en est allé pour une autre et j'ai mal. Je me suis imaginé vivre avec lui, on allait parfaitement ensemble, il me fait rire, il est gentil, il est beau, il est tout ce que je voulais. Et cette connasse d'Adèle a gagné.

— L'amour n'est pas une compétition.

— Sors d'ici.

Elle referme la porte.

— J'ai trouvé un nouveau cours de yoga ! lance-t-elle.

— Je préfère encore m'essuyer avec du papier de verre.

Je l'entends se marrer.

Quelques jours après, je vais promener mon gros Isidore.

Lorsque je reviens, le courrier est passé.

La porte métallique de notre boîte grince.

Au fond, un magazine, des prospectus, et une lettre à mon nom, postée à Paris.

Je remonte en quatrième vitesse, remplis une gamelle d'eau, l'autre d'un monceau de croquettes, et je fonce dans ma chambre.

L'enveloppe est blanche. Le timbre, rouge.

Une lettre anodine, à part l'écriture nerveuse et serrée que je connais si bien.

Celle de Victor.

Je pose l'enveloppe sur mon lit.

Je n'ose plus la toucher, encore moins l'ouvrir. Pour l'instant, à l'intérieur, il y a l'infini : l'abandon, la solitude, le chagrin, la tristesse, le ridicule, des torrents de larmes, l'espoir, l'avenir, des guirlandes de fous rires, les petits oiseaux qui chantent, la vie en beau.

Si je fais comme si l'enveloppe n'était pas là, tout reste possible.

Je me lève, ramasse une petite culotte qui traîne, charge mon téléphone qui affiche 98 % de batterie. Observe Isidore qui bave sur mon parquet. Décale ma lampe de chevet de deux centimètres, lance ma culotte au hasard. Isidore lève une oreille quand elle retombe par terre.

Je soupire.

Je prends la lettre.

Je veux savoir.

Déborah,

Je reviens de Lille où après des mois à me torturer les méninges, j'ai rompu avec Adèle.

Ce n'est pas facile, tu sais, de faire du mal à quelqu'un qu'on a aimé. Adèle est une fille chouette. Mais je l'aime au passé parce que j'en aime une autre.

J'aime une fille poilante, une fille sensible qui m'a fait comprendre qu'on pouvait adorer la vie même dans ses pires moments, une fille qui étincelle comme un soleil, qui chante dans les statues antiques comme personne, qui écoute, attentionnée, arrive à me surprendre, me fait vibrer, une fille qui a mis mon monde cul par-dessus tête et m'a totalement chamboulé.

Une fille que je serais très très con de rater.

Je prends l'avion dans trois heures. Bravo pour ta mention. Viens la fêter avec moi, s'il te plaît.

Victor

PS : Si tu veux de moi, j'ai aussi prévu de te rejoindre à Londres…

Dans l'enveloppe, il y a un aller-retour pour New York avec un post-it dessus. Le départ est dans 9 jours.

Je relis la lettre pour être sûre.
Je serre mes petits poings.

Je hurle.
J'embrasse Isidore sur sa gueule puante.
Je me lève.

Moonwalk.

Remerciements

Déborah est une longue aventure.

J'ai commencé à travailler sur ce roman il y a une dizaine d'années. Je l'ai laissé, repris, je l'ai transformé au gré des rencontres et de ma vie.

Il a eu mille visages.

Et puis, un jour, j'ai trouvé.

Mon fil conducteur, le ton, mais aussi, des gens qui m'ont aidée à en accoucher.

Merci donc à Florence Lottin, le petit ange de Déborah.

Un immense merci à Hélène et Céline, de Flammarion Jeunesse, qui ont montré un enthousiasme comme on en voit peu pour ce livre, et m'ont donné plein de courage et d'énergie pour avancer ; et à toute l'équipe qui m'a soutenue et écoutée.

Merci à mon amie Ben qui m'a permis d'y voir clair.

Merci à mes premiers lecteurs : Nanou, Stef, Bapou, Pépé, Nono, Simon, Hélène, Moumou. Vous m'avez donné confiance.

Merci à Nathalie, Carole, Yves, Carrie (la vraie), Véro, Stéphanie, à mes proches et moins proches qui m'ont régulièrement demandé des nouvelles de Déborah ou ont lu le manuscrit, bref, ont été attentifs et concernés.

Merci à David et Romain, rois de la coquillette.

Merci à Lucie, Mamique, Malika, Corine et Agnès, à côté desquelles j'ai terminé ce livre, en Dordogne, lors de mon stage de yoga car ouiiiiiiiiiiii, j'adore le yoga !

Merci à Jason qui m'a expliqué plein de choses sur les mygales.

Merci à Anne Ferrier et Régine Joséphine, auteures jeunesse avec lesquelles j'ai inventé le chien Périnée lors d'un salon très rigolo.

Merci à Orianne Charpentier pour Jane Austen, et aussi pour notre inégalable scène du smoothie renversé.

Merci à mon grand-père qui m'a légué son merveilleux Grand Robert.

Merci aux immenses auteurs que je lis dès que j'ai besoin de souffle.

Merci à mes fidèles lecteurs, j'ai glissé quelques clins d'œil rien que pour vous dans ces pages, j'espère que vous les trouverez.

Et enfin, merci à Stéphane, Mathias et Aurélien. Vous êtes mes soleils.

Les mystérieux chapitres de Déborah

La plupart des titres de chapitres de *Je suis ton soleil* sont en réalité des citations de chansons, de livres, de poèmes, souvent coupés, réagencés.

Voici de quelles œuvres ils sont extraits.

Chapitre 2. *Les fourberies de Scapin,* de Molière.

Chapitre 3. *Les Chants de Maldoror,* de Lautréamont. Isidooooore !

Chapitre 4. *Les Misérables*, du grand, de l'inégalé, du superbe Victor Hugo.

Chapitre 6. *Ne me quitte pas*, une chanson de Jacques Brel.

Chapitre 8. *Histoires naturelles*, de Jules Renard.

Chapitre 10. *Ma liberté*, une chanson de Georges Moustaki.

Chapitre 11. *J'ai rendez-vous avec vous*, une chanson de Georges Brassens.

Chapitre 12. *Pour que tu m'aimes encore*, de Céline Dion (c'est pas donné à tout le monde d'écrire de belles paroles).

Chapitre 13. *Joyeux Noël*, une chanson de Barbara.

Chapitre 14. *Pull marine*, une chanson écrite par Serge Gainsbourg et interprétée par Isabelle Adjani.

Chapitre 15. *Apparition*, poème du recueil *Les Contemplations*, du grand, de l'inégalé, du superbe Victor Hugo (non, je ne me lasse pas).

Chapitre 16. *Spleen*, de Charles Baudelaire in *Les Fleurs du Mal*.

Chapitre 17. Haïku de Matsuo Bashô.

Chapitre 18. *XX*, poème in *Vingt poèmes d'amour et une chanson désespérée*, de Pablo Neruda.

Chapitre 19. *Il a neigé*, un poème de Maurice Carême, qui n'est pas que pour les enfants.

Chapitre 20. *Liberté*, un poème de Paul Éluard.

Chapitre 21. *Le Livre de ma mère*, d'Albert Cohen.

Chapitre 22. *Nous*, de Claude Roy (« Si tu es mon ami, tu dois me prendre comme je suis. »)

Chapitre 25. *Lesbos*, de Charles Baudelaire, in *Les Fleurs du Mal* (oui, encore lui, il avait beau être misogyne comme pas deux, il a écrit deux ou trois trucs pas mal).

Chapitre 26. *Boule de flipper*, de et par Corynne Charby (marqueur d'âge de l'auteur de ce livre).

Chapitre 27. *Si par une nuit d'hiver un voyageur*, d'Italo Calvino.

Chapitre 28. *Le temps ne fait rien à l'affaire*, une magnifique chanson de Georges Brassens.

29. *Terre des hommes*, d'Antoine de Saint-Exupéry (« La vérité, vous le savez, c'est ce qui simplifie le

monde et non ce qui crée le chaos. La vérité, c'est
le langage qui dégage l'universel. » Ça, c'était juste
pour le plaisir).

D'autres citations sont éparpillées dans le texte, à
vous de les trouver ! (Verlaine, Rowling, Hugo encore,
Brel, la Bible, Tolkien, et d'autres…)

Du même auteur

Le Livre de Saskia, PKJ.
Marjane, PKJ.
La Mort est une femme comme les autres, Pygmalion.
La Fille sortilège, Folio.
Les Envahissants, Le Livre de poche (BD).
We are family, Delcourt (BD).

Retrouvez l'auteur sur son blog : mariepavlenko.com

NORD COMPO
multimédia

Imprimé à Barcelone par:

CPi

BLACK PRINT

en août 2017

N° d'édition : L.01EJEN001399.A002
Dépôt légal : mars 2017
Loi n° 49-956 du 16 juillet 1949
sur les publications destinées à la jeunesse